Veröffentlicht von
DREAMSPINNER PRESS

5032 Capital Circle SW, Suite 2, PMB# 279, Tallahassee, FL 32305-7886 USA
www.dreamspinnerpress.com

Überwältigt
Urheberrecht der deutschen Ausgabe © 2018 Dreamspinner Press.
Originaltitel: Override
Urheberrecht © 2016 SJD Peterson
Original Erstausgabe. August 2016
Übersetzt von Vanessa Hensing.

Umschlagfoto
© 2016 Ronaldo Gutierrez, Photographer.
Umschlaggestaltung
© 2016 Paul Richmond.
http://www.paulrichmondstudio.com
Die Illustrationen auf dem Einband bzw. Titelseite werden nur für darstellerische Zwecke genutzt. Jede abgebildete Person ist ein Model.

Deutsche ISBN. 978-1-64405-275-4
Deutsche eBook Ausgabe. 978-1-64405-274-7
Deutsche Erstausgabe. Dezember 2018
v 1.0

Gedruckt in den Vereinigten Staaten von Amerika.

ÜBERWÄLTIGT

SJD PETERSON

Dem Koffein und Zigaretten gewidmet,
meine Retter in langen Schreibnächten.

1

ALS DIE Sonne langsam versank und die letzte Nacht des Pride-Festivals einläutete, war Donavan Gregory erstaunt, dass sein Kopf nicht längst von all den Eindrücken, die gleichzeitig auf ihn eingeprasselt waren, explodiert war. Er hatte den Tag damit verbracht, sich an all den Sehenswürdigkeiten und Geräuschen zu erfreuen – und fuck! –, was waren das für Highlights gewesen. Halbnackte, lachend herumlaufende Männer, Berührungen und offen gezeigte Liebschaften in einer Freiheit, die nur bei einem Festival wie diesem möglich waren.

Den Nachmittag über war er durch die Stadt gewandert, hatte sich an Diskussionen beteiligt, neue Leute kennengelernt und sich von der Parade mitreißen lassen. Und doch waren es die Fetischstände, Daddys in Leder und BDSM-Präsentationen, die ihn wirklich interessierten. Immer wieder fragte er sich, wie es wohl sein möge, die Kontrolle vollständig abzugeben, vor einem anderen Mann zu knien, den Kuss von Peitschen zu fühlen. Unzählige Stunden hatte er vor Bondageclips gewichst, mit ein paar Kerlen rumgehangen, die sich einen runtergeholt hatten, während sie seinen Arsch versohlten und ihn fickten, doch bislang hatte er es nicht über sich gebracht, einen Schritt weiter zu gehen.

Es war also keine Überraschung, dass sich Donavan, als die letzten Sonnenstrahlen am Horizont verschwanden, erneut auf der 5th Street wiederfand. Er lehnte an einer Mauer und versuchte, keine Aufmerksamkeit auf sich zu ziehen. Seine locker sitzende Jeans und das gelbblaue College-Shirt ließen ihn wie eine Insel aus dem Meer aus Fleisch und Leder herausragen. Trotzdem probierte er, möglichst wenig aufzufallen.

Wer ihn ansah würde kaum glauben, dass sich seine Fantasien damit beschäftigten, sich zu unterwerfen. Mit einer Größe von knapp über 1,90 Metern und 100 Kilo – seinen Genen und dem Hang zum Sport sei Dank – wirkte er eher, als würde er den dominanten Part übernehmen. Als wäre er derjenige, der die Peitsche schwang, derjenige, der einen Körper fixierte, der das Kommando übernahm.

In einem abgesperrten Bereich in der Mitte der Straße waren zwei Andreaskreuze auf einer Bühne aufgestellt worden. Ein Mann, in nichts außer

1

engen schwarzen Shorts gekleidet, war an eines der Kreuze gebunden; seine Brust fest an das Holz gepresst. Ein kleinerer blonder Mann stand völlig unbekleidet mit dem Rücken am zweiten Kreuz. Donavans Puls begann zu rasen, als er beobachtete, wie die Handgelenke, Unterarme und Oberarme des nackten Mannes mit roten Seilen umwickelt wurden. Die Handlung war so simpel und doch erotisch. Die Art, mit der der Dom sich bewegte, wie die Seile durch seine Finger glitten und der konzentrierte Ausdruck in dessen gut aussehendem Gesicht hielten Donavan gefangen.

„Gefällt dir, was du siehst?"

Donavan wandte seinen Kopf nach rechts und sah einen schlanken, dunkelhaarigen Mann mit hungrigem Blick zu ihm aufsehen.

Er konnte dem Blick nicht ausweichen. Donavan hatte das ungute Gefühl, dass der Fremde ihn nicht nur ansah, sondern in ihn hineinsah. Er war gut einen Kopf kleiner als Donavan und wog höchstens achtzig Kilo. Und doch umgab ihn ein Hauch von Macht und seine Augen strahlten Selbstsicherheit aus.

Donavan verdrängte das komische Gefühl und wandte sich wieder der Bühne zu. „Hmm, ja, es ist interessant."

Sein Atem stockte, als der Fremde näher an ihn heranrückte. Er roch nach frischem Schweiß, Moschus und einem schweren, doch angenehmen Parfum. Aus dem Augenwinkel beobachtete Donavan, wie sich der kleinere Mann zurücklehnte, einen Fuß gegen die Mauer stemmte und die Arme vor der Brust verschränkte.

„Warst du je gefesselt?"

Donavan schüttelte den Kopf.

„Du hast darüber nachgedacht", sagte der Fremde mit selbstsicherem Tonfall.

Das war unmöglich! Unter keinen Umständen konnte dieser Kerl wissen, welche Fantasien Donavan hegte. Statt zu antworten, drehte er sich zu dem Kerl um. „Hast du dich jemals von jemandem fesseln lassen?"

„Ich übernehme das Fesseln", kam die knappe Antwort.

Donavan betrachtete den Mann für einige Sekunden. Er hatte ausgeprägte Wangenknochen, eine Aristokratennase und seine Lippen waren für ausgelassene Küsse wie geschaffen. Obgleich er gut aussah, hatte er nichts körperlich Dominantes an sich. Selbst seine Kleidung – eine schwarze Hose und ein maßgeschneidertes blaues Shirt – schrie nicht gerade danach, dass er einer der Lederdaddys war.

„Du?", fragte Donavan ungläubig.

„Du kennst das Sprichwort, dass Größe keine Rolle spielt?"

„Ja."

Der Fremde hob das Kinn an und grinste wissend. „In diesem Fall trifft es definitiv zu." Sich von der Wand abstoßend streckte er seine Hand aus. „Seth Manning."

Donavan schüttelte die ihm angebotene Hand. „Schön, dich kennenzulernen. Donavan Gregory." Als er seine Hand zurückzog, verstärkte Seth seinen Griff.

Er strich mit seinem Daumen über Donavans Handrücken und hielt seinen Blick gefangen. „Würdest du gerne erfahren, wie es ist, gefesselt zu sein, Donavan?" Seine Stimme war leise, verführerisch und wesentlich tiefer, als Donavan es erwartet hatte.

„Vielleicht. Irgendwann mal."

„Was sage ich immer? ‚Es gibt keine Zeit, wie den Augenblick'", konterte Seth.

„Jetzt?", fragte Donavan, obwohl sein erster Gedanke war, zügig abzulehnen.

„Warum nicht? Es ist Pride. Das ist deine Chance loszulassen und Spaß zu haben, ohne dass jemand wertet. Was sagst du?"

Natürlich war Donavan interessiert. Bedachte er das Prickeln seiner Haut und sein Herzrasen, hatte sich sein Körper längst dazu entschieden an Bord zu springen. Er sah kurz zu der Vorstellung und den Zuschauern. Zweifel stiegen in ihm auf. Er hatte sich nie zu den Exhibitionisten gezählt.

„Komm schon, Donavan. Nutz die Chance", ermutigte ihn Seth.

Donavan hielt Seths Blick. Es war so, so verlockend. Und es war garantiert keine Hürde, jemandem mit Seths Aussehen zu erlauben, Hand an ihn zu legen.

„Nur ein paar Fesselspiele. Ich werde nicht einmal verlangen, dass du dich ausziehst." Seth zwinkerte ihm zu. „Zumindest nicht dieses Mal."

„Ganz schön eingenommen von dir selbst, was?"

„Ja", antwortete Seth, ohne mit der Wimper zu zucken.

Donavan hatte sich garantiert von den Freiheiten, die der Pride bot, beeinflussen lassen – oder aber, er verlor seinen gottverdammten Verstand. Er war auf jeden Fall einverstanden. „Okay, aber meine Kleidung bleibt da, wo sie ist." Warnend hob er den Zeigefinger und deutete auf Seth. „Und versuche erst gar nicht, mich zu ficken, sobald ich gefesselt bin. Ich habe keinen Sex vor Publikum."

Sein Protest schien Seth nicht im Geringsten zu beeindrucken. Er ließ seinen Blick einfach über Donavans Körper gleiten. „Schade eigentlich, aber wir haben einen Deal. Gib mir einen Augenblick, damit ich alles vorbereiten kann."

Seth suchte sich einen Weg durch die Menge, huschte unter der Absperrung hindurch und ging zu einem großen Glatzkopf, der in der Nähe der Bühne stand.

Donavan atmete tief durch. *Wow! Was zum Teufel habe ich getan? Vor Zuschauern? Mit einem Fremden?* Er musste wirklich seinen Verstand verloren haben, es ging gar nicht anders. Bislang war er immer jemand gewesen, der gewisse Dinge lieber in den eigenen vier Wänden machte und überhaupt nicht gern im Mittelpunkt stand. Offensichtlich hatte dieser verrückte Tag auch auf ihn abgefärbt. Und all die neuen Eindrücke, die auf ihn eingeprasselt waren, hielten ihn verdammt gut im Griff, wenn er bedachte, dass er sich nicht einfach umdrehte und rannte, so schnell er konnte. Erregung durchflutete ihn und ihm wurde leicht schwindelig. Sein Schwanz war bereits steinhart.

Seth winkte ihn mit einem selbstbewussten Lächeln auf dem Gesicht zu sich hinüber.

Donavan zögerte für einen kurzen Augenblick, dann stieß er sich von der Mauer ab und ging durch die Menge, bis er an Seths Seite stand.

„Bist du bereit?"

Offensichtlich war er das, warum sonst sollte er hier stehen? Seine Unsicherheit blieb ihm dennoch treu. Als er antwortete, war sie deutlich in seiner Stimme zu hören. „So bereit, wie ich es nur sein kann."

Seth fuhr mit seiner Hand über Donavans Brustbein. „Du bist angespannt und zitterst. Atme tief durch. Es wird nicht wehtun, ich verspreche es dir."

Donavan nahm den Rat an. Er blickte Seth fest in die Augen und atmete tief ein, bevor er die Luft langsam ausstieß. Er spürte die sich in ihm ausbreitende Ruhe wie eine Decke, die sich über seine Schultern legte. Weiterhin auf Seths Augen konzentriert atmete er noch einige Male tief ein, bis auch das leichte Zittern nachließ.

„Sehr gut", lobte ihn Seth. „Achte weiterhin auf mich und konzentriere dich auf das Gefühl der Seile auf deiner Haut. Du wirst es genießen."

Um sie herum applaudierte die Menge, was Donavans Aufmerksamkeit auf die Bühne lenkte. Der Mann in Leder verbeugte sich, während der kleinere Mann vor ihm kniete.

„Wir haben heute eine Besonderheit für euch", verkündete der Seilheld. „Master Seth ist so freundlich und zeigt uns einige seiner Bondagekünste. Applaudiert."

Die Menge klatschte und jubelte.

Donavan hob fragend eine Augenbraue. „Master Seth?"

„Ja, so nennen sie mich. Komm." Seth nahm Donavans Hand und führte ihn auf die Bühne.

„Donavan, das ist Master Rick. Er brachte mir alles bei, was ich über Bondage weiß."

„Schön, dich kennenzulernen", sagte Donavan.

„Gleichfalls", antwortete Rick mit einem breiten Lächeln, bevor er sich an Seth wandte. „Bescheiden wie immer. Brauchst du irgendetwas Besonderes?"

Seth betrachtete Donavan für einen Augenblick, seine Lippen zu einem kaum wahrnehmbaren Lächeln verzogen. „Ich könnte vermutlich einen Hocker brauchen, allerdings würde das mein Image als großer, böser Dom ruinieren. Wie wäre es mit etwas, auf dem Donavan sitzen könnte?"

„Boy, bring Master Seth einen Stuhl", forderte Rick.

Der Mann, der noch immer neben Rick kniete, sprang auf. „Ja, Master."

„Ich würde es bevorzugen, wenn du den Stuhl vor das Kreuz stellst", fügte Seth hinzu.

Sobald der Stuhl an Ort und Stelle stand, führte Seth Donavan zu ihm. „Setz dich, bitte."

Donavan setzte sich, seinen Rücken an das Kreuz gedrückt. Gänsehaut machte sich breit, als er daran dachte, dass ihn jede einzelne Person in der Menge ansah. Er lief rot an und blickte instinktiv zu Boden.

„Sieht so aus, als seist du hierzu geboren." Seths Finger strichen durch Donavans Haar.

Donavans Kehle war so trocken, dass er kaum schlucken, geschweige denn sprechen konnte. Seiner Stimme nicht vertrauend verzichtete er auf eine Antwort. Es war unglaublich, wie sein Körper auf Seths Lob reagierte. Dabei war das hier nichts weiter als eine unschuldige Demonstration. Und doch fühlte es sich für Donavan nach wesentlich mehr an. Ein erster Schritt. Ein Schritt in eine neue Richtung.

Seth ließ das rote Seil durch seine Hände gleiten, Donavans Aufmerksamkeit wieder auf sich lenkend. Seine Finger strichen über das Nylon. Dann nahm er Donavans Hand in seine. Bereits diese erste Berührung ließ Hitze in Donavan aufsteigen, die sich gleich einen Weg zwischen seine Beine suchte. Seth hob Donavans Arm an und streckte ihn seitlich aus, bevor er das Seil um Donavans Handgelenk wickelte und es fest mit dem Kreuz verband.

Seth arbeitete wortlos, sein Gesicht in tiefer Konzentration, und wickelte das Seil um Donavans Unterarme bis hinauf zu den Oberarmen. Als Seth auch den zweiten Arm gefesselt hatte, keuchte Donavan vor Erregung. Er war weit über den Punkt hinaus, den man noch als angeturnt bezeichnen könnte. Seth hätte sich auch mit seinem Schwanz statt mit den Seilen beschäftigen können, der Effekt wäre derselbe gewesen.

„Wie fühlt es sich an? Drückt nichts ab?", fragte Seth.

5

Donavan zog kurz an den Fesseln und testete sie. Sie waren fest, doch nicht so, dass sie störten. „Nein."

„Gut. Wie fühlt es sich an?", fragte Seth ein weiteres Mal, seine Stimme tief, heiser und verführerisch, ganz so, als ob er längst die Antwort wusste.

„Es gefällt mir", gab Donavan zu.

Seth ließ seinen Blick zu Donavans Schritt gleiten und leckte sich die Lippen. „Ich glaube, dass es dir mehr als nur gefällt. Wenn du es schon magst, wenn ich dir die Arme fessele, dann wirst du den nächsten Schritt lieben."

Freudige Aufregung machte sich in Donavan breit und ließ seinen Schwanz zucken. *Herrgott!* Wenn das hier noch weiterging und gar besser wurde, würde er gleich in seiner beschissenen Jeans kommen. Sein ganzer Körper pulsierte mittlerweile vor Begierde.

Seth drückte sich zwischen Donavans Oberschenkel und streckte seine Hand aus. Jemand reichte ihm ein weiteres Seil, doch konnte Donavan seinen Blick nicht von Seth abwenden. Während er Seth durchaus gut aussehend fand, hatte er längst Typen gesehen, die wesentlich besser aussahen. Er hatte sogar das Glück gehabt, einige Kerle flachzulegen, die er schlichtweg als umwerfend bezeichnen würde. Trotzdem hatte ihn niemand so in den Bann gezogen, wie Seth es tat. Jede noch so leichte Berührung von Seths Fingern machte ihn an, steigerte seine Erregung.

Seths Oberschenkel rieben an seinen Beinen und schachterten die Glut in seinem Unterleib noch an. Die Menge verschwand aus seiner Wahrnehmung, schmolz unter der Hitze in ihm förmlich dahin. Er konnte sich nur noch auf Seth konzentrieren. Es war, als würde er nicht nur gefesselt, sondern als würden die Fesseln auf einer anderen Ebene ein weiteres Band schmieden. Eine Verbindung zwischen ihm und Seth. Er war sich sicher, dass auch Seth es spüren konnte. Die dicke Beule in Seths Hose unterstützte seine Vermutung nur noch. Er müsste sich nur ein paar Zentimeter nach vorne lehnen, die schmalen Hüften umfassen …

„Fühlt sich gut an, nicht wahr, Donavan? Dir gefällt es, gefesselt und mir ausgeliefert zu sein." Seth fragte erst gar nicht, er äußerte nur noch seine Feststellung. Er wusste es.

Donavan konnte das tiefe Keuchen, das seiner Kehle entfloh, nicht unterdrücken.

„Das reicht mir als Antwort", murmelte Seth. Er lehnte sich hinab, seine Lippen nur noch ein Haarbreit von Donavans Ohr entfernt. „Hmm, all die Dinge, die ich jetzt nur zu gerne mit dir anstellen würde. Du bist so furchtbar heiß, du glaubst es gar nicht."

Donavan erschauderte.

Seth kicherte leise über Donavans Reaktion. Er knüpfte das Seil in komplizierten Knoten über Donavans Brust zusammen. Dieser wünschte sich, anfangs nicht so zurückhaltend gewesen zu sein. *Zurückhaltend? Du warst eher ein verängstigtes Kind.* Und warum?

Jetzt hatte er den Salat. Statt die Knoten, das Seil – nicht zu vergessen Seths Finger – auf seiner nackten Haut zu spüren, befand sich Stoff zwischen ihm und seinem Glück. Er schloss die Augen und stellte sich vor, wie es sich ohne Kleidung anfühlen könnte. Er verlor sich in seinen Gefühlen, der Erregung und der Bewegung von Seths Körper. Donavan schwamm auf einer Welle purer Erregung, die, so unglaublich es schien, erotisch und beruhigend zugleich war. Er hang hier, wie lange wusste er nicht, doch es endete viel zu schnell.

Der Applaus der Menge riss Donavan abrupt aus seiner Trance. Er öffnete die Augen, suchte Seth, der am Rand der Bühne stand und sich verbeugte.

Als Seth zurückkam und damit begann, die Fesseln zu lösen, machte sich Enttäuschung in Donavan breit. Es war, als hätte man ihn an den Rand des Orgasmus gebracht und ihm doch die Erlösung verwehrt. Er wollte, dass Seth aufhörte, wollte ihn anflehen, ihn zum Höhepunkt zu begleiten und fallen zu lassen, doch brachte er keinen Ton heraus.

Nachdem er die Seile entfernt hatte, streckte Seth die Hand aus und half Donavan zurück auf die Beine. Die Menge applaudierte ein weiteres Mal. Donavan verstand nicht, warum. Die Show war zu Ende gewesen, bevor es zum Showdown kam. Was begeisterte sie daran? Donavan schwankte leicht und Seth legte einen stützenden Arm um ihn.

„Vom ersten Moment an, als ich dich sah, wusste ich, dass es dir gefallen würde. Danke dir, dass ich deinen Körper als meine Leinwand nutzen durfte. Es war sehr angenehm."

„Gern geschehen, aber ich sollte mich bei dir bedanken. Es war wirklich eine … Erfahrung."

Seth gönnte ihm ein breites Lächeln.

„Uhm … wie wäre es mit einem Drink oder so?", fragte Donavan, plötzlich unglaublich schüchtern.

„Sorry, ich habe erst einen Termin." Seth entließ Donavan aus seinem Halt und trat einen Schritt zurück. Er zog eine Karte aus seiner Tasche. „Ruf mich an, wenn du noch einen Schritt weitergehen magst."

Donavan nahm die Karte entgegen und betrachtete sie. *Dr. Seth Manning, MD, Gynäkologe.* „Du bist Arzt?"

„Überrascht dich das?"

„Ja, das kann man sagen", gab Donavan zu.

7

Seth sah auf seine Uhr. „Entschuldige, ich muss los." Er legte seine Hand in Donavans Nacken, zog dessen Kopf runter und platzierte einen leichten Kuss auf seinen Lippen. „Lass mich nicht zu lange warten."

Mit der Bitte drehte sich Seth um und verließ die Bühne, dabei die Hände von Menschen in der Menge schüttelnd. Donavan blieb entgeistert zurück und sah ihm nach. Ein Arzt? Ein Arzt als Daddy in Leder? Dieser Tag war echt voller Überraschungen. Er steckte die Karte ein und mischte sich, immer noch ungläubig, zurück unter die Menge.

2

ER SCHAUTE abwechselnd auf die beiden nackten Männer, die rechts und links von ihm knieten. Sie hielten ihre Hände hinter dem Rücken verschränkt. Ihre Rücken waren gestreckt, doch ihre Köpfe gesenkt. Donavan sah an sich herab. Auch er war unbekleidet. Verglichen mit den anderen Männern kam er einem Krieger gleich – groß, doch auch ungraziös vornübergebeugt, um kleiner zu wirken. Ein Mann, von Kopf bis Fuß in schwarzes Leder gekleidet, schritt um sie herum. Nur die Augen des Mannes waren sichtbar: dunkel, beinahe schon schwarz. Donavan hatte keine Ahnung, wer dieser Mann war und doch wusste er, wie wichtig es war, ihn zu beeindrucken. Eine kleine Gruppe Zuschauer hatte sich um sie herum versammelt und betrachtete die Szene, darauf wartend, dass der in Leder gekleidete Mann seine Auswahl verkündete.

Donavan hielt die Luft an, als der Dom auf die Schulter des Mannes rechts von ihm tippte. Der Sub hob den Blick, während sich sein Gesicht freudig erhellte.

„Senke den Blick!", forderte der Dom. Das Lächeln verschwand aus dem Gesicht des Subs und er sank in sich zusammen, wissend, dass er nicht ausgewählt werden würde.

Als der Dom wieder mit langsamen und bedachten Schritten um sie herum zu kreisen begann, atmete Donavan endlich aus. Er senkte seinen Kopf, doch beobachtete er aus den Augenwinkeln, wie der Dom vor dem Sub zu seiner Linken anhielt. Erneut hielt Donavan den Atem an, leise betend, dass auch dieser nicht ausgewählt werden würde.

Der Dom legte seine Hand auf die Schulter des kleinen Mannes, was diesen erschrecken ließ. Er nahm seine Hände vom Rücken und strich mit den Fingern über den mit Leder bekleideten Oberschenkel des Doms.

„Wie kannst du es wagen, mich ohne Erlaubnis zu berühren", ermahnte der Dom in einem dunklen und deutlich ärgerlichen Tonfall.

Der Sub verbarg sein Gesicht in seinen Händen und schluchzte.

Donavan streckte sich, verschränkte seine Hände fester hinter dem Rücken und streckte seine Brust raus, bevor er den lange angehaltenen Atem endlich ausstieß.

9

Für eine halbe Ewigkeit stand der Dom vor Donavan. Sein Puls raste, Schweiß machte sich auf seiner Stirn breit, doch wagte er es nicht, den Blick zu heben. Jeder Sekundenschlag der Uhr ließ seine Anspannung weiter ansteigen, so sehr, dass seine Schläfen zu pochen begannen.

Endlich berührte der Dom seine Schulter. „Du musst mir wohl genügen. Steh auf."

Er erhob sich, den Kopf weiterhin gesenkt und flüsterte: „Danke, Sir."

„Bedanke dich nicht zu früh."

Der Dom führte ihn durch die Menge. Kleine Gruppen aus zwei oder drei Männern wichen ihnen aus wie Wasser, das Felsen umspülte. Sie gingen durch eine dunkle Halle, bis sie einen größeren Raum erreichten. Auf ihrem Weg zogen sie etliche Zuschauer an, die ihnen folgten.

„Sieh dir nur die Größe dieses Sub an."

„Was stimmt nicht mit dem?"

„Wie konnte der Master nur jemand wie ihn auswählen?"

Als die Männer ihn musterten und seine Statur bemängelten, verkrampfte sich sein Magen. Seine Nerven waren zum Zerreißen gespannt und hatten ihren Zenit erreicht. Er kämpfte um jeden Schritt und zwang sich, einen Fuß vor den anderen zu setzen. Jede Faser seines Körpers schien zu schreien, ihn zu warnen, ihm zu sagen, dass er rennen, fliehen, verschwinden sollte. Dass er hier nicht hingehörte. Er war groß und stark und sollte niemandem erlauben, ihn zu kommandieren. Ihn zu schlagen.

Renn.

Aber er konnte nicht. Er folgte dem Dom die Treppen hinauf auf eine Bühne. Das Licht eines Scheinwerfers fiel auf ihn, während der Rest des Raumes in Dunkelheit gehüllt wurde. Noch immer konnte er das Gemurmel hören, den Spott, die Abscheu der Männer, die untereinander tuschelten.

„Auf die Hände und Knie", befahl ihm der Dom.

In der Mitte der Bühne fiel Donavan in die gewünschte Position. Er spreizte seine Knie schulterbreit und presste seine Hände auf den Holzboden.

Der Dom verschwand aus seinem Blickwinkel. Er fühlte sich allein, verletzlich. Das Gespött blieb ihm erhalten und er fühlte, wie ihm die Erniedrigung erste Tränen in die Augen schießen ließ. Er blinzelte, entschlossen, die Tränen zurückzuhalten. Er würde seinen Peinigern nicht die Genugtuung geben, vor ihnen zu weinen. Der Dom kam zurück in die Mitte der Bühne. Donavan hielt seinen Kopf gesenkt. Er fürchtete, er würde wie der erste Sub zusammenzucken, dennoch konnte er die Spitze der Gerte sehen, als der Dom auf seinen Oberschenkel zielte.

Der erste Schlag traf Donavans Hintern mit einem lauten Klatschen. Er keuchte vor Schmerz auf und biss sich auf die Zunge, darauf bedacht, möglichst keinen Ton von sich zu geben. Ein weiterer Schlag traf ihn. Diesmal war der Schmerz so gewaltig, dass Donavan sich nicht zusammenreißen konnte. Er warf den Kopf zurück, Tränen rollten über seine Wangen und er schrie.

Gelächter machte sich in der Menge breit, gespickt mit Beleidigungen und Anfeuerungen.

Plötzlich erschien der Dom vor ihm, seine dunklen Augen zusammengekniffen. „Ich habe Männer, die nur halb so groß waren wie du kräftiger geschlagen und sie konnten mehr vertragen." Er ließ die Gerte zu Boden fallen und sagte, bevor er fortging: „Du ödest mich an."

Die Menge bebte vor Gelächter.

Donavan fuhr im Bett hoch. Unwillkürlich sah er sich in der Dunkelheit um, die Augen weit aufgerissen, nicht sicher, wo er sich befand. Tränen der Erniedrigung liefen immer noch seine Wangen hinunter. Langsam wurde der Raum vor ihm deutlich und er erkannte, dass er sich in seinem Schlafzimmer befand.

„Nur ein Traum", murmelte er erleichtert. Er sank zurück auf die Matratze und strich sich mit den Händen übers Gesicht.

Was zum Henker hatte es nur mit diesem verdammten Traum auf sich? Es war derselbe Traum, den er in der letzten Nacht gehabt hatte – und in der Nacht davor. Derselbe Traum, den er seit der Nacht auf dem Pride-Festival vor fast einer Woche immer wieder durchgemacht hatte. Er rollte sich auf die Seite, griff eines der Kissen und drückte es sich an die Brust. Krampfhaft zwang er seine Atmung und seinen Herzschlag sich zu beruhigen, trotzdem konnte er nichts machen, damit das bedrückende Gefühl, das der Traum hinterließ, verschwand. Und doch, ein Teil seines Verstands versuchte zu verstehen, suchte nach Wegen, was er hätte anders machen können, wie er seine Reaktionen im Traum hätte anpassen können, um den Mann in Leder zufriedenzustellen. Warum war ihm das überhaupt wichtig? Er drehte den Gedanken im Kopf hin und her, doch egal wie sehr er sich bemühte, konnte er doch nicht verstehen, warum es ihn überhaupt interessierte, jemanden, den er überhaupt nicht kannte, zufriedenstellen zu können. Warum er, obwohl das Gefühl der Erniedrigung immer noch in ihm brannte, die Gerte auf seinem Arsch spüren wollte. Warum sein Schwanz hart war und nach Erlösung schrie.

„Gott, du bist krank."

Er legte die Hand um seinen Schwanz. Der erste Zug ließ einen Schauder seinen Rücken hinunterrasen und seine Hoden sich zusammenziehen. Er entschied sich für einen harten und schnellen Rhythmus. Er schob das Kissen weg und griff seinen Sack, zog daran, während er sich selbst rieb. Er versuchte, an Sex, ans Blasen – an alles andere zu denken als das, was in seinem Traum passiert war. Und doch klappte es nicht. Die Erinnerung an die Gerte, die seinen Arsch traf, drängte sich just in dem Augenblick zurück in den Vordergrund, als er über seine Hand kam. Echt jetzt, was war er nur für ein kranker Kerl.

3

SCHWEIß LIEF Donavans Schläfen herunter, seine Arme bebten von der Anstrengung, das Gewicht hochzuhalten. Noch eine Wiederholung. Er atmete tief ein, senkte die Hantelstange zur Brust, atmete aus und wappnete sich.

„Wag dich nicht, jetzt aufzugeben. Drück!", forderte Cain.

Er nahm seine letzten Kräfte zusammen und knurrte. Er drückte den Rücken durch, presste – und schaffte die Wiederholung. Heftig keuchend sank er auf die Bank zurück und schüttelte seine müden Arme aus, während Cain die Hantel zurück in ihre Halterung legte. Donavans Arme brannten, sein Rücken und seine Brust waren angespannt und schmerzten.

„Ich habe keine Ahnung, warum ich diesen Scheiß überhaupt mache", murmelte er.

„Weil du mit all diesen Muskeln wie ein verdammter Gott aussiehst. Deshalb." Cain warf ein weißes Handtuch auf Donavans Brust.

Donavan setzte sich rittlings auf die Bank und rieb sich mit dem Handtuch über das Gesicht und den Nacken. „Ich fühle mich nicht wie ein Gott. Eher wie ein großer Haufen Scheiße." Die letzten zwei Stunden im Studio hatten ihn ausgelaugt.

„Im Augenblick stinkst du eher wie ein verdammter Dämon. Los, lass uns duschen gehen."

Seit drei Jahren war Cain Eastman Donavans bester Freund. Sie hatten sich kennengelernt, als Cain in derselben Fabrik eingestellte wurde, in der auch Donavan arbeitete. Sie teilten sich ihre Vorliebe fürs Krafttraining, dem Hockeyteam der Red Wings und protzigen Autos. Ganz nebenbei sah Cain mit seinen halblangen blonden Haaren, dem gefurchten Kinn und den starken Wangenknochen auch noch atemberaubend aus. Würde er sich einen Bart wachsen lassen, wäre er mühelos der Doppelgänger eines jungen Alan Jackson. Zudem war er dominant. Alles Dinge, die sich Donavan von einem Lover wünschte. Wäre da nicht ein einziges Problem: Cain war durchweg hetero. Er war allerdings kein Macho und hatte keinerlei Probleme mit Donavans Sexualität. Schließlich war er in einer eher ungewöhnlichen Familie aufgewachsen: Bei zwei Lesben aus der Hippie-Szene und einer großen Prise ‚Friede, Liebe und Blumen für dein Picknick'.

„Kommst du?", schrie ihm Cain von der Tür der Umkleide zu.

Donavan stemmte sich hoch. Seine Muskeln und Bänder protestierten immer noch, seine Gelenke knarrten und knackten. Er stöhnte von der Anstrengung, die die Bewegung mit sich brachte. Cain streifte seine Kleidung ab und schmiss sie auf eine Bank, bevor er locker und flockig das Wasser an zwei Duschen anstellte.

„Ich kann dich gerade wirklich nicht leiden", grummelte Donavan, als er im Vergleich schon damit kämpfte, nur sein Shirt und die Hose auszuziehen.

„Tja, es ist wohl nicht meine Schuld, dass du diese Woche faul warst. Vertrau mir, später wirst du mir noch danken."

„Das bezweifle ich." Donavan trat unter den heißen Duschstrahl. Er stemmte die Hände gegen die Wand und ließ den Kopf hängen. Das Wasser prasselte auf seinen Rücken ein und er stöhnte leise auf. Garantiert würde er sich nicht mehr von hier wegbewegen. Niemals.

„Und? Hast du diesen Arzttypen schon angerufen?"

„Nein."

„Und warum zur Hölle nicht? Du meintest doch, dass er's dir angetan hat."

Donavan drehte den Kopf in Cains Richtung. „Ich habe niemals gesagt, dass er es mir angetan hat, nur dass er heiß ist. Außerdem ist er Arzt." *Ein Arzt und Experte auf einem Gebiet, von dem ich nicht weiß, ob ich es vertragen kann, was ich nicht rauskriege, weil ich zu feige bin, es auszutesten.*

Cain presste sich ein wenig Shampoo in die Hand und schmiss die Flasche in Donavans Richtung. „Und?"

„Hey!" Donavan fing die Flasche gerade rechtzeitig auf. Einen Moment später und sie hätte ihn am Kopf getroffen.

„Bist wohl doch nicht so fertig, wie du vorgibst", sagte Cain grinsend.

„Fuck you", murmelte Donavan, drückte sich selbst Shampoo auf die Hand, bevor er die Flasche zur Seite legte und das Shampoo im Haar verteilte.

„Das wird wohl nicht geschehen, Sportsfreund", erwiderte Cain lachend. „Aber dein dominanter Arzt könnte es tun. Falls du ihn anrufst."

Über die letzte Woche hinweg hatte Donavan selten über etwas anderes nachgedacht. Die Erinnerung an Seth, Vorstellungen, wie er ihn fesselte und fickte, stiegen ihm tagsüber immer wieder vor Augen. Oft genug in den unpassendsten Situationen. Mehrfach hatte er sein Handy in die Hand genommen, aber wie gerne er auch anrufen und mit Seth reden würde, hatte er es nie über sich gebracht, die Nummer auch zu wählen. Offen gestanden, obwohl er Seth gerne wiedersehen und sein Angebot annehmen würde, war er doch zu feige. Dieser miese Traum ließ ihn seine heimliche Neigung deutlich infrage stellen.

Er schrubbte sich schnell komplett, wusch den Schaum ab und stieg wortlos aus der Dusche.

Cain wollte das Thema offenbar nicht fallenlassen und folgte ihm in die Umkleide. „Ich versteh dich nicht. Die ganze Woche über hast du von dem Kerl geschwärmt. *Ich werde ihn anrufen. Nein, ich kann es nicht. Ich sollte ihn anrufen. Oh nein, ich kann ihn auf keinen Fall anrufen.* Bla, bla, bla. Bist du dir sicher, dass du echt fünfundzwanzig bist? Ernsthaft, du benimmst dich wie ein zickiger Teenager."

Donavan winkte ab und trocknete sich die Haare und die Brust ab. „Warum interessiert es dich überhaupt, ob ich ihn anrufe oder nicht?"

„Mann, weil ich dich niemals so erlebt habe. Dein Hin und Her geht mir langsam echt auf die Nerven. Der Kerl hatte dich die verdammte Woche völlig im Griff."

Du hast keine Ahnung. „Wie wäre es, wenn du dich um dein Liebesleben kümmerst und ich mich um meines." Donavan schmiss das feuchte Handtuch in seinen Spind und zog sich ein sauberes T-Shirt über.

Cain ließ das Thema für den Moment fallen, doch wusste Donavan, dass es nicht gegessen war. Es wäre besser gewesen, er hätte seinem Freund nicht so viel über Seth erzählt.

Als sie fertig angezogen waren und ihre Taschen packten, versuchte es Cain erneut – dieses Mal, indem er sich Donavans Handy schnappte und davonlief.

„Was zur Hölle? Gib es zurück!", forderte Donavan.

Cain drehte sich um, bevor Donavan ihn in die Finger bekam. „Es ist nur zu deinem Besten."

„Was zum Henker soll das bedeuten?" Donavan erstarrte. „Oh Scheiße! Ich mag nicht, wie das klingt. Du machst besser nicht das, was ich denke."

Cain lachte nur und verschwand um die Ecke der Spindreihe. Panik stieg in Donavan auf und er strauchelte gerade hinter Cain her, als er ihn sagen hörte. „Hallo, spreche ich mit Dr. Manning?"

„Verflucht noch mal, Cain, gib mir mein Handy." Donavan griff nach ihm, doch Cain hatte seine Bewegung bereits erahnt und verschwand in die andere Richtung.

„Donavan würde gerne kurz mit Ihnen sprechen, sofern Sie einen Augenblick Zeit haben."

Cain blieb stehen und wandte sich mit einem riesigen, Scheiße fressenden Grinsen im Gesicht zu ihm. Er hielt ihm das Handy hin. „Er möchte mit dir sprechen."

15

„Glaub mir, ich bringe dich um", fluchte Donavan und riss das Handy aus Cains Hand. So wie dieser grinsend und kichernd davonstolzierte, nahm er seine Drohung überhaupt nicht ernst.

Arschloch!

Donavan räusperte sich und hob das Handy zum Ohr. „Uhm ... hallo? Seth?"

„Ich hatte gehofft, dass du anrufen würdest", antwortete Seth. Seine ruhige, rauchige Stimme reichte völlig, um einen heißen Blitz förmlich in Donavans Schritt zu jagen.

„Wirklich?"

„Ja, klar. Warum sonst hätte ich dir meine Karte gegeben?"

„Ich wollte ... ich meine, ich war recht beschäftigt", redete er sich schnell heraus, um bloß nicht verzweifelt zu klingen. „Ich hab dich nicht zu einer unpassenden Zeit erwischt, oder?"

„Ehrlich gesagt, ja."

Und ein weiterer guter Grund, um Cain umzubringen. „Es tut mir wi..."

„Triff dich mit mir zum Abendessen. Sagen wir um sechs bei Luigi?"

Geschockt ließ Donavan das Handy aus der Hand gleiten, fing es aber noch auf, bevor es auf dem Boden landete. „Der Italiener bei Walworth?"

„Ja, genau der."

Donavans Pulsschlag stieg in die Höhe und er konnte sich das Lächeln, das sich auf seinem Gesicht ausbreitete, nicht verkneifen. „Ja, ich werde da sein."

„Gut, dann sehen wir uns."

Das Gespräch endete und Donavan starrte auf das Handy, während er versuchte zu verstehen, was gerade passiert war. Warum hatte er sich eine Woche davor gedrückt, wenn es doch so verdammt einfach gewesen war? Es war so gewöhnlich und simpel gewesen und ließ das Gefühl zurück, dass etwas fehlte. Es war vergleichbar mit seinen Gefühlen, gefesselt zu sein und zu warten, dass noch etwas kam – und dann passierte nichts. Kein Blitzschlag, kein Boden, der sich unter seinen Füßen auftat. Nichts.

„Uh, Mist!" Cain hatte recht. Er verhielt sich wirklich wie eine Zicke. Er schaltete das Handy aus und stapfte zurück zu seinem Spind.

„Hast du ein Date, mein großer Junge?"

Donavan hob warnend den Finger. „Ich werde dich immer noch umbringen."

Cain schulterte seine Tasche und grinste. „Du solltest dir deine Energie besser für Dr. Fühldichgut aufheben. Danken kannst du mir hinterher." Er schritt aus der Umkleide und winkte, ohne sich umzudrehen.

16

Donavan schüttelte den Kopf. Wie kann er wütend auf den Idioten sein? Er hatte ein Date mit Seth. Trotzdem würde er noch warten, bevor er seine Dankesrede übte.

DONAVAN ROLLTE die Schultern, während er vor Luigis Tür stand. Die Krawatte gab ihm das Gefühl, zu ersticken und das enge Jackett schränkte seine Bewegungen ein. Er hasste es, einen Anzug zu tragen, doch nachdem er sich jedes einzelne Kleidungsstück in seinem Schrank angesehen hatte, war der Anzug die einzige Lösung, die passend schien. Und doch fühlte es sich falsch an, ganz so, als trüge er einen Anzug eines Freundes. Für gewöhnlich trug er solch einen Mist nicht und ein Essen mit einem Arzt war etwas für Leute in einer anderen Liga.

Wenn er sich auch fehl am Platz fühlte, so übermannte seine Aufregung schließlich die Unsicherheit und er zog die Tür auf. Das Restaurant war gut gefüllt, alles Gäste, die Freitagabend gerne essen gingen. Donavan atmete erleichtert auf, als er feststellte, dass die Damen in Abendgarderobe und die Herren in Anzüge gekleidet waren.

Eine große attraktive Dame grüßte ihn mit einem breiten Lächeln. „Guten Abend, der Herr. Haben Sie reserviert?"

Donavan sah sich im Restaurant um und suchte nach Seth. Sein Blick glitt zu seiner Uhr. Er war fünf Minuten zu früh, vielleicht war Seth noch gar nicht hier. „Eigentlich treffe ich jemanden. Dr. Seth Manning."

Das Lächeln der Restaurantangestellten wuchs noch. „Dann müssen Sie Donavan sein. Wenn Sie mir folgen würden, bringe ich Sie zu Ihrem Tisch."

Donavan folgte ihr zum privaten Bereich des Restaurants. Kaum sah er Seth, der in einem noblen Bereich mit roten Ledermöbeln wartete, schlug sein Herz schneller. Seth war die einzige Person in dem kleinen Speisesaal. Er trug einen maßgeschneiderten braunen Anzug mit einem blass-gelben Hemd und einer in Braun und Burgunder gestreiften Krawatte. Die Farben hoben seine gebräunte Haut und die dunklen Augen hervor. Meine Güte, sah der Kerl gut aus. Er sah sogar noch besser aus, als Donavan ihn in Erinnerung hatte.

Mit einer eleganten Bewegung schob sich Seth von der Sitzbank und stand auf, als Donavan näherkam. „Ich freue mich, dich zu sehen. Bitte, setz dich zu mir", sagte er und deutete mit der Hand in Richtung der Sitzecke.

Die Restaurantdame schob den Tisch ein wenig zur Seite, damit Donavan mehr Spielraum hatte, in die Sitzecke zu gelangen. Nachdem sich Seth direkt neben ihn gesetzt hatte, platzierte sie den Tisch wieder an seinen ursprünglichen Ort. „Ich werde die Bedienung sogleich zu Ihnen schicken."

„Ich danke Ihnen, Michelle. Würden Sie uns ein paar Minuten geben, bevor Sie Jonathan zu uns schicken?"

„Natürlich, Sir."

Seth blickte ihr nach, bis sie verschwunden war, dann erst wandte er sich zu Donavan.

„Es freut mich wirklich, dich zu sehen. Du siehst gut aus."

„Danke", antwortete Donavan, dennoch fühlte er sich ob des Kompliments unwohl. Seine Wangen wurden rot und er sah in die andere Richtung. „Du auch."

„Möchtest du einen Wein?"

„Ich bin nicht wirklich ein Weintrinker. Ich stehe eher auf Bier, aber ich probiere ihn gerne aus."

Seth schüttete ein wenig Wein in das Glas, welches vor Donavan auf dem Tisch stand, nahm sein eigenes, halb volles Glas in die Hand und hob es hoch. „Ein Prost auf eine Nacht der neuen Dinge."

Der verführerische Tonfall traf Donavan mitten in den Unterleib und er musste den Schauer, der seinen Rücken hinuntergleiten wollte, unterdrücken. So hob er sein Glas und stieß es vorsichtig an Seths. „Auf die neuen Dinge." Er nahm einen Schluck und kostete die Aromen von Lakritz, Beeren und Gewürzen auf seiner Zunge. Sie waren köstlich und wärmten nicht nur seine Kehle, sondern auch seinen Bauch. Er nahm einen weiteren Schluck.

„Ich möchte mich dafür entschuldigen, dass mein Freund Cain dich angerufen hat."

„Warum das?", fragte Seth, das Glas auf den Tisch stellend und sich zurücklehnend.

„Ich meinte … nun, ich wollte dich anrufen, doch …" Donavan stieß einen frustrierten Seufzer aus. Er klang wie ein stammelnder Idiot. „Der Wein ist wirklich gut." Er trank einen großen Schluck.

„Es freut mich, dass er dir schmeckt", antwortete Seth mit einem wissenden Lächeln. „Du wirkst ein wenig nervös. Warum?"

„Wirklich? Ich weiß nicht. Eigentlich bin ich niemand, der, um es mit Cains Worten zu sagen, handelt, wie ein zickiger Teenager."

„Ich mag diesen Cain." Seth lachte leise. „Dann muss ich es wohl sein, vor dem du dich fürchtest."

Donavan rutschte in seinem Sessel hin und her. Seths Nähe, sein Geruch, der ihm in die Nase stieg, seine Körperwärme, die auch ihn erwärmte und seine Nervosität zusätzlich in die Höhe katapultierte. Vielleicht war es aber auch nur die Aufregung. Was es auch war, sein Körper bebte förmlich.

„Vielleicht ein wenig", gab Donavan zu. Es gab keinen Grund, Seth anzulügen.

„Dann habe ich diesen Abend wohl eine neue Aufgabe, nicht wahr?"

„Und die wäre?", fragte Donavan neugierig.

„Dich zu beruhigen, während ich deinen Körper verwöhne." Seth legte eine Hand auf Donavans Oberschenkel und drückte leicht zu. „Ich mag solche Aufgaben."

Donavan verschluckte sich beinahe an seinem Wein. Er stellte das Glas zur Seite und trocknete sich die Mundwinkel mit einer weißen Stoffserviette ab. Er war es nicht gewöhnt, dass Männer so direkt zu ihm waren. Es war nicht so, dass es ihm nicht gefiel, ganz im Gegenteil. Es war schlichtweg ungewohnt. Seine Größe schreckte die Leute in der Regel ab, nicht aber Seth. Seth mochte wesentlich kleiner als Donavan sein, seine Selbstsicherheit jedoch gehörte in einen Körper, der mindestens doppelt so groß war.

„Du bist dir noch nicht sicher, wie du mit mir umgehen sollst, kann das sein?", merkte Seth an.

„Das müsste die Untertreibung des Jahres sein."

Seth tätschelte Donavans Oberschenkel und reichte ihm die Karte. „Lass uns bestellen. Wir können unsere Beziehung während des Essens besprechen. Darf ich dir den Schwertfisch empfehlen?"

Donavan nahm die Karte entgegen und öffnete sie, glücklich über die ihm gewährte Ablenkung. Er brauchte den Moment, um seine Nerven wieder unter Kontrolle zu bringen. Nicht, dass es einfach war. Seths Hand lag warm auf seinem Oberschenkel und die leichten Bewegungen von Seths Daumen reizten seine Nerven und ließen die Erregung in ihm aufsteigen.

Er betrachtete die Auswahl. Es war auf Italienisch geschrieben und Donavan hatte nicht die leiseste Ahnung, was da stand. Allerdings wollte er nicht wie ein Idiot dastehen, weshalb er Seth auch nicht fragte. So schloss er die Karte und legte sie beiseite. „Ich mag Fisch nicht wirklich. Wie ist das Hühnchen Alfredo?"

„Das Beste der Stadt." Mit seiner freien Hand winkte er den Mann, der wohl Jonathan war und im Gang neben der Tür wartete, zu sich heran.

„Möchten Sie bestellen, Sir?"

„Ja, Jonathan. Ich nehme den Schwertfisch, meine Begleitung nimmt das Hühnchen Alfredo. Könnten Sie uns noch einen von Antonios Vorspeisenspecials bringen?"

„Natürlich, Sir. Kommt sofort, Sir."

Seth stützte sich mit einem Ellenbogen auf dem Tisch ab und betrachtete den Wein in seinem Glas. Er schwenkte die dunkelrote Flüssigkeit, bevor er einen Schluck trank und sich wieder Donavan zuwandte. „Hast du über unser letztes Mal nachgedacht?" Seth trank einen weiteren Schluck und blickte Donavan direkt an. „Ich habe es. Offen gestanden, oft."

„Meine Gedanken gingen in die Richtung", gab Donavan zu, ohne zu viel zu verraten. Er war neugierig, was Seth über die ganze Sache dachte.

„Hast du darüber nachgedacht, es noch mal zu machen, vielleicht in einer eher privaten Situation?"

Jede beschissene Nacht. Donavan rutschte ein wenig auf seinem Sitz und spreizte die Beine ein wenig, um seinem anschwellenden Penis mehr Raum zu geben. „Ja."

Seth ergriff seine Hand und legte die Finger zwischen seine. „Als ich dich zum ersten Mal beim Pride gesehen habe, fühlte ich etwas. Und ich bin glücklich, dass mein Gefühl recht behielt."

Donavan sah auf ihre Hände, dann zurück in Seths Gesicht und neigte den Kopf. „Du konntest das sagen, obwohl du mich nur angesehen hast?"

„Nein, es war die Art, mit der du die Subs betrachtet hast und das Verlangen in deinem Gesicht."

Erneut wusste Donavan nicht, was er antworten sollte. Es stimmte, er hatte die gefesselten Männer beneidet, er hatte derjenigen sein wollen, der dem Dom zu Füßen kniete. Glücklicherweise brauchte er gar nicht zu antworten, denn die Bedienung kam zur absolut passenden Zeit. Er platzierte das große Tablett mit den Vorspeisen auf dem Tisch und verschwand wieder.

„Das sieht wunderbar aus", kommentierte Donavan und überlegte, was er zuerst probieren sollte.

„Antonio ist ein grandioser Koch und er verwöhnt mich. Ich entschädige ihn, indem ich mindestens einmal die Woche hier esse."

Wieder einmal wurde Donavan daran erinnert, dass nicht nur ihre Statur sie voneinander unterschied. Er war zwar nicht in der Lage gewesen, die Karte zu lesen, die Preise hatte er dennoch nicht übersehen. Mit seinem mageren Gehalt könnte er sich glücklich schätzen, wenn er nur ein Mal im Monat hier essen konnte. Donavan wählte ein kleines Bruschetta aus und steckte es sich in den Mund.

Seth ließ seine Hand los. Er legte sich die Serviette auf den Schoß und nutzte die Gabel, um zwei marinierte Shrimps auf den Teller zu legen. Donavan stellte mit einem Mal fest, dass er wirken musste, wie ein Idiot. Er aß mit den Händen – und das in einem Restaurant wie diesem? Gott, das hier war wirklich nicht seine Liga. Er hätte nicht kommen sollen. Er erschauderte vor seiner eigenen Dummheit.

„Habe ich etwas Falsches gesagt?"

Donavan schüttelte den Kopf. Er kaute zu Ende und spülte den Bissen mit einem Schluck Wein herunter. „Nein, aber ich bin neugierig, warum du mich eingeladen hast."

„Weil mir unsere Zeit zusammen gefallen hat. Außerdem fühle ich mich ziemlich zu dir hingezogen", antwortete Seth locker.

„Ich bin ein Mechaniker. Ich habe nicht einmal eine Ahnung, welche Gabel ich nutzen muss." Er deutete zu der Vielzahl an Besteckstücken auf dem Tisch. „Und nicht nur, dass ich noch nie Wein getrunken habe, ich bin mir auch verdammt sicher, dass ich noch nie aus Kristallgläsern getrunken habe."

„Und Zuneigung hat damit zu tun, welches Glas du zum Trinken nutzt?", fragte Seth. Er hatte den Kopf gebeugt und nutzte Gabel und Messer, um die Shrimps zu zerkleinern. Donavan hatte jedoch das Gefühl, dass Seth sein Grinsen verbergen wollte.

„Ich meinte es nicht so. Ich meinte …" Schon wieder stotterte er. Er seufzte erneut frustriert. Vermutlich sollte er einfach die Klappe halten. Er streckte die Hand nach einem weiteren Appetitanreger aus, hielt sich aber zurück und benutzte statt der Hand die Gabel.

„Donavan, ich weiß, was du meintest. Du bist aufgeregt, seit du hier bist. Ich versuche nur, die Stimmung ein wenig zu lockern. Darf ich einen Vorschlag machen?"

„Ja, natürlich."

„Wie wäre es, wenn wir uns einfach kennenlernen und schauen, wohin die Reise geht?"

Hoffentlich direkt ins Schlafzimmer. Der Gedanke ließ Donavan lächeln und er nickte. „Ja, ich würde gerne sehen, wohin es geht."

„Perfekt!"

4

DAS HÄHNCHEN Alfredo war so fantastisch, wie Seth gesagt hatte. Ihre Unterhaltung während des Essens war sogar noch besser. Seth lockerte, so wie er es versprochen hatte, die Stimmung auf, und als Donavan den letzten Bissen nahm und seinen Teller von sich schob, war er nicht nur ruhig, sondern er hatte einiges über Seth erfahren. Er war 32, Gynäkologe und vermutlich die interessanteste Person, mit der sich Donavan je unterhalten hatte. Er war vielseitig und doch lustig und gelassen. Seth hatte eine Art, mit der er Donavan über die unsinnigsten Dinge zum Lachen brachte. Er hatte eine tolle Zeit, und als sich das Gespräch langsam Seths Lifestyle zuwandte, saß Donavan praktisch auf der Kante seines Stuhls.

„Ich bin immer noch erstaunt, dass du ein Lederdaddy bist. Du weißt, als bekannter Arzt und so."

„Ich bin kein Lederdaddy. Siehst du irgendwo Leder an mir oder Kinder, die um meine Aufmerksamkeit betteln?", antwortete Seth.

„Du könntest mein Daddy sein", murmelte Donavan leise.

„Was war das?"

Donavan lehnte sich zurück, sein Weinglas mit sich nehmend. „Gar nichts", sagte er über den Rand hinweg und trank einen Schluck. „So, wenn du also auf der Bühne bist oder wo auch immer du Männer fesselst, wie möchtest du da genannt werden?"

„Sir, und, sofern der Boy mir gehört, dann Master. Ich habe keine Probleme mit Lederdaddys, allerdings stehe ich nicht wirklich auf Leder – außer es ist mein Flogger oder die Peitsche. Ich bevorzuge eigentlich die Bezeichnung Dom."

„Wie in dominant?"

„So ziemlich. Hattest du jemals einen dominanten Partner, Donavan?"

„Nein."

„Hättest du gerne einen?" Die Art, wie Seth die Frage stellte, mit tiefer und heiserer Stimme, ließ einen Schauer über Donavans Rücken laufen.

Wieder hielten ihn diese braunen Augen gefangen, sein Körper bebte voller dunkler Begierde, die Seth aus den Tiefen seines Seins zog. „Ja", gab er zu.

Seth legte seine Hand wieder auf Donavans Oberschenkel. Seine langen Finger neckten die Innenseite seines Beines, sich langsam höher schiebend. Donavan schloss die Augen und ein leises Stöhnen entglitt ihm, als Seth seine Hand über seinen harten Schwanz gleiten ließ. Seth beugte sich zu ihm.

„Lass mich dich mit nach Hause nehmen", flüsterte er in Donavans Ohr, was gleich ein weiteres Beben durch seinen Körper schickte.

Donavan zögerte nicht einmal, bevor er antwortete. „Du kannst mich hinbringen, wohin auch immer du wünschst."

„Hmm, all die Orte, zu denen ich dich gerne bringen würde. Sollen wir noch Nachtisch bestellen, bevor wir gehen?", bot Seth an.

Ermutigt durch die Hand in seinem Schritt, erwiderte Donavan Seths Blick und leckte sich die Lippen. „Ich bezweifle, dass sie das, was ich will, im Programm haben."

„Ich dachte mir dasselbe." Seth drückte Donavans gefangene Erektion mit klarer Intention. Dann entließ er Donavan, rutschte aus der Sitzecke raus und streckte die Hand aus. „Sollen wir?"

„Sollten wir nicht auf die Rechnung warten?", fragte Donavan, doch nahm die ihm angebotene Hand und kam auf die Beine.

„Darum wurde sich längst gekümmert."

Seth hielt seine Hand wieder in der seinen und geleitete Donavan aus dem Restaurant, auf dem Weg kurz anhaltend, um Michelle auf die Wange zu klopfen und einen guten Abend zu wünschen. Donavan war bislang nicht mit vielen Männern zusammen gewesen, die keine Probleme damit hatten, in der Öffentlichkeit Händchen zu halten oder sich gegenseitig zu berühren. Vielleicht war es der Altersunterschied, der Seth so locker mit seiner Sexualität umgehen ließ. Obwohl Donavan das Gefühl nicht losließ, dass Seth sich schlichtweg wohl in seiner Haut fühlte. Sein selbstbewusstes Auftreten hatte garantiert damit zu tun.

Draußen wehte ein laues Sommerlüftchen und unzählige Sterne blitzten am Himmel. Das war selten in der Stadt, daher nutzte Donavan die Gelegenheit und genoss die Ansicht.

„Es ist wunderschön heute Nacht", kommentierte Seth und legte einen Arm um Donavans Hüfte.

„Ja, das ist es. Es ist so selten, dass wir so einen Himmel haben. Normalerweise sind die Sterne hinter dem Smog verborgen."

„Die Sterne sind nicht das einzig Besondere heute Nacht."

Donavan fühlte sich immer noch unwohl, wenn ihm Komplimente gemacht wurden, daher antwortete er nicht. Trotzdem konnte er das Lächeln nicht unterdrücken.

„Fürchtest du, dass der Morgen furchtbar peinlich wird?"

23

Donavan beugte den Kopf. „Bitte? Was hat das denn mit dem Nachthimmel zu tun?"

„Gar nichts, obwohl ich hoffe, dass er von meinem Schlafzimmerfenster aus genauso reizend aussieht. Hättest du damit ein Problem, wenn du morgen früh in meinem Bett aufwachst?"

Langsam gewöhnte sich Donavan an Seths Direktheit. Er mochte Männer, die wussten, was sie wollten und sich genau das nahmen. Er konnte viel von Seth lernen; und damit jetzt beginnen. Er ließ seinen Blick über Seths Körper gleiten, stoppte an seinem Schritt, bevor er wieder aufsah und lächelte.

„Es kommt drauf an …"

„Auf was?", hakte Seth nach.

„Wie wund ich am Morgen bin."

Seth riss den Kopf zurück und lachte lautstark auf. Das Geräusch reizte Donavan und er konnte nicht anders, als mit ins Lachen einzufallen. Seth drückte ihn dichter an sich. „Verdammt, ich entdeckte ein Juwel, als ich dich fand. Ich würde vorschlagen, wir nehmen meinen Wagen und machen eine Nacht draus. Was würdest du sagen?"

Donavan biss sich auf die Unterlippe und dachte über Seths Vorschlag nach. *Was stimmt nicht mit dir? Sag ja, du Idiot.* „Der erste Gedanke, der mir kam, war, ob mein Wagen hier über Nacht stehen bleiben kann. Der Zweite: Wen interessiert's. Lass uns gehen."

Seth kicherte wieder. Verdammt, er könnte sich echt an das Kichern gewöhnen. Wenn Seth glücklich war, strahlte praktisch sein ganzes Gesicht, was ihn noch anziehender machte. Seth bat den Angestellten sein Auto vorzufahren und die beiden warteten, sich in den Armen liegend, und genossen die Frühsommernacht. Donavan musste sich auf etwas anderes als den Mann in seinen Armen konzentrieren. Denn eigentlich wollte er nichts anderes, als Seths Kleidung runterzureißen und sich die Nachspeise gleich hier und jetzt zu gönnen. Er musste tief durchatmen, den Augenblick genießen und seinen Schwanz vergessen. Natürlich war das leichter gesagt als getan, denn Seth war so nah bei ihm und er wusste genau, wohin der Abend noch führen würde.

Ein schwarzer Mercedes CLA fuhr vor und der Fahrer stieg aus. Donavan schätzte sich glücklich, dass er zugestimmt hatte, Seths Wagen zu nehmen. Alles besser, als mit seinem alten klappernden Truck hinterherzufahren.

Seth öffnete die Beifahrertür und Donavan stieg ein. Er versank förmlich in dem weichen Ledersitz. Er pfiff leise ob des Luxus, der ihn umgab. Er musste unbedingt so einen Wagen bekommen. Donavan beobachtete, wie Seth um den Wagen herumlief, an der offenen Tür stehen blieb und dem Fahrer einige Scheine in die Hand drückte.

„Danke, Martin. Hab bitte ein Auge auf den Wagen meiner Begleitung. Es ist ein …", begann Seth und steckte den Kopf kurz ins Auto. „Was fährst du?"

Donavan seufzte. Verdammt, soviel dazu, den Unterschied ihrer Einkommen irgendwie zu verheimlichen. „Einen 2003er schwarzen Dodge Truck."

Nachdem er mit Martin alles geklärt hatte, setzte sich Seth auf den Fahrersitz und schnallte sich an. Er sah zu Donavan und hob eine Augenbraue. Dieser brachte seinen Gurt in Position, bevor Seth anfuhr und den Wagen vom Parkplatz lenkte. Das leise Schnurren des Motors und die Leichtigkeit, wie sich der Wagen um Kurven lenken ließ, brachte Donavan wieder darauf, dass er vielleicht doch mal über das College und einen besser bezahlten Job nachdenken sollte. Dieser Wagen war ein Traum und die Vorstellung, auch mal so einen zu besitzen, ließ langweilige Schulkurse gar nicht mehr so mies wirken.

Es war eine kurze Fahrt von fünfzehn Minuten, die sie hinaus aus der Stadt führte. Die Musik von Miles Davis spielte leise. Donavans Herz raste – ob nun von der Geschwindigkeit, mit der Seth sie beide über die kurvigen Straßen manövrierte oder von der Vorstellung, was geschah, sobald sie am Ziel waren, wusste Donavan nicht so genau. Nicht, dass es ihn wirklich interessierte. Er genoss die Erregung, die seinen Unterleib erwärmte. Seth bog auf einen geschotterten Weg ab und hielt vor einem kleinen Haus an, das Donavan wirklich erstaunte. Es war mit weißen Kunststoffkacheln verkleidet, hatte grüne Rollladen und niedliche Blumenkästen standen unterhalb der Fenster. Das war nicht gerade das Haus, in dem Seth seiner Vorstellung nach wohnte.

„Das ist dein Haus?", fragte er. Natürlich, es war eine dumme Frage, wenn man bedachte, dass sich gerade das Garagentor öffnete und Seth den Wagen hineinlenkte.

„Hattest du etwas Größeres erwartet?"

„Ja", gab Donavan zu. Das Haus war wirklich nicht viel größer als das, in dem er lebte und es sah auch genauso alt aus.

„Entschuldige, dass ich dich enttäusche. Hochtrabender Titel und einen Haufen Studentenkredite."

„Ich bin nicht enttäuscht, nur geschockt. Ich habe nicht über die Kosten nachgedacht, die all das Studieren verursachen muss." Donavan tätschelte das Armaturenbrett. „Trotzdem sind da wohl einige Vorzüge."

„Du kennst sie." Seth zwinkerte. „Komm schon, da wartet eine Nachspeise, die meinen Namen ruft und ich befürchte, sie wird ihn bald schon schreien."

Donavans Schwanz zuckte. Er konnte Seth gar nicht schnell genug aus dem Wagen folgen.

Falls die Fassade des Hauses bei Gästen keinen Eindruck schindete, dann schaffte es die Einrichtung mit Sicherheit. Donavan zog seine Schuhe aus und seine Füße versanken in dem plüschigen Teppich des Eingangsbereichs. Das Haus mochte von außen Landhauscharme versprühen, das Innendesign hingegen war modern in hoch poliertem Chrom und schwarz lackierten Möbeln gehalten. Außerdem hatte Seth eine Vorliebe für Pop-Art, wie die Bilder von Andy Warhol an den Wänden bewiesen.

„Eine Schiffsladung an Schulden, huh?", meinte Donavan, als er mit der Hand über die Lehne der edlen Ledercouch strich.

Seth nahm Donavans Arm und wirbelte ihn herum. Dann ergriff er seine Krawatte und zog seinen Kopf herunter. „Möchtest du jetzt wirklich meine Schulden oder das Einrichtungskönnen meiner Mutter diskutieren?"

Donavan antwortete nicht. Verdammt, er wusste nicht einmal, über was sie überhaupt redeten. Gerade dann nicht, wenn Seth ihm eine Hand in den Nacken legte und ihre Münder zusammenpresste. Donavan keuchte bei dem ersten Kontakt, was Seth die Gelegenheit nutzen ließ, seine Zunge in seinen Mund zu schieben. Er öffnete seine Lippen weiter und erlaubte Seth, sich zu nehmen, was er wollte. Er übergab ihm die Kontrolle über den Kuss, während er seine Hände um Seths schmale Hüfte gleiten ließ und ihn fester an sich heranzog.

Donavan verlor sich in dem Kuss. Er war so tief in ihm gefangen, dass er nicht einmal bemerkt hatte, wie Seths flinke Finger seine Krawatte gelöst hatte. Seth zog sich von dem Kuss zurück. „Wir könnten sie brauchen", verkündete er und schob die Krawatte vor Donavans Gesicht.

„Du hast einen Plan, nicht wahr?", sagte Donavan etwas atemlos. Er leckte sich Seths Geschmack von der Unterlippe. Er wollte deutlich mehr. Er wollte jeden Zentimeter von Seths Haut kosten.

Seth legte seine Handfläche auf Donavans Brust. Seine Augen blitzten neckend auf, als er seine Hand langsam hinunter über Donavans Bauch zu seinem Schritt wandern ließ und die deutliche Ausbuchtung drückte, die er dort vorfand.

„Ich habe immer einen Plan. Heute Nacht heißt er, herauszubekommen, was dich anmacht und jede Stelle zu finden, die dich erregt." Er drückte Donavans Schwanz ein wenig fester und flüsterte: „Und zu testen, wie viel Vergnügen du ertragen kannst."

Donavan stockte der Atem. Er stieß seinen Schritt in Seths Hand, sich nach mehr Befriedigung sehnend. Doch Seth lockerte seinen Griff, jede Bewegung von Donavans Hüften erahnend, sodass er stets nur eine leichte Berührung zuließ. Sein dunkler Blick fing ihn ein und Donavan schwor, dass er die Hitze, die von Seths Körper ausging, in Wellen spüren konnte. Vielleicht war es aber auch das Feuer seines eigenen Blutes. Es kochte schier voller Begierde und verdammter Erregung, dass ihm schwindelig wurde.

Zu seiner Enttäuschung ließ ihn Seth los, steckte die Krawatte ein und löste seine eigene. „Gut möglich, dass wir diese auch brauchen", sagte er mit einem Grinsen.

Das Bild von sich selbst, mit Seilen gefesselt, poppte vor seinem inneren Auge auf, nur dieses Mal war er nackt und an Seths Bett gefesselt. Donavan seufzte und schloss die Augen, als ihn ein Beben freudiger Erwartung ergriff.

Plötzlich war die Realität so viel besser. Seth küsste ihn erneut; der Vorteil der fünfzehn Zentimeter und zwanzig-oder-so-Kilo war unbedeutend. Seth übermannte ihn mit seinem Kuss und seinen Berührungen, während er ihn durch das Wohnzimmer manövrierte. Kleider fielen zu Boden. Donavan fand sich nur noch in seiner Hose wieder, als Seth ihn aufs Bett stieß. Er sah an sich hinunter, sein Schwanz presste hart gegen den verbliebenen Stoff. Er legte seine Hand über seinen Penis, den Druck und die Weise, wie er in seiner Hand pulsierte, genießend.

„Keine Berührungen." Seth schlug Donavans Hand zur Seite. „Das ist meiner."

„Und warum ziehst du dich nicht aus und kommst zu mir? Du kannst haben, was immer du willst."

„Alles zu seiner Zeit." Seth zog die Krawatten aus seiner Manteltasche und platzierte sie auf dem Nachttisch. Dann zog er sein Jackett aus und legte es über einen Stuhl. Doch anstatt, wie Donavan es gehofft hatte, sein Hemd auszuziehen, blieb er neben dem Bett stehen und rollte die Ärmel langsam hoch. Als hätte er alle Zeit der Welt. Donavan hingegen erreichte bald die Grenzen seiner Beherrschung.

Er brauchte diesen Mann zwischen seinen Fingern. Jetzt. Und sollte Seth nicht endlich Gas geben, würde er selbst zusehen, dass es genau so kam.

„Leg dich in die Mitte des Bettes, mit dem Kopf auf den Kissen." Seths Tonfall hatte sich geändert. Er war immer noch verführend, aber es schwang eine andere Note in ihr, ein autoritärer Klang, der Donavan zackig in Position rutschen ließ.

Seth trat einen Schritt vor und fuhr mit den Fingerknöcheln über Donavans Bauch. „Hmm, mir gefällt dein Gehorsam. Gib deine Kontrolle ab, gib sie mir und ich verspreche dir, ich werde dir den Verstand aus dem Kopf blasen."

Donavan hatte bereits einen bissigen Kommentar auf der Zunge. Wie wäre es damit, dass er es definitiv bevorzugen würde, wenn Seth ihm eine Etage weiter unten einen bliese? Er hielt seinen Mund allerdings lieber geschlossen.

Das hier war ein Traum, der wahr wurde. Er würde ihn nicht zerplatzen lassen, indem er dumme Witze machte.

Stattdessen legte er seine Hände seitlich von sich auf das Bett und antwortete: „Sie gehört dir."

„Verrate mir, Donavan", begann Seth, während er die Seidenkrawatte zwischen seine Finger gleiten ließ, „wenn du in deinen Träumen nackt und gefesselt bist, was macht dein Phantomlover dann?"

„Er fickt mich."

Seth nahm Donavans Hand. Die Berührung ließ ihn zusammenzucken, so überstimuliert waren seine Nerven bereits. Seht streichelte sanft über Donavans Fingerknöchel und wartete, bis er sich entspannte. Erst dann begann er, die Krawatte um seine Handgelenke zu wickeln und sie mit einem simplen Knoten festzubinden.

„Und er macht nicht mehr?" Seth ging auf die andere Seite des Bettes.

„Nein", antwortete er mit heiserer Stimme. Er war so erregt wie nie zuvor. Dass Seth ihn auch noch anstarrte, als wüsste er die Wahrheit bereits, intensivierte seine Erregung nur noch. Seths dunkle Augen schienen ihn zu durchbohren. Konnte er es ahnen?

Seth wiederholte sein Spiel mit der Krawatte an Donavans rechtem Handgelenk, doch zu dessen Überraschung fesselte er seine Hände nicht ans Kopfende des Bettes. Stattdessen krabbelte er aufs Bett und setzte sich rittlings auf Donavans Beine. Diese Augen, diese mit Lust gefüllten Augen blinzelten, während er Donavans Blick gefangen hielt. Donavan wollte sich abwenden, bevor ihm Seth alle perversen Gedanken von den Augen ablas, doch stellte er fest, dass er sich nicht abwenden konnte.

Seth öffnete den Knopf an Donavans Hose und zog den Reißverschluss herunter. Neckend schob er die Kuppe seines Zeigefingers unter das Gummiband von Donavans Shorts. „Hat er dich gekitzelt und geneckt?" Seth schüttelte den Kopf und beantwortete seine eigene Frage. „Nein, ich glaube nicht, dass es das war, was er gemacht hat."

Donavans Hüften stießen ohne sein Zutun hoch. Er brauchte diesen Finger ein Stück tiefer, dort, wo er ihn am meisten wollte – nicht nur diesen Finger, sondern alle, zu einer Faust geschlossen und um seinen Schwanz gelegt, ihn streichelnd, berührend. Wie zur Antwort legte Seth beide Hände auf Donavans Hüfte, jede Bewegung verweigernd. Dann beugte er sich vor und strich mit der Zunge von Donavans Bauchnabel in Richtung Brustbein.

„Vielleicht leckte er dich?" Er legte seine warmen Lippen erst um Donavans rechte, dann um die linke Brustwarze. „Hat er jeden Zentimeter dieser zauberhaften Haut geküsst?"

Der warme Atem auf seiner aufgeheizten Haut verursachte ihm Gänsehaut. Donavan stöhnte voller Vergnügen. Das Stöhnen wurde lauter, als Seth seine kleinen Nippel ergriff, sie zwischen seinem Daumen und Zeigefinger rollte. Er erhöhte den Druck, kniff und zog an ihnen, bis Schmerz seine Brust durchzog und Donavan aufschrie.

„Ah, was auch immer er mit dir machte, es war nicht sanft", murmelte Seth, bevor er erst den einen, dann den anderen Nippel in den Mund nahm und das Brennen mit seiner Zunge besänftigte.

In einer einzigen Bewegung glitt Seth vom Bettende herunter und zog Donavans Hose mitsamt der Shorts runter zu dessen Knöcheln. Mit einem hungrigen Blick auf Donavans wippenden Schwanz, entfernte er beide Kleidungsstücke sowie Donavans Socken und schmiss sie zur Seite.

„Sehr schön. Sogar beeindruckender, als ich gedacht habe", bemerkte er, seinen Blick weiterhin auf Donavans spannenden Schwanz gerichtet.

Über die Jahre hinweg hatte Donavan von etlichen Lovern gehört, dass er gut bestückt war. Einer ging sogar so weit zu sagen, dass es ein Glück war, dass Donavan bevorzugte, genommen zu werden, denn nur eine Größenqueen würde es schaffen, diesen dicken Schwanz aufzunehmen. Er hingegen hatte den Kommentaren nie größere Beachtung geschenkt, egal ob sie gut oder schlecht waren. Im Gegensatz zu jetzt. Der begeisterte Ausdruck auf Seths Gesicht, als dieser seinen Penis anstarrte, die Weise, mit der er sich die Lippen leckte und hart schluckte, begeisterte auch ihn. Verdammt, er wollte diesen heißen Mund auf sich fühlen, oder auch Seths Hände, oder irgendwas, das nicht nur Seths Blick war.

Zugegeben, Seths Hände hatten schon auf seiner Haut gelegen, allerdings waren sie weit von der Stelle entfernt, wo er sie spüren wollte. Seth bewegte sich zum Kopfende, griff das Ende der Krawatte, die um Donavans linkes Handgelenk gebunden war, und stülpte die Schlaufe über den Bettpfosten. Mit langsamen berechnenden Schritten ging er auf die andere Bettseite.

„Wie fühlt sich das an?"

Donavan zog prüfend an den Fesseln. Sobald er Druck ausübte, gab die Krawatte ein wenig nach. „Ich werde nirgendwo hingehen."

Seth befestigte den anderen Arm am gegenüberliegenden Pfosten. „Würdest du wirklich wollen?"

„Nein", antwortete Donavan, ohne zu zögern.

Langsam fuhr Seth mit den Fingern über die Innenseite von Donavans Arm. Die Berührung kitzelte auf seiner Haut und er wand sich leicht. „Nein, ich denke nicht, dass du das wollen würdest. Ich bin gut darin, Menschen zu lesen, Donavan. Möchtest du, dass ich dir sage, was mir die Seiten deines eigenen Buches verraten?"

Donavan würde es bevorzugen, wenn Seth seinen Mund für völlig andere Dinge nutzen würde als zum Reden. Allerdings brach seine eigene Neugier durch. Was wusste Seth über sein heimliches Begehren? „Bin ich wirklich so offen zu deuten?"

„Ich bezweifle, dass du es für viele bist." Seth schnipste seinen Nippel; der Schmerz stand im starken Kontrast zu den Zärtlichkeiten, die Seth seiner Seite schenkte. „Von dir wird viel erwartet. Als du aufwuchst, wurde dir immer wieder gesagt, dass große Jungs nicht weinen. Deine Freunde sahen zu dir auf, erwarteten aufgrund deiner Größe von dir, dass du sie beschützt. In deiner Freizeit und bei der Arbeit giltst du als derjenige, der alles schaffen und regeln kann, du bist der Typ, zu dem alle kommen. Du bist stolz darauf, dass du anderen helfen kannst, doch in dir drin ...", Seths Finger tanzten über seine Brust, hinunter über seinen Bauch, ignorierten seine Lenden jedoch, „... wünscht du dir, loszulassen. Die Kontrolle abzugeben."

Donavan war geschockt, wie viel Seth über ihn zu wissen schien. Seine Erregung übermannte seine Neugier allerdings weiterhin. „Du hast keine Vorstellung", stöhnte er und stieß seine Hüften hoch.

„Oh, das glaube ich schon", konterte Seth. „Und da ist noch viel mehr."

„Ja, mehr von deinen Händen auf mir, hoffe ich." Er stieß einen frustrierten Seufzer aus, als Seth seine Hände von seinem Schwanz nahm und auf die Matratze legte.

„Du hast so viel Kraft in deinem bezaubernden Körper, dass es dir schwerfällt loszulassen, wenn du mit jemandem zusammen bist. Du hältst dich immer zurück, aus Angst, dass du jemanden verletzen könntest. Das ist der Grund, weshalb du es dir wünschst, dass dich jemand hart nimmt." Seth unterstrich seine Worte, indem er sich hinüberbeugte und in die Innenseite von Donavans Bein kniff. „Und du sehnst dich nach dem Schmerz."

Der kurze stechende Schmerz suchte sich seinen Weg direkt in Donavans Schwanz. Seth übermannte ihn, drang in seinen Verstand ein – und er liebte jede verdammte Minute ihres Spiels. Mit einem Mal wurde es um ein Vielfaches besser. Seth öffnete seinen Mund, beugte sich über Donavans Schwanz und nahm ihn in sich auf. Er stieß seine Hüften hoch, als Seth zu saugen begann. Ein tiefes, grollendes Seufzen drang über Donavans Lippen, ein Geräusch, das Seth nur noch anzufeuern schien. Er summte leise; die sich ergebende Vibration und die Bewegungen seiner Zunge neckten Donavans empfindliche Haut. Seth umfasste Donavans Schwanz und drückte zu, während er ihn weiter in sich aufnahm, sich zurückzog und ihn erneut schluckte. Das Zusammenspiel zwischen dem festen Griff und den Neckereien von Seths Zunge an seiner Vorhaut trieb ihn bald in den Wahnsinn.

Donavan stieß sich hoch und wollte nach Seths Kopf greifen, um ihn herunterzudrücken, doch hielten die Fesseln. Er stöhnte frustriert auf.

Seth entließ seinen Schwanz mit einem lauten Poppen und sah an ihm hoch, seine Augen teils von den langen Wimpern verborgen. Ein listiges Grinsen schlich sich auf seine Lippen. „Was ist los, Boy. Magst du meinen Mund nicht auf dir?"

Donavans Atem kam in kurzen Stößen, sein Körper spannte sich an und wand sich. „Ich mag es …" Er brach ab, seine Stimme wuchs zu einem gedämpften Schrei an. Seth hatte seine Hoden in die Hand genommen, legte seine Finger um sie und drückte zu.

„Vielleicht gefallen dir meine Hände mehr?"

Donavan streckte den Rücken durch, versuchte instinktiv von Seths hartem Griff wegzukommen. Er öffnete den Mund, wollte Seth anflehen aufzuhören, doch Seth ließ in diesem Augenblick von ihm ab. Er nahm seine Eier in den Mund, saugte an ihnen, bis die Erregung erneut den Schmerz verdrängte.

Er war am Ende seiner Kräfte und seines Verstands. Seth musste seine Erschöpfung spüren, denn er ließ von seinen Hoden ab und widmete sich wieder seinem Schwanz. Ruckartig hob Donavan die Hüften an und stieß tief in Seths Mund. Seth zog sich nicht zurück, stattdessen saugte er härter und presste seine Hände auf Donavans Hüfte, um ihn stillzuhalten.

Seth labte sich an seinem Schwanz; er stöhnte, schmatzte und schlürfte. Jeder Muskel seines Körpers, jede Faser seines Seins schrien danach, dass Donavan tief in Seth stieß, ihn fickte, ihn nahm. Sein Körper spannte sich von Kopf bis Fuß an, und doch brauchte er noch ein wenig, um über die Klippe gestoßen zu werden.

„Bitte", keuchte Donavan. „Ich … oh, fuck, lass mich kommen. Bitte."

Als hätte Seth auf sein Flehen gewartet. Er nahm Donavans Schwanz noch tiefer in sich auf, seine Kehle legte sich um ihn, während er ihn schluckte. Im selben Moment presste Seth die Spitze seines Fingers in Donavans Arsch.

Donavan krümmte sich, verdrehte die Augen so weit, dass sie nahezu in seinem Kopf verschwanden, und schrie auf, als er kam. Seth nahm jeden Tropfen von ihm auf. Donavan keuchte hart, rang nach Luft. Mit einem letzten Beben sank er kraftlos zurück in die Matratze.

Seth setzte sich auf seinen Knien auf und strich sich mit der Hand über den Mund. „Das sollte genug Vorspiel gewesen sein. Es ist Zeit, sich ernsthaft ans Ficken zu machen."

Donavan starrte ihn mit weit aufgerissenen Augen an.

5

SICH SCHNELL zu erholen, war garantiert noch nie eine von Donavans Stärken gewesen. Er gehörte zu denen, die sich im Glanz des verblassenden Orgasmus sonnten, sich ausstreckten, umdrehten und schließlich einschliefen. Seth musste offensichtlich gescherzt haben, jetzt zu ficken war garantiert nicht sein Ernst. Donavan seufzte zufrieden auf. Noch bevor Seth ihn fertig losgebunden hatte, fielen ihm die Augen zu. Seine Arme fielen bleiern schwer zurück aufs Bett.

„Dreh dich um."

Müde und halb schlafend gehorchte Donavan und drehte sich auf den Bauch, die Arme ausgestreckt. „Gib mir fünf Minuten und ich bin wieder mit im Spiel. Ich zahle zurück."

Seth antwortete nicht, doch wusste Donavan, dass er immer noch nah bei ihm war. Er konnte das leise Rascheln neben dem Bett hören, doch er war zu fertig, um die Augen zu öffnen und nachzusehen, was er machte. Ein fester Schlag auf seinen Hintern ließ ihn seine Antwort noch mal überdenken. Seine Augenlider flogen auf und er keuchte, als der Schmerz durch seine rechte Arschbacke fuhr.

„Auf die Knie."

„Was zur Hölle!" Erst jetzt erkannte Donavan, was dieses raschelnde Geräusch gewesen war. Seth hatte seine Hände an den Bettseiten festgebunden, gerade lang genug, um ihm die Möglichkeit zu geben, seine Hände schulterweit zusammenzubringen.

„Die Pause ist vorbei. Auf die Knie mit dir", forderte Seth, den autoritären Tonfall wieder in der Stimme.

Ein weiterer Schlag, diesmal auf seine linke Arschbacke, genügte, trieb ihn an. „Du bist verdammt aufdringlich, weißt du das?", murmelte er.

Seth öffnete die Schublade des Nachttisches und holte ein Kondom und Gleitgel heraus. Er legte beide Utensilien aufs Bett. „Beschwerst du dich?"

Mit den Utensilien im Blick und der Tatsache, dass Seth die Knöpfe seines Hemdes öffnete, meldete sich sein eigener Schwanz wieder zurück im Leben. „Nicht einmal das kleinste bisschen."

Seth grinste und zwinkerte ihm zu. „Das dachte ich mir."

Donavan schluckte hart, als Seth das Hemd auszog. Mit einem Mal war seine Kehle trocken. Seth war nicht kräftig, trotzdem war er muskulös. Dunkle Haare verbargen seine Brust. Es war nicht zu viel Behaarung, gerade genug für Donavan, um seine Finger in die Haare zu graben. Eine schmale Haarlinie verlief zu seinem Bauch und verschwand unter dem Hosenbund. Oh, und seine Lenden. Donavan wollte sie kosten, seine Zunge über die weiche Haut führen, diese deutlichen Hüftknochen kosten. Sein Pulsschlag erhöhte sich in freudiger Erwartung, als Seth den Gürtel löste und den Reißverschluss seiner Hose öffnete.

Seth ließ sich Zeit und bot ihm eine Show. Er streichelte sich mit der Handfläche über den flachen Bauch. Die Bewegung hielt Donavans Blick gefangen und er schluckte erneut hart, als Seth seine Hose genau so weit herunterzog, um seinen Schwanz, feucht und glänzend an der Spitze, zu enthüllen.

Donavan stockte der Atem. Seth rieb sich mit dem Finger über den Spalt, hielt sich den Finger vor die Lippen und leckte ihn ab. Donavan stöhnte wehleidig auf. Er wünschte sich, dass es seine Zunge wäre, die ihn kostete.

„Du bist ein Scherzbold."

„Ich gönne dir nur die fünf Minuten Erholung, die du unbedingt wolltest", neckte Seth.

Donavan ließ den Kopf hängen und sah an sich herunter zu seinem eigenen harten Schwanz, bevor er sich wieder Seth zuwandte und die Augenbraue hob. „Es sieht ganz so aus, als würdest du die Erholungszeit um die Hälfte verkürzen."

„Oh, das ist gut. Ich habe schon befürchtet, dass ich mich selbst um das hier kümmern müsste." Seth zog die Hose den Rest des Weges runter und legte die Hand um seinen Schwanz, einige Male pumpend.

Seths Penis war zwar nicht so dick wie sein eigener, dafür aber länger. Perfekt. „Nein, Herr und Meister, das ist ein Job für zwei."

„Nur Sir", korrigierte Seth knapp, seinen Schwanz weiterhin mit langen, langsamen Bewegungen pumpend.

Donavan hielt dem Blick für einen langen Augenblick stand und nickte. „Sir."

Ein Wort, ein einfaches Wort – schon veränderte sich etwas in Seth, fast so als würde eine Glühbirne angeknipst. Sein selbstbewusstes, herrschendes Auftreten intensivierte sich und schien fast in die Luft um ihn herum überzugehen. Sein Blick nahm einen räuberischen Ausdruck an – mit Donavan als seine Beute. Doch er fürchtete sich nicht; das Blut lief so schnell in seinen Schwanz, dass ihm schwindelig wurde. Die lodernde Glut, die Seth in ihm entfacht hatte, wandelte sich zu einem rasenden Feuer.

33

„Ich wollte das hier machen, seit ich dich zum ersten Mal gesehen habe und ich habe nicht vor, mich auch nur einen Moment länger zu vertrösten." Seth trat seine Hose beiseite, kletterte auf das Bett und kniete sich hinter Donavan. Er schnappte sich das Kondom, zog es über und verteilte Gleitgel auf seiner Hand. „Stütz dich besser ab. Das hier wird schnell und hart."

Donavan veränderte seine Position ein wenig und spreizte die Beine weiter. Als Seth einen glitschigen Finger in seinen Arsch drückte, keuchte Donavan zufrieden auf.

„Scheiße, das fühlt sich gut an." Donavan seufzte, doch brach ab, als Seth einen zweiten Finger einführte.

„Zu viel?"

Donavan atmete tief ein, bis der brennende Schmerz nachließ und schüttelte den Kopf. „Nicht einmal halbwegs ausreichend. Ich will dich in mir."

Seth zog seine Finger zurück und positionierte die Eichel an Donavans Eingang. Donavan zitterte voller Begierde, Seth tief in sich zu spüren, doch der zögerte.

„Bitte." Er drückte sich gegen Seth, flehte mit seinem ganzen Körper.

Seth ergriff seine Hüfte, seine Finger drückten in sein Fleisch, und stieß langsam, Zentimeter für Zentimeter, vor. Donavan verspannte sich, sein Arsch zog sich um Seths Schwanz zusammen, und er kämpfte, sich wieder zu entspannen. Er keuchte, während Seth weiter in ihn vorstieß, bis ihre beiden Körper fest aneinandergepresst waren. Er war nicht der Einzige, der keuchte. Seths Atem kam hart, seine Finger festigten ihren Griff um seine Hüften, als wären sie der letzte Anker, sich noch zurückzuhalten.

„Fuck, bist du eng. Wie sich dein Arsch um meinen Schwanz spannt. Gott, Donavan", stöhnte Seth.

„Nicht ... kann nicht ..."

„Mach es", feuerte Donavan ihn an. Er stieß sich selbst hart zurück, so weit, dass er Seths Schwanz noch tiefer in sich aufnahm.

Seth zog sich vollständig aus ihm zurück und, als er sich wieder vorwärtsstieß, zog er Donavan an den Hüften zu sich.

„Oh Gott", keuchte Seth und wiederholte die Bewegung.

Mit jedem Mal, das sich Seth in ihm versenkte, drang ein Keuchen über Donavans Lippen. Die kräftigen Stöße, der harte Griff an seinen Hüften und das Brennen in seinem Hintern vermischten sich in seinen Empfindungen und stachelten das Feuer, das in ihm brannte, nur noch weiter an.

Das Bett wackelte, krächzte unter ihnen mit jedem Stoß, jeder Bewegung, die ihre Körper zusammenbrachte.

„Das ist so gut ... so unfassbar gut. Härter", flehte Donavan.

„Du magst es hart, nicht wahr, Boy? Ich werde dich so hart und tief ficken, dass du mich auf der Zunge spüren wirst." Seth ließ seine Hüften los und ergriff stattdessen Donavans Schultern. Er krallte seine Finger hinein und nutzte sie zu seinem Vorteil, um ihn noch härter und schneller zu ficken. „Du wirst meinen Namen schreien, Boy."

Seths Tonfall war wild, gefährlich. Donavan ließ sich fallen, genoss jeden Stoß, jede Berührung seiner Prostata. Ein weiterer brutaler Stoß kam. Würde Seth ihn nicht an den Schultern festhalten, wäre Donavan kopfüber vor dem hölzernen Kopfende des Bettes gelandet. Beinahe stürzte ihn Seth über die Klippe, doch er machte selbst den Schritt. Seine Gefühle, er selbst, explodierten und er schrie Seths Namen im selben Augenblick, in dem auch dieser in Ekstase schrie. Ihre Schreie verschmolzen und hallten durch den Raum, so laut, dass Donavans Ohren klingelten.

Donavan fühlte Seths harte Atemzüge im Nacken. Seine Arme gaben unter ihm nach und er fiel aufs Bett, Seth mit sich nehmend. Er presste sich gegen Seths Hüfte, alles gebend, dass sie sich noch nicht trennten.

Dieses Mal gewährte Seth ihm den Höhenflug des verblassenden Orgasmus. Donavan bemerkte die feuchte Sauerei auf seiner Brust und seinem Bauch nicht, wie auch nicht das schwere Gewicht, das ihn auf die Matratze presste. Er war im verdammten Himmel, abgeschnitten von allem, nur seine keuchenden Atemzüge und das Rauschen seines Blutes in seinen Ohren drang zu ihm durch. So war er noch nie gefickt worden. Kein Weg führte daran vorbei, dass er am nächsten Morgen wund und fertig sein würde, allerdings waren das lächerliche Kosten, wenn er bedachte, in welchen Sphären er noch immer schwebte.

„Ich denke, ich werde dich behalten", flüsterte Seth in seinem Nacken. „Denke ich genauer nach, werde ich dich auf jeden Fall behalten. Aber alles zu seiner Zeit." Stöhnend erhob sich Seth und rollte von ihm herunter.

Die kühle Luft des Schlafzimmers legte sich auf seinen verschwitzten Rücken und er erschauderte. Er bewegte sich nicht; er hatte keine Kraft, nach der Bettdecke zu greifen. Nicht, dass er es gekonnt hätte, immerhin war er immer noch an Seths Bett gefesselt. Ein kurzes Lächeln huschte über sein Gesicht. Gefesselt zu sein und gleichzeitig gefickt zu werden war garantiert eine tolle Idee, den Abend zu verbringen. Und Seth wollte ihn auch noch behalten? Er musste träumen. Er schloss die Augen und versank sprichwörtlich in der Matratze. Das hier war ein Traum, aus dem er garantiert nicht so schnell aufwachen wollte.

Als Seth aus dem Bad kam, war sein Auftreten weniger dominant, dafür zärtlicher. Donavan öffnete seine schweren Augenlider und beobachtete fasziniert, wie Seth die Fesseln um sein Handgelenk löste. Seine Finger strichen über die roten Striemen und massierten seine Hände, bis das Kribbeln in ihnen nachließ. Er wiederholte die Prozedur an seinem anderen Handgelenk, dieses Mal jedoch küsste er seine Fingerknöchel zärtlich, bevor er seine Hand zurück auf das Bett legte.

„Dreh dich um, dann kann ich dich säubern."

Donavan tat wie ihm geheißen und stöhnte, als er seinen wunden Hintern und die Blutergüsse auf seinen Hüften fühlte. Ein warmer Waschlappen strich über seinen Oberkörper, seinen Bauch, hinunter zu seinen Lenden. Der Stoff berührte die noch immer überempfindliche Haut seines Arsches und er biss die Zähne zusammen.

Seth schmiss den Lappen auf den Boden. Er legte sich neben Donavan aufs Bett, die Bettdecke über sie beide ausbreitend. Er lag auf der Seite, den Kopf mit der Hand abstützend und sah Donavan an. Seine Finger streichelten Donavans Brust.

„Wie gut, dass ich ein großes Bett habe, ansonsten müsstest du im Nassen schlafen."

Donavan rückte näher zu Seth. „Na ja, es ist mein Dreck", scherzte er und grinste verschmitzt. „Obwohl … es ist deine Schuld, dass ich den Dreck hinterlassen hab."

„Ich meine mich daran zu erinnern, dass du derjenige warst, der etwas von ‚So verdammt gut, härter' schrie."

„Du kannst mir meine Aussagen, die ich in völlig erregter Zurechnungsfähigkeit gemacht habe, wohl kaum gegenhalten. Das ist unfair."

„Oh, ich kann und ich werde", murmelte Seth und legte seine Lippen auf Donavans.

Es war kein allesverzehrender Kuss wie vorher; es war mehr eine leichte Berührung, zärtliche Zungenstöße. Und doch hatte der Kuss einen eindeutigen Effekt. Nicht so sehr, dass er ihn erregte, – dafür war Donavan ohnehin viel zu fertig – dennoch war er angenehm.

Der Kuss war bedächtig, niedlich. Seth war also noch vielschichtiger, als er angenommen hatte. Intelligent, gut aussehend, dominant, zärtlich – all das waren Attribute, die Seth zu einem faszinierenden Mann machten.

Langsam zog sich Seth von ihm zurück. Er verteilte kleine Küsschen auf seinen Lippen, seinem Kinn und der Wange. Er legte den Kopf auf das Kissen, schob seinen Arm um Donavans Taille und zog ihn leicht zu sich. Donavan hatte immer gerne gekuschelt, allerdings bedeutete seine Größe, dass er in der Regel derjenige war, der andere in den Armen hielt. Seltsamerweise wirkte Seth nun wesentlich größer. Er zog ihn dicht an sich heran, legte sich um ihn herum. Donavan presste sein Gesicht in Seths Halsbeuge. Er badete in Seths

Wärme und atmete seinen Geruch ein. Ein Seufzer drang über seine Lippen. Meine Güte, hieran könnte er sich gewöhnen.

Seths Finger strichen zärtlich und spielend über seinen Rücken, zeichneten sanfte Muster. Tausende Fragen gingen Donavan durch den Kopf. Er wollte alles über Seth wissen, jede Minute dieser Nacht mit ihm reden, doch lullte Seth ihn so ein, dass er sich kaum noch bewegen, geschweige denn ernsthaft reden konnte. Geborgen in Seths starken Armen dauerte es nicht lange, bis ihm die Augen zufielen und er tief einschlief.

6

„GUTEN MORGEN, mein Sonnenschein." Seths fröhliche Stimme durchbrach seinen Schlaf. Er öffnete die Augen und blinzelte, bis sich seine Augen an das helle Licht, das durchs Fenster schien, gewöhnten und er Seths Lächeln über sich ausmachen konnte.

„So, du bist also auch ein Frühaufsteher?"

„Ich bin zu jeder Zeit fit. Setz dich, ich hab Frühstück."

Donavan riss die Augen auf und setzte sich so auf, dass er sich ans Kopfende des Bettes lehnen konnte. Er rieb sich die Augen. „Du bringst mir Frühstück ans Bett? Ernsthaft?" Bislang hatte ihm niemand Frühstück im Bett serviert. Zumindest nicht, wenn man das Vanilleeis nach seiner Mandel-OP im Alter von fünf Jahren mitzählte, das er tatsächlich im Bett gegessen hatte.

„Ernsthaft", wiederholte Seth und hob das silberne Tablett als Beweis hoch. Er stellte es auf Donavans Schoß ab, bevor er ums Bett herumging und sich neben Donavan setzte. „Ich wusste nicht, wie du deinen Kaffee trinkst, aber ich habe Milch und Zucker, wenn du möchtest." Seth hob eine Tasse mit schwarzem Kaffee zu seinen Lippen und pustete kurz, bevor er einen Schluck nahm.

Überrascht fuhr sich Donavan mit den Fingern durch sein wirres Haar. Zwei Teller mit Eiern, Hash Browns, Speck und Toast lagen vor ihm auf dem Tablett, direkt neben dem Orangensaft und einer weiteren Tasse mit dampfendem Kaffee.

„Stimmt etwas nicht? Falls du lieber etwas anderes möchtest ...", bot ihm Seth an.

„Nein, ich ..." Donavan räusperte sich. „Das ist klasse. Ich hätte nur nie gedacht, dass du dir all die Mühe für mich machst."

Seth stieß mit seiner Schulter leicht gegen Donavans. „Ich dachte mir, dass du ein wenig zu wund sein könntest, um dich auf einen harten Stuhl zu setzen. Gut, zumindest hoffe ich, dass du es bist."

„Ja, mein Hintern dankt dir an meiner Stelle für deine Weitsicht." Donavans Magen meldete sich lautstark und er lachte. „Und wie es aussieht, mein Magen ebenfalls."

Seth stellte seine Tasse auf dem Nachttisch ab, schnappte sich eine Serviette vom Tablett und breitete sie über seinem Schoß aus. Dann nahm er sich einen der beiden Teller und Besteck. „Iss auf."

Schwarzer Kaffee würde seinem verschlafenen Hirn sicherlich helfen, aber egal. Donavan schüttete sich einen Berg Zucker in den Kaffee und verrührte ihn mit Milch, bevor er einen zögerlichen Schluck nahm. Der Kaffee hatte haargenau die richtige Temperatur für ihn, also trank er einen größeren Schluck.

„Nenn mich verrückt, aber ich hätte damit gerechnet, dass du mir befiehlst, uns nackt Frühstück zu machen. Das hier habe ich wirklich nicht erwartet. Es ist wunderbar."

Er schnitt ein Stück vom Speck ab und schob es sich in den Mund. Es war köstlich. Als nächstes probierte er etwas vom Rührei.

„Die Vorstellung, das Geschepper von Töpfen und Pfannen zu hören, mit dir nackt in der Küche, ist verlockend. Mal sehen, vielleicht irgendwann mal. Allerdings koche ich gerne, gerade wenn ich für jemand anderen kochen kann. Für mich allein ist es schlichtweg zu viel Aufwand."

Donavan trank einen Schluck Orangensaft, bevor er antwortete. „Für mich kannst du jederzeit kochen. Das hier ist köstlich."

Seth grinste. „Danke dir."

„Ich bin vermutlich nur überrascht. Ich dachte immer, Doms hätten immer jemanden, der sie bedient. Kochen, putzen, aufräumen – das ganze Zeug mit Bedienen und auf den Knien sitzen halt."

„Ich muss zugeben, dass ich teils höllisch dominant bin, vor allem im Schlafzimmer. Sehe ich etwas, das ich will, setze ich alles dran, es zu bekommen und schaff es auch meistens. Ebenso mag ich es, Männer zu spanken, sie zu fesseln, sie zu ficken, Befehle zu geben. Trotzdem lebe ich nicht den kompletten Lifestyle. Außerhalb des Schlafzimmers möchte ich einen ebenbürtigen Partner. Du kochst, ich spüle ab und andersrum. Glaub mir, mit meinem verrückten Dienstplan könnte ich weder einen Vollzeitsub haben noch wollte ich einen."

Donavan kaute vor sich hin und dachte darüber nach, was Seth ihm gerade verraten hatte. Für ihn war es absolut verständlich, dass jemand wie Seth nicht die Zeit hatte, für jemanden rund um die Uhr verantwortlich zu sein. Er konnte sich nicht einmal vorstellen, wieso überhaupt jemand ein Vollzeitsub oder ein Vollzeitdom sein wollte. Er war nicht dagegen, jeder sollte so leben, wie er es wollte. Er konnte es sich nur nicht vorstellen, jemandem 24/7 zu dienen. Er genoss seine Freizeit im Fitnessstudio, hing gerne mit Cain und seinen anderen Freunden ab. Der Pokerabend jeden Mittwoch war eine Pflichtveranstaltung. Aber beim Sex? Oh ja, dabei konnte er sich völlig ergeben. Die Art, mit der

Seth letzte Nacht das Kommando ergriffen hatte, der Orgasmus – das waren zwei Explosionen der Gefühle. Sein Penis rührte sich bei der bloßen Erinnerung an das, was letzte Nacht geschehen war, sein Hintern hingegen erinnerte ihn, warum eine sofortige Wiederholung eine verdammt schlechte Idee wäre. Er veränderte seine Position ein wenig, sodass er nur noch auf einer Pobacke saß.

„Ich verstehe, dass es schwer sein würde, den Lifestyle rund um die Uhr zu leben. Ich bin vermutlich nicht einmal halb so beschäftigt wie du, trotzdem wäre es hart." Ein Gedanke schoss ihm durch den Kopf. „Warte mal. Als wir auf dem Pride waren, nannte dich der Kerl Master Seth."

„Während meiner ersten Jahre auf dem College hatte ich wesentlich mehr Zeit und andere Vorstellungen", erklärte Seth. „Doch haben sich meine Prioritäten geändert, als ich mit dem Studium begann. Ich stehe immer noch drauf, mag es, das Kommando zu übernehmen, das bedeutet aber nicht, dass ich nicht hin und wieder ruhigen Sex mag."

„Vielschichtig", murmelte Donavan zu sich selbst, während er weiter aß. Seth war wirklich voller Überraschungen. Guten Überraschungen.

Offenbar hatte ihn Seth gehört. „Nee, eigentlich bin ich ein einfacher Mann. Verbringe genügend Zeit mit mir und du wirst es selbst merken."

Donavan wischte sich mit der Serviette den Mund ab und sah zu Seth herüber. „Das würde mir gefallen", sagte er im überzeugten Tonfall.

Seth strich mit seiner Hand über die Bartstoppeln auf Donavans Wange. „Gut, immerhin habe ich dir längst gesagt, dass ich dich behalten werde."

Donavans Brust zog sich zusammen. Bei Gott, was war er für ein Glückspilz. Und dabei hatte er gar nicht zum Pride gehen wollen. Cain hatte ihn überredet. Er sollte sich wirklich Zeit nehmen und eine ausgefallene Dankesrede vorbereiten.

„Nun iss auf. Ich kann die Dusche bereits unsere Namen rufen hören."

„Penetranter Dom", scherzte Donavan zwinkernd und tat, was ihm befohlen worden war.

OBWOHL EIN Teil von ihm durchaus Mitleid für Donavan hatte, als dieser mühsam in Richtung Dusche taumelte, suhlte sich ein anderer Teil von ihm in Selbstgefälligkeit ob des Wissens, dass er es war, der für das Humpeln verantwortlich war. Mit seiner Statur hatte er schon diverse Lover gehabt, die größer als er gewesen waren. Dennoch hatte er nie das Vergnügen gehabt, jemanden zu dominieren, der so groß und kräftig wie Donavan war. Zu sagen, dass es Spaß machte, war eine Untertreibung. Es war ein riesiges Vergnügen und turnte ihn an. Und doch, seine Gefühle für Donavan gingen weit über seine Zuneigung zu dessen körperlichen Reizen hinaus.

40

Seth wusste nicht wirklich, ob er es erklären konnte. Bislang hatte kein Mann seine Gedanken so deutlich beherrscht, wie es Donavan tat. Vom ersten Blick an, von der ersten Berührung, hatte Seth an wenig anderes gedacht, als an diesen einen Mann. Jetzt, wo er ihn bei sich wusste, konnte es nur noch besser und intensiver werden. Er spürte schon, wie sich die Enttäuschung in ihm breitmachte, weil er später noch ins Krankenhaus fahren musste. Allerdings hatte er noch eine gute Stunde Zeit und er würde garantiert keine einzige Minute davon verschwenden.

Er stellte das Wasser ein und scheuchte Donavan unter den warmen Strahl, während er die Glastür hinter sich zuzog und die restliche Welt aussperrte. Der Wasserdampf stieg um sie herum auf. Er nahm das Duschgel und gab einen guten Haufen auf seine Handfläche und verrieb das Gel in den Händen, bevor er sie auf Donavans Brust legte und sie hinunter zu dessen Bauch gleiten ließ.

„Du bist in einem ausgezeichneten Zustand", bewunderte er ihn. Donavans Körper war ein einziges Kunstwerk.

„Danke. Ich denke, es liegt an den Genen."

„Du bist viel zu bescheiden. Das hier kommt nicht nur von den Genen. Wie oft trainierst du?"

„Cain zwingt mich drei Mal wöchentlich. Minimum."

Seth ließ seine Hände über Donavans Oberarme zu den breiten Schultern wandern. „Noch etwas, für das ich deinem Freund danken muss."

„Uhm ... nein. Ich lasse es garantiert nicht zu, dass ihr euch trefft", keuchte Donavan. Gut, es klang eher nach einem Stöhnen, da Seth gerade begann, seine Schultern und Arme zu massieren.

„Was, du möchtest nicht, dass ich deine Freunde kennenlerne?", fragte Seth und arbeitete sich zu Donavans Rücken vor. Er genoss, wie sich die Muskeln unter der Haut anspannten und unter seinen Fingern bewegten.

„Das nicht, aber wenn du dich zu viel bedankst oder ihm Komplimente machst, wächst sein Ego so sehr, dass ich ihn nicht mehr durch die Tür kriege." Donavan blickte ihn über die Schulter hinweg an. „Was vielleicht gar nicht so schlecht wäre, immerhin würde ich dann meine Trainingspause bekommen."

„Keine Chance. Ich mag, wie sich Cains Hartnäckigkeit auf deinen Körper auswirkt." Seth landete einen Schlag mit der Hand auf Donavans perfektem Hintern, was Donavan zusammenzucken ließ.

„Hey, pass auf. Ich denke, du hast ihn für heute genügend malträtiert", grummelte Donavan zur Antwort, allerdings presste er seinen Hintern in Seths Hand, als dieser begann, das leidende Körperteil zu massieren.

„Was haben du und dein Hintern für ein Glück. Müsste ich mich nicht fürs Krankenhaus fertig machen, würde ich mich vielleicht genötigt fühlen, zu prüfen, wie viel du wirklich aushalten kannst."

Donavan wandte sich um und trat einen Schritt zurück. Dann ergriff er das Shampoo und zwinkerte. „Dann sollte ich mich wohl selbst waschen, anderenfalls kommst du sicher zu spät."

Seth stöhnte theatralisch auf. „Ich und meine große Klappe."

Sie wuschen sich, jeder sich selbst und trockneten sich ab – zu Seths Missfallen wieder jeder den eigenen Körper. Mit all diesen tanzenden Muskeln direkt in seiner Reichweite, war es gar nicht so leicht, die Hände bei sich zu behalten. Er band sich das Handtuch um die Hüften und hielt seinen Blick von Donavan abgewendet, während er sich rasierte und die Zähne putzte. Doch wie sehr er sich auch anstrengte, so tauchten vor seinem inneren Auge immer wieder die Szenen auf, wie Donavan ausgebreitet auf seinem Bett gelegen hatte. Dass Donavan nahebei stand und er praktisch dessen Körperwärme spüren konnte, machte das Unterfangen, irgendwie pünktlich zur Arbeit zu kommen, nicht gerade einfacher.

Er schüttelte sich in Gedanken und verließ das Badezimmer, um sich anzukleiden, ohne noch einen Blick auf Donavan zu legen. Was war nur mit ihm los und, was zur Hölle, machte Donavan, dass er beinahe verrückt wurde? Seth verstand dessen Anziehungskraft. Donavan war mehr als nur großartig, lustig, süß und ... ach! Seth betrat seinen begehbaren Kleiderschrank, schnappte sich den erstbesten Anzug, den er sah und zog sich an. Als er wieder herauskam, saß Donavan auf dem Bett. Dass auch er vollständig angezogen war, spielte keine Rolle. Oder war es vielleicht die Tatsache, dass er eben bekleidet war und Seth mit sich kämpfen musste, ihm die Klamotten nicht gleich wieder vom Leib zu reißen?

„Du könntest mich echt in Schwierigkeiten bringen", murmelte er und zwang sich, Donavan nicht anzusehen. Seine Libido war definitiv außer Kontrolle.

„Entschuldigung. Vermutlich sollte ich gehen." Donavan stand auf.

„Komm schon, ich besorge dir eine Tasse Kaffee. Ich weiß, dass ich einen brauchen könnte."

Donavan folgte ihm in die Küche. Als Seth den traurigen Ausdruck auf dessen Gesicht feststellte, schmolz er innerlich. „Du hast nichts falsch gemacht", beruhigte er ihn und nahm zwei Thermobecher aus dem Schrank. „Ich merke nur, dass es mir heute Morgen verdammt schwerfällt, mich am Riemen zu reißen. Gut, dass ich dich nicht während des Studiums getroffen habe. Vermutlich wäre es das mit dem Studium gewesen."

Donavan legte den Kopf ein wenig schief und musterte ihn. Es bestand kein Zweifel daran, dass er überlegte, ob Seth die Wahrheit sagte oder nur scherzte. „Ich weiß jetzt nicht, ob das ein Kompliment sein soll oder nicht."

Seth füllte Kaffee in beide Becher und reichte einen an Donavan weiter, bevor er antwortete. „Ich glaube, ich lasse dich für eine Weile darüber nachdenken. Warum sollte ich der Einzige sein, der heute abgelenkt ist?"

Donavan nahm den Kaffee mit einem breiten Grinsen entgegen. „Vertraue mir. Nach der letzten Nacht wird es mir verdammt schwerfallen, an etwas anderes zu denken."

Seth musste jeden Willen zusammenklauben, um sich die Schuhe anzuziehen und sie beide aus dem Haus zu bekommen. Er stöhnte auf, als er sich daran erinnerte, dass sie seinen Wagen genommen hatten und Donavans Truck noch immer am Restaurant stand. Er musste seine Grenzen nur noch ein wenig ausweiten. Sollte Donavan ihn allerdings noch länger mit diesem dummen Grinsen anstarren, würde sich dieser vermutlich über die Motorhaube gebeugt wiederfinden, bevor sie überhaupt den Weg zurück in die Stadt antraten.

7

Die Tür war hinter Donavan kaum ins Schloss gefallen, da stürmte Cain auch schon auf ihn los.

„Und?"

Donavan schulterte seine Trainingstasche und sah Cain mit gespieltem Unverständnis an. „Und was?"

Cain schubste ihn. „Sei kein Arsch. Wie war dein Date mit Doktor Fühldichgut?"

„Er heißt Seth und es war gut", gab Donavan trocken zurück und schob sich an Cain vorbei in die Umkleide. „Wie war es heute mit der Arbeit am Rochesterband?" Für gewöhnlich arbeiteten sie beide am selben Förderband in der Fabrik, doch hin und wieder kam es vor, dass jemand abkommandiert wurde und irgendwelchen Mist erledigen musste. Donavan war froh, dass es ihn nicht getroffen hatte. Die Arbeit am Stand war langweilig ohne Ende.

„Es war ätzend. Aber ist dir klar, dass du mich wahnsinnig machst?", beschwerte sich Cain und lief ihm schnell hinterher. „Ich habe dich gestern tausende Male versucht anzurufen."

„Ich war beschäftigt." Donavan stellte seine Tasche auf die Bank neben seinem Spind ab und machte sich daran, die Zahlenkombination einzugeben. Er musste sich auf die Lippe beißen, um nicht loszuprusten.

„Ja, gut. Mir war langweilig", sagte Cain seufzend. „Ich muss es stellvertretend durch dich erleben. Also schieß los."

„Mensch, bist du dir sicher, dass da nicht etwas ist, das du mir erzählen solltest? Etwas, was du dir von der Seele reden solltest?", konterte Donavan.

„Was redest du für einen Scheiß? Du weißt genau, dass ich dir nichts verheimliche."

„Bist du dir da sicher?" Donavan zog sein Shirt aus, hängte es an den Haken im Spind und suchte das Tanktop aus seiner Tasche.

„Vergiss es. Du weißt, dass ich ein offenes Buch bin."

„Ich weiß nicht", gab Donavan zurück und verzog die Lippen. Er schenkte Cain einen missmutigen Blick. „Ich habe das Gefühl, dass du nicht hundertprozentig ehrlich zu mir bist, wenn es um deine Sexualität geht."

„Hah. Wäre ich nicht absolut hetero, würde ich dich gleich über die Bank legen und dir die Details der Nacht aus dem Leib ficken."

„Oh, nein, das würdest du nicht. Für mindestens eine Woche wird niemand meinen Hintern anfassen", sagte Donavan verschmitzt und zog sich das Shirt und die Hose über.

„Du wurdest also dermaßen flachgelegt!" Cain schrie triumphierend auf und klopfte ihm auf den Rücken. „Das wurde auch verdammt noch mal Zeit. Ich habe schon geglaubt, du wärst kurz davor, deine Jungfräulichkeit wiederzuerlangen. Vielleicht bist du jetzt nicht mehr so furchtbar schrullig und wehleidig."

„Zur Hölle, wovon redest du? Ich bin garantiert niemals schrullig." Donavan schob seine Tasche in den Spind und setzte sich auf die Bank, um sich die Tennisschuhe anzuziehen. „Und hör auf, Zitate aus Supernatural zu klauen. Versuch wenigstens, ein wenig kreativ zu sein, okay? Oh, und nur ums klarzustellen, Dean ist nicht cool. Während du also deiner Kreativität nachläufst, kannst du dir gleich einen neuen Helden suchen."

„Blasphemie!", zischte Cain und schlug Donavan auf den Hinterkopf. „Dean ist ein verfickter Gott."

„Lass mich raten, das Wochenende stand mal wieder ein Serienmarathon an?"

Cain knallte die Tür seines Spinds zu und verschloss ihn. „Ich habe dir gesagt, dass mir langweilig war. Komm schon, lass uns ein paar Hanteln stoßen und du erzählst mir, wie du geknallt wurdest."

Donavan schüttelte den Kopf und folgte Cain in den Trainingsraum. Langsam begann er wirklich, an Cains Mitgliedschaft im Klub der Heteros zu zweifeln. Ernsthaft? Welcher Hetero will Details – und, bei Gott, welche Details er alles preisgeben könnte – aus dem Sexleben des schwulen Freundes?

Während des Aufwärmens auf dem Laufband nervte ihn Cain nicht länger mit seinen Fragen rund ums Date. Allerdings war ihm nur eine kurze Ruhe von fünfzehn Minuten gegönnt. Kaum nahm er seinen Platz auf der Beinpresse ein, begann die nächste Fragerunde.

„Wirst du ihn wiedersehen?"

Donavan versuchte, sich auf die Muskelbewegungen zu konzentrieren und zählte die Wiederholungen. Er keuchte nach der letzten Wiederholung und erhöhte das Gegengewicht. „Ja, Mittwoch." Er begann die nächste Übung.

„Und?"

„Und was? Mein Gott, Cain, würdest du bitte aufhören, dir darüber Gedanken zu machen, ob ich ein Date habe oder nicht und dich stattdessen um deine dürren Beine sorgen?"

Cain verzog das Gesicht und sah an sich hinab. „Sie sind nicht dürr." Er blickte wieder auf. „Oder?"

Verdammt, ein Kerl mit so wenig Selbstvertrauen, wie es Cain besaß, war ihm noch nie untergekommen. Stets fragte er sich, ob er hineinpasste; was andere von ihm dachten und so weiter. Dabei war es völlig unbegründet. Dieser Kerl war einer der nettesten Menschen, die Donavan je kennengelernt hatte – und er war heiß. Seine Ex hatte garantiert was abgezogen. Donavan war noch nie in einer längeren Beziehung gewesen, er konnte nicht einmal behaupten, dass er mal wirklich jemanden angeschwärmt hatte. Trotzdem hatte er miterlebt, was geschah, wenn jemandem das Herz gebrochen wurde, weil die große Liebe fremdging. Cain hatte es hart getroffen und sein Vertrauen in die Liebe hatte einen ebenso großen Dämpfer erlitten.

„Nein, das war ein Scherz", gab Donavan zu. „Versuch einfach, dich auf etwas anderes als mein Sexleben zu konzentrieren. Das ist wirklich unheimlich."

„Gut, aber falls du ihn ein drittes Mal triffst, will ich ihn kennenlernen", bemerkte Cain. Er trat von Donavan weg, drehte sich aber noch einmal um. „Mittwoch? Mittwoch ist unser Pokerabend."

Donavan konnte nur hoffen, dass sein Hintern in drei Tagen wieder fit war. „Ich frage Taz, ob er für mich einspringt", beruhigte er Cain. Es gab nichts, was ihn davon abhalten würde, seine Hände auf … nein, Seths Hände auf sich zu spüren, da er sicher wieder gefesselt sein würde. Er ließ die Gewichte auf die Halterung fallen und es scheppterte.

„Taz bescheißt. Außerdem stinkt er wie ein verschimmelter Käse", beschwerte sich Cain.

„Das ist nicht seine Schuld. Das ist der Nachteil, wenn du in einer Käsefabrik arbeitest. Nebenbei bescheißt jeder nach ein paar Drinks."

Cain schmollte, während sie sich durch das Beintraining quälten. Nicht dass es Donavan störte. So lange er schmollte, würde er keine weiteren Fragen über Seth stellen. Es war nicht, als wollte er nichts erzählen. Die ganze Sache fühlte sich jedoch noch so frisch, so zerbrechlich an, dass es ihm vorkam, ihre angehende Beziehung würde in tausend Scherben zerfallen, sobald er zu viel darüber redete oder nachdachte.

Hätte ihn vor drei Tagen jemand gefragt, ob er an die Liebe auf den ersten Blick glaubte, hätte er denjenigen für verrückt gehalten und zur Hölle geschickt. Aber nun? Jetzt würde er vermutlich stocken, bevor er antwortete. Er war sich nicht sicher, welche Gefühle er für Seth wirklich hegte, denn er hatte diese Gefühle noch nie zuvor erlebt. Er brauchte nur an ihn zu denken, schon schoss sein Puls in die Höhe. Er wusste nur, dass er die Sekunden zählte, bis er Seth wiedersehen würde. Vielleicht war es Verlangen, das verstand er. Nur, wenn er an Seth dachte, spielten sich die Gedanken nicht gleich im Schlafzimmer ab, auch waren sie in seiner Vorstellung nicht immer nackt. Wenn er ehrlich zu sich war, dann wollte er schlichtweg in Seths Nähe sein. Und was sollte das jetzt schon wieder bedeuten?

Wenn er bedachte, dass er sogar das Wort mit L in die Überlegung mit einbezog, wollte er noch weniger mit Cain darüber reden. Immerhin kämpfte Cain immer noch mit den Nachwirkungen, die das Wort mit L mit sich gebracht hatte.

Das Training flog nur so dahin, und bevor er es wirklich bemerkte, befand er sich wieder auf dem Laufband, um sich auszulaufen. Cain verhielt sich glücklicherweise ruhig, bis sie zurück in der Umkleide waren.

„Ich verstehe echt nicht, warum du so verschlossen bist, wenn es um Doktor Fühldichgut geht."

„Und ich verstehe nicht, warum es dich so dermaßen interessiert", konterte Donavan.

„Ganz einfach, weil es genau 62 Tage, vier Stunden und elf Minuten sind, seit ich zuletzt Sex hatte. Ich muss einfach wissen, dass es noch jemanden gibt, der abgeht, ohne selbst Hand anzulegen."

Donavan zog seine verschwitzten Klamotten aus und wickelte sich ein Handtuch um die Hüften. Dann schnappte er sich seinen Duschbeutel und lief an Cain vorbei. „Wie wäre es, wenn ich dir eine Vorführung gönne, während wir nackt sind. Falls du keinen hochkriegst, werde ich deine Sexualität nie wieder infrage stellen", grinste Donavan.

„Hey, das ist nicht fair. Der kleinste Luftzug lässt mich mittlerweile hart werden." Cain griff nach seinem Duschzeug und folgte Donavan in die Dusche. „Außerdem möchte ich einfach nur wissen, dass jemand flachgelegt wird. Ich brauche nicht alle schmutzigen Details. Du brauchst mir nur einen kleinen Überblick geben und verraten, warum dich dieser Kerl ständig grinsen lässt, als wärst du high."

Donavan schlüpfte unter den heißen Wasserstrahl und begann sich die Haare zu waschen. „Er ist interessant. Klug und lustig. Ich genieße seine Gesellschaft."

„Und gut in den Lenden?"

„Ja, Cain, auch gut in der Disziplin." Donavan griff sich in den Schritt, um seine Antwort zu untermauern. „Und mit dem Schwanz."

„Toll. Hat er eine Schwester?"

Herrgott, er wusste es nicht. Sie hatten sich über die Arbeit, über Hobbys, Lieblingsgerichte unterhalten. Sie hatten viel über Sex geredet. Aber über die Familie? Das Thema hatten sie übersprungen und genau darauf sprang Cain nun an.

„Ich weiß es nicht, aber ich kann ihn fragen."

„Das würde klasse sein, meinst du nicht? Doppelte Dates und so."

„Sicher, als würde ich nicht ohnehin schon genügend Zeit mit dir verbringen", grummelte Donavan im scherzhaften Tonfall. „Du solltest dir echt ein Hobby suchen."

„Wenn Seth eine Schwester hat, hätte ich eins." Cain lachte leise und stellte das Wasser ab. „Komm schon, lass uns zu Madden's gehen. Ich kauf dir ein Bier."

Ein kostenloses Bier und ganz nebenbei gab es dort einen Billardtisch. Cain würde viel zu sehr damit beschäftigt sein, kluge Sprüche loszulassen, als ihn noch weiter mit Fragen zu löchern. Ein Gewinn für sie beide. Außerdem hörte sich der Vorschlag um ein Vielfaches besser an als die Vorstellung, allein bei sich im stillen Haus zu sitzen und ständig über Seth nachzudenken.

SOBALD ER durch die Tür trat, attackierte der Geruch nach schalem Bier und altem Zigarettenrauch seine Nase. Das Madden's gab es schon seit Ewigkeiten und er war sich ziemlich sicher, dass der Teppich, die Tische und die Dekorationen ebenso alt waren. Alles deutete darauf hin. Dennoch, das Bier war immer kalt und billig und die regelmäßigen Besucher waren wahlweise Stammgäste oder schlichtweg ruhige und angenehme Gefährten. Klassische Countrysongs kamen aus der Jukebox, die sicherlich in den letzten zwanzig Jahren kein Update mehr erlebt hatte. Er und Cain besuchten die Kneipe nur noch selten, seit sie Mittwochsabends mit ihrer Pokerrunde angefangen hatten. Gingen sie am Wochenende aus, landeten sie meist im Shorty's oder Jesters, einen der angesagteren Clubs. Da es früher Montagabend war, war nur einer der vier Billardtische besetzt. Ryan Marsh, der Besitzer der Kneipe, stand hinter der verkratzten und verbrauchten Theke, wie eigentlich immer an sechs Abenden die Woche – er verdiente zu wenig, um jemanden einzustellen. Davon abgesehen war die Arbeit eine perfekte Ausrede zu trinken und seiner ‚alten Hexe' fernzubleiben. Das waren Ryans Worte, nicht seine.

Cain klopfte ihm auf den Rücken. „Mach alles fertig, ich besorge uns Bier."

Donavan ging zu einem der unbesetzten Tische. Er nickte den Kerlen zu, die nebenan spielten. Er kannte sie nicht gut, doch hatten er und Cain einmal gegen sie gespielt. Donavan steckte ein paar Münzen in den Automaten und die Bälle fielen klackernd aufs Spielfeld. Er veränderte ihre Positionen, bis sie in der richtigen Stellung verharrten. Als er eine Berührung auf der Schulter spürte, hob er vorsichtig das Dreieck an und drehte sich herum, um sein Bier entgegenzunehmen. Nur war da kein Bier und es war auch nicht Cain. Donavans

Mund blieb offen stehen, so weit, dass er sicherlich einem Goldfisch auf dem Trockenen ähnelte, und er riss die Augen auf.

Vor ihm stand, mit einem breiten Grinsen im Gesicht, Seth.

„Oh, hey, wow", stammelte Donavan, nicht in der Lage, sich von seinem Schock zu erholen. Madden's wirkte nicht gerade wie einer der Orte, an denen sich Seth aufhalten würde. „Was machst du hier?" Mist, in Bezug auf Seth war er wirklich der König der dummen Fragen. Der Kerl hatte ein Bier in der Hand, also?

„Bin einem alten Freund begegnet und wir haben beschlossen, uns hier zu treffen und zu plaudern. Ich war hier seit Jahren nicht mehr. Bist du häufiger hier?"

Donavans Pulsschlag war in die Höhe geschnellt und er wusste, dass er ein absolut dämliches Grinsen im Gesicht hatte, doch konnte er es nicht unterdrücken. Seth trug alte ausgeblichene Jeans mit Löchern an den Knien, Sneakers und ein verblichenes graues Shirt mit ›Michigan‹ als Aufdruck. Wüsste Donavan nicht, was Seth beruflich machte, würde er darauf tippen, dass er am Bau oder auch in einer Werkstatt arbeitete. Doch wusste er, als was er arbeitete, und so sehr er es mochte, Seth aufgemotzt zu sehen, so musste er zugeben, dass dieses Outfit ihm ebenfalls stand.

Er lehnte sich an den Tisch und versuchte, locker und lässig zu wirken. Wahrscheinlich klappte das mal gar nicht. „Ehrlich gesagt? Nein. Ich bin zum ersten Mal seit Monaten hier." Er fuhr sich mit den Fingern durchs Haar. Scheiße. Er hatte sie nur mit dem Handtuch getrocknet, bevor sie das Fitnessstudio verlassen hatten.

„Hmm, mein glücklicher Abend", sagte Seth zwinkernd.

„Wer hat heute Abend Glück?", fragte Cain, als er zu ihnen trat und Donavan das Bier reichte.

„Entschuldigung. Ich hoffe, ich störe nicht?", hakte Seth nach.

„Nee, das ist nur Cain", erklärte Donavan.

„Bester Freund und Vertrauter." Cain stupste Donavan an und streckte seine Hand aus. „Cain Eastman. Und du bist?"

Donavan spannte sich an. Verdammt, wo war ein Maulkorb, wenn er einen brauchte? Das hier würde zu einer schnellen Runde mit fünfzig Fragen werden.

Seth schüttelte die ihm entgegengestreckte Hand. „Seth Manning."

Cain riss die Augen auf und blickte zu Donavan, bevor er sich wieder Seth zuwandte. „Wow, Doktor Fühldichgut?"

Donavan verzog das Gesicht und stieß seinen Ellbogen in Cains Rippen. Hart.

Seth hob eine Braue und kicherte leise. „Doktor Fühldichgut, hmm?"

„Ignoriere ihn einfach", zischte Donavan. „So wie ich."

„Nein, wirklich, ich freue mich, dich kennenzulernen. Darf ich dir ein Bier holen?", bot Cain an, glücklicherweise wieder halbwegs normal handelnd.

„Das ist sehr freundlich von dir, Cain. Wir sind allerdings schon auf dem Sprung. Ich stehe morgen früh im OP."

Donavan entging nicht, wie Seth an Cains Körper hinuntersah. Die Eifersucht traf ihn wie ein Schlag in den Magen. Was war das denn jetzt schon wieder? Er war nie vom eifersüchtigen Typ gewesen und sicherlich nicht, wenn es Cain anbelangte. Sie angelten nicht nach denselben Dates. Er war verrückt und handelte irrational. Er ging durch eine echt miese Phase, und wenn er noch ein wenig Verstand zusammenkratzen konnte, sollte er sich von Seth fernhalten, bis er sich durch den Dschungel an Gefühlen geschlagen hatte, die ihm durch sein Hirn gingen. Aber schon in dem Augenblick, in dem er darüber nachdachte, wusste er, dass es ein absoluter Scheiß war. Sein Körper bebte voller Aufregung und dabei stand er nur vor Seth.

„Uhm, ja. Gut." Donavan rührte sich ein wenig und trank einen großen Schluck Bier. So viel dazu, ruhig und lässig zu wirken. Er war wirklich ein Idiot.

Seth sah auf die Uhr und wandte sich wieder Cain zu. „Weißt du was, es ist immer noch früh. Ich habe noch Zeit für ein Spiel, sofern du von deinen Rechten zurücktrittst und Donavan erlaubst, als mein Partner zu spielen."

Die Art und Weise, mit der Seths Stimme tiefer und heiserer wurde, ließ Schmetterlinge in Donavans Bauch auffliegen.

„Ich weiß nicht", antwortete Cain zweifelnd. „Es kommt darauf an, wie gut dein Freund ist."

„Mikey hat das Bier und die Pizza in unserem gesamten ersten Collegejahr gezahlt, indem er am Tisch gewonnen hat." Er hielt Cain die Hand hin. „Einverstanden?"

Cain liebte die Herausforderung und zögerte weder die ausgestreckte Hand zu ergreifen noch den Deal anzunehmen. Donavan war kein schlechter Spieler, doch wenn Cain die Gelegenheit hatte, sich mit einem besseren Spieler zusammenzutun, überlegte er gar nicht erst. Donavan war auf die Seite geschoben worden. Und in diesem Fall war es das wirklich wert.

„Ich bin gleich zurück", rief Seth ihnen über die Schulter zu und verschwand in Richtung der Bar.

In dem Moment, in dem Seth verschwunden war, stürzte sich Cain auf Donavan.

„Hey, hast du gesehen, wie er dich ansieht? Meine Güte, ich habe nur darauf gewartet, dass er dich hier und jetzt flachlegt."

Hast du gesehen, wie hart ich wurde?, dachte er, sprach es aber nicht aus. Er musste Cain nicht noch weiter anfeuern. Stattdessen antwortete er: „Wie auch immer. Er hat auch dich abgecheckt. Vermutlich sehen wir beide typisch fertig aus wie immer nach dem Sport. Oh, Mist, ich komme gleich wieder."

„Wohin zum Teufel gehst du?"

Mich herausputzen. „Ich muss pinkeln. Fang schon mal an. Ich habe aufgestellt, du kannst anstechen."

In der Toilette angekommen, sah Donavan gleich in den Spiegel und stöhnte auf. Es war schlimmer, als er vermutet hatte. Seine Haare standen ab, als hätte er gerade in die Steckdose gefasst, seine Wangen waren rot und sein löchriges Shirt verhalf auch nicht dazu, präsentabel auszusehen. Er drehte das Wasser auf und tat sein Bestes, um sein Haar halbwegs unter Kontrolle zu bekommen. Dann blickte er sich im Raum um und prüfte, ob es zufällig irgendwo einen Spender mit billigem Toilettenparfüm gab. Natürlich war das Glück auf jedermanns Seite, nur nicht auf seiner und an seiner Kleidung konnte er gar nichts ändern. Er hatte also zwei Möglichkeiten. Entweder versteckte er sich so lange in der Toilette, bis Seth verschwand oder aber, er riss sich endlich zusammen und hörte auf, sich wie ein Mädchen vor dem Abschlussball aufzuführen.

„Herausputzen? Wirklich?", fragte er sich selbst im Spiegel, bevor er sich, angeekelt von seinem eigenen Verhalten, abwandte.

8

ALS DONAVAN von der Toilette zurückkam, dröhnte ‚Workin' Man Blues‘ von Haggard aus der Jukebox, ein Lied, das Ryan anscheinend gefiel, denn er drehte die Lautstärke höher. Kaum hatte er sich umgesehen und Seth, über den Tisch gebeugt und seinen Zug ausführend, entdeckt, stockte ihm der Atem. Sein harter kleiner Hintern war deutlich sichtbar und Donavan musste sich zusammenreißen, um ihm keinen Klaps zu geben. Es trieben sich überwiegend Arbeiter in dieser Kneipe herum und er gehörte optisch sicher zu ihnen, doch bedeutete das nicht, dass er sich wie einer verhalten musste.

„Du musst Donavan sein. Ich bin Mike.“

Donavan schüttelte seine Hand. „Freut mich, dich kennenzulernen.“ Mike musste ungefähr so alt wie Seth sein, doch hatte ihm das Altern deutlich mehr zugesetzt als Seth. Sein Haar war schon deutlich ausgedünnt und an seinen Hüften hatte sich das Fett gesammelt, wie es bei vielen seines Alters der Fall war. Trotzdem trug er ein freundliches, warmes Lächeln auf dem Gesicht und da Seth ihn mochte, musste er ein netter Typ sein.

„Ich habe den Zug verspielt“, motzte Cain und trank einen großen Schluck Bier. „Ich hoffe, Mikey ist so gut, wie dein Freund es versprochen hat.“ Er betonte das Wort ‚Freund‘ besonders.

Donavan zuckte unwillkürlich zusammen, als Mike ihn überrascht ansah und er warf Cain einen finsteren Blick zu. Was stimmte nicht mit Cain? Verdammt noch mal, Seth war ein Arzt. Was war, wenn er sich nicht geoutet hatte? Er würde Cain den Hals umdrehen, sofern Seth ihn nicht zuerst erwischte. Allerdings hatte er sich umsonst gesorgt. Seth verspielte seinen Zug ebenfalls, trat neben Donavan und legte seinen Arm besitzergreifend um ihn.

„Cain, du bist ein Arsch! Hat dir nie jemand gesagt, dass du nicht rumzicken sollst, wenn sich jemand auf seinen Zug konzentriert? Mikey, du bist dran.“

Zumindest besaß Cain noch so viel Verstand, um schuldbewusst zu schauen.

Seth schob einen Finger unter Donavans Shirt und rieb über den Hosenbund von Donavans Jeans, die mit einem Mal deutlich enger zu sein schien als noch Sekunden zuvor.

„Und ich habe gedacht, ich müsste bis Mittwoch warten, bevor ich meine Finger wieder auf diesen wunderbaren Körper legen könnte", murmelte Seth leise, sodass nur Donavan ihn hören konnte. „Hast du an mich gedacht?"

„Ja", gab Donavan zu.

„Hast du dir einen runtergeholt, während du an mich dachtest?"

Oh, das war das Schlechteste, was Seth hätte sagen können. Gerade jetzt, in der Öffentlichkeit und wenn Donavans Libido ohnehin schon im Dreieck tanzte. Die Antwort auf Seths Frage lag noch immer klar und deutlich auf seinen Laken. An diesem Morgen hatte er es nicht einmal geschafft, aufzustehen und sich einen Kaffee zu machen, so wie er es normalerweise unter der Woche tat, bevor er sich einen runtergeholt hatte. Was an und für sich überraschend war, immerhin hatte er die Nacht nicht schlafen können, ohne, angefeuert von den Erinnerungen an Seth, Hand an sich zu legen.

Seth zog ihn ein wenig näher zu sich heran. „Es ist alles in Ordnung. Du musst nicht antworten. Dein Gesichtsausdruck und die Beule in deiner Hose verraten mir, dass es so war."

Donavan ließ seinen Arm sinken, sodass er seinen Schritt hinter dem Bierglas verstecken konnte. „Jepp, ich konnte mich nicht beherrschen."

„Alles klar, ich auch nicht." Seth stellte sich auf die Zehenspitzen und ließ seine Lippen über Donavans Ohrläppchen tanzen. „Und ich kam so verdammt hart."

Donavan stöhnte, seine Augen drohten, zuzufallen. Er bemerkte, wie Cain zu ihnen hinüberstarrte, mit einem breiten Grinsen im Gesicht. Donavan räusperte sich und bewegte sich zur Seite, um sich ein wenig Abstand zwischen seinem Nacken und Seths warmem Atem zu verschaffen. Er sah zum Tisch, an dem Mikey gerade seinen Zug tat. Er hatte immer noch die Zwei und die Acht, dann war das Spiel vorbei.

Er nickte in Richtung von Seths Freund. „Sieht ganz so aus, als hättest du recht gehabt. Ich kann Cain schon angeben hören."

Offenbar spürte Seth Donavans Unsicherheit, denn er flüsterte: „Du kannst mir Mittwoch davon erzählen." Er entließ Donavan aus seiner Umarmung, schnappte sich sein O'Doul's vom Tisch und trank einen Schluck, den Kopf dabei in den Nacken legend. Er mochte mit seinen Neckereien aufgehört haben, aber Seth dabei zuzusehen, wie er auf solch eine verführerische Art und Weise Bier trank, war beinahe genauso schlimm.

Mikey beendete das Spiel. Er und Cain jubelten lautstark und klatschten sich in die Hände. Es war ein kurzes Spiel gewesen, doch Cain konnte angeben und Donavan hatte eine Umarmung und einen Steifen von Seth bekommen. Der Abend war besser gelaufen, als er es geglaubt hatte.

9

WENN MAN einem Topf mit Wasser beim Kochen zusieht, kocht er nie und offenbar traf das auch auf die Uhrzeit zu, die langsamer denn je voranschritt. Noch fünfzehn Minuten bis zum Feierabend. Fünfzehn Minuten Tortur. Donavan biss die Zähne zusammen und wandte sich von der Uhr ab. Die Glocke würde ihn daran erinnern, wenn es endlich Feierabend war. Also konzentrierte er sich so gut wie nur möglich auf die Teile vor ihm, seine Werkzeuge, seine Hände – auf alles, nur nicht auf die Uhr.

Aus einiger Entfernung hörte er ein Stöhnen, gefolgt von mehreren Flüchen, die mit jedem einzelnen lauter wurden. Donavan drehte sich zu dem Gefluche um, gerade rechtzeitig, um seinen Vorarbeiter Terry den Gang hinunterlaufen zu sehen. Nein, nein. Nein!

„Vier Pflichtstunden länger", rief Terry in die Runde, während er mit schnellen Schritten weiterlief.

„Verdammt, ich kann nicht!" Donavan begann lautstark zu rufen, dass er ein Date hatte, doch hätte die Tatsache ungefähr so viel Aussagekraft wie eine zerkochte Nudel. So ballte er die Hände zu Fäusten und schloss die Augen. Eine Ausrede nach der anderen ging ihm durch den Kopf, jede überlegend und schließlich wieder verwerfend. Kurz davor, zu sterben, war an noch weitere vier Stunden an diesem verdammten Förderband gefangen.

„Ich kann diesen Scheiß nicht glauben", fluchte Cain und stapfte zu Donavans Werkbank. „Das ist das vierte Mal in diesem Monat, dass sie diesen Scheiß mit uns machen. Wissen die nicht, dass wir so etwas wie ein Leben haben? Es ist Pokerabend, verdammt noch mal. Einem Mann das Pokerspiel zu verleiden, sollte verboten sein."

Donavan rechnete die Zeit kurz durch. Würde er praktisch vor der Tür stehen, wenn die Zusatzschicht endete, wäre er fünf Minuten später zu Hause. Duschen, Rasieren würden ihm weitere zehn Minuten kosten; um zu Seth zu kommen, brauchte er fünfzehn Minuten. Er könnte bei ihm sein, … ähm …, zweieinhalb Stunden später als geplant. Frustriert schlug er auf den Deckel seines Werkzeugkastens. Es half nicht, dafür schmerzte jetzt seine Hand und die Knöchel bluteten. Verärgert riss er eines der Handtücher vom Haken und wickelte es sich um die Hand.

„Das hilft dir auch nicht weiter, du Idiot", merkte Cain an. „Sie werden dir nur ein Pflaster drüberkleben und dir sagen, dass du deinen Hintern zurück zur Arbeit bewegen sollst. Für die nächsten vier Stunden schuftest du dann mit einer kaputten Hand."

„Ich habe ein Date. Und ich bin diesen Scheiß hier so was von leid", schnappte Donavan.

„Ja, ich habe auch Pläne. Ich stimme dir zu, dass das hier ein absoluter Scheiß ist, aber was können wir schon daran ändern?"

„Hinschmeißen", antwortete Donavan simpel.

„Ja, gut. Ich habe allerdings keinen Doktor Fühldichgut, der mir die Rechnungen zahlt."

Cain legte den Kopf schief. „Was mich erinnert … du hast nicht zufällig herausbekommen, ob es eine Schwester Fühldichgut gibt? Du weißt, dass ich kein Problem damit hätte, vergeben zu sein."

„Du hast keinen Anstand. Außerdem ist Seth nur ein Freund. Er zahlt mir nicht meine Rechnungen."

Cain wollte gerade antworten, doch Donavan schnitt ihn mit einer scharfen Geste ab. „Ich erlaube niemandem, meine Rechnungen zu bezahlen. Im Gegensatz zu dir habe ich sogar welche."

„Jemanden mit Eiern in der Hose zu haben, hat nichts damit zu tun, ihn als Sugarmama oder, wie in deinem Fall, als Sugardaddy zu betrachten. Ich stehe auf Gleichberechtigung. Frag mich. Ich finde, es ist ein wirklich kluger Plan."

„Wir reden nicht darüber." Das Förderband setzte sich wieder in Bewegung und er deutete in Richtung von Cains Arbeitsplatz. „Jetzt beweg dich wieder zur Arbeit, bevor sie uns noch weitere vier Stunden dranhängen."

Ohne die Chance, das Unausweichliche irgendwie abzuwenden, trat Donavan zurück ans Band und machte sich ans Werk. Er würde Seth anrufen, sobald er eine Pause machen konnte. Zuerst würde er sich vernünftig entschuldigen, danach würde er ihm sagen, dass er wahlweise später käme oder dass sie das Date verschieben könnten. Donavan hoffte allerdings, dass er später kommen könnte und das Verschieben nicht notwendig war. Schon die ganze Zeit über hatte es ihn gejuckt, endlich wieder ein wenig Nacktzeit mit Seth allein verbringen zu können und er wusste nicht, wie lange er sich noch zurückhalten konnte, bevor er komplett wahnsinnig wurde.

Wie es sich herausstellte, waren seine Sorgen unbegründet. Er arbeitete sich schlichtweg die Eier ab. Der Schweiß lief an ihm herunter, und als das Band zum ersten Mal stoppte, schmerzten ihm die Hände und der Rücken.

Donavan blickte zur Uhr und Übelkeit machte sich in ihm breit. Es war viertel vor Acht. Grundgütiger. Wie hatte die Zeit so schnell verfliegen können?

Er schnappte sich ein Tuch von seiner Werkbank und wischte sich den Dreck von den Händen. Vergesst das Handyverbot am Arbeitsplatz. Er durchwühlte seine Tasche, zog sein Handy heraus und stöhnte. Vier ungelesene Nachrichten, alle von Seth, der wissen wollte, wo er blieb. Er schrieb eine schnelle Antwort zurück. *Entschuldige, wir müssen länger arbeiten, melde mich in fünfzehn Minuten.*

Donavan verstaute das Handy wieder in seiner Tasche und begann, seinen Arbeitsplatz aufzuräumen. Er betete, dass Terry nicht vorbeikommen und ihn informieren würde, dass sie noch eine weitere Extrarunde drehten. Mit jedem Schlag des Sekundenzeigers schnellte sein Puls hoch. Acht Uhr konnte nicht früh genug kommen. Um eine Minute vor hatte er seinen Arbeitsplatz gereinigt und wartete, mit dem Rucksack über der Schulter, dass sich der Zeiger endlich auf die Zwölf schob. Jubelrufe hallten durch die Halle und Donavan spurtete los. Als er Cain passierte, winkte er ihm kurz zu.

„Hey, Donavan, warte mal", rief ihm Cain hinterher.

„Nein, geht nicht, ich muss mich beeilen", rief er zurück.

Er würde nicht am Ende der Schlange stehen und darauf warten müssen, sich endlich auszustempeln, nur weil Cain es nicht geschafft hatte, rechtzeitig fertig zu sein. So waren gerade mal drei Arbeiter vor ihm an der Zeituhr und sie schienen es genau so eilig zu haben wie er selbst. Zum Glück hatte er in weiser Voraussicht gehandelt und sich nicht das Auto mit Cain oder einem der anderen geteilt, um möglichst früh nach Hause zu kommen und sich für sein Date fertigzumachen. Gut, so viel zu dem Plan, Zeit im Bad zu haben. Aber zumindest musste er nicht mit den vier Schwachköpfen für zwanzig Minuten länger, als er sonst nach Hause brauchte, im Auto hocken und zuhören, wie sie sich über die Überstunden aufregten.

Kaum war er aus der Tür raus, rannte er auch schon über den Parkplatz zu seinem Truck, warf den Rucksack auf den Beifahrersitz, sprang hinters Steuer und wählte Seths Nummer. Er hatte noch nicht ganz den Gang eingelegt, als Seth abnahm.

„Hallo? Donavan, bist du es?"

Donavan zuckte zusammen, als er den besorgten Tonfall hörte.

„Ja, Seth, es tut mir leid. Wir mussten vier Stunden länger arbeiten. Eigentlich wollte ich dich in der ersten Pause anrufen, aber es gab schlichtweg keine. Wir dürfen keine Handys am Arbeitsplatz nutzen, weil irgendein Idiot mal auf die Idee gekommen ist, ständig zu quatschen, also haben wir alle das Privileg verloren und ich kann mich nicht genügend entschuldigen und …"

„Atme mal zwischendurch. Es ist alles in Ordnung. Atme einfach für mich."

Donavan tat wie geheißen. „Es tut mir leid, dass ich so plappere. Ich mach das immer, wenn ich nervös oder schlecht drauf bin. Es tut mir wirklich leid, dass ich dich nicht angerufen habe und …"

„Hör auf, dich zu entschuldigen. Vertraue mir. Bei meiner Arbeit sind verpasste oder verschobene Treffen schon die Norm." Seth veränderte seinen Tonfall; er sprach nun mit heiserer und tieferer Stimme. „Es sei denn, du möchtest, dass ich dich bestrafe."

Ein Schauder lief ihm über den Rücken. „Ich …" Er schluckte, seine Kehle war plötzlich trocken. Er probierte es noch mal. „Das könnte mir gefallen."

„Hmm, also kommst du immer noch vorbei?"

„Ich habe gehofft, dass du genau das sagen würdest. Ich könnte in dreißig Minuten bei dir sein."

„Perfekt. Lass mich nicht wieder warten."

Die Verbindung unterbrach und Donavan trat aufs Gas.

GENAU SECHSUNDZWANZIG Minuten später stand Donavan vor Seths Tür. Er hatte es geschafft, nach Hause zu hetzen, sich zu duschen, zu rasieren und sich in Rekordzeit auch noch anzuziehen. Er fuhr sich mit den Fingern durchs Haar und strich sich die Beule in seiner Jeans glatt, bevor er auf die Klingel drückte. Er rollte mit den Schultern und dem Kopf, um die Verspannungen, die sich während der Arbeit in seinen Muskeln breitgemacht hatten, zu lösen. Aus dem Inneren des Hauses hörte er Geräusche. Sein Pulsschlag schoss in die Höhe und er atmete mehrere Male tief durch. Das mochte zwar seine Atmung beruhigen, die Hitze in seinen Lenden jedoch nicht.

Seth öffnete mit einem breiten Lächeln im Gesicht die Tür. „Du hättest noch ein paar Minuten über."

Donavan versuchte, lässig zu antworten, doch als er sich Seth genauer ansah, wurde seine Stimme heiser. „Ich habe mir deine Warnung, dich bloß nicht warten zu lassen, zu Herzen genommen."

Jedes Mal, wenn Donavan Seth traf, sah dieser anders aus. Dom, Anzugträger, Collegeboy – und an diesem Abend war er schlichtweg lässig chic. Er trug ein blasses blaugelb gestreiftes Poloshirt, eine hellbraune Stoffhose, die sich an seine Beine und Hüften schmiegte, eng genug, um Donavan zu beweisen, dass nicht nur er in freudiger Erregung wartete.

Seth trat zurück. Sein Lächeln wandelte sich von verspielt zu etwas Dunklerem, Spitzbüberischem und er winkte Donavan hinein. „Komm rein, bitte."

„Sagte die Spinne zu der Fliege", frotzelte Donavan und trat ein. Nicht dass es ihn kümmerte, ob er die Spinne oder die Fliege war. Fressen oder gefressen werden passten beide gerade in seinen Plan. Er schlüpfte aus seinen Schuhen, stellte sie beiseite und krallte die Zehen in den plüschigweichen Teppich.

„Nach so einem Arbeitstag könntest du sicher einen Drink vertragen", kommentierte Seth. „Meine Bar ist gut gefüllt – Likör, Bier, Wein, was auch immer du willst."

Das letzte Mal, als er hier gewesen war, war alles wie im Flug an ihm vorbeigezogen, doch als er in das Wohnzimmer trat, kam es ihm bekannt vor. An eine Bar konnte er sich dennoch nicht erinnern. Nicht dass er sie jetzt fand.

„Ich glaube, ich versuche mich wieder am Wein", antwortete er, selbst ein wenig überrascht. Wein hatte ihn eigentlich nie interessiert, aber während ihres Dinners hatte er seine Vorliebe für ihn entdeckt. Donavan mochte, wie ihn der Wein von innen heraus wärmte, außerdem war die Wirkung wirklich angenehm.

„Folge mir", sagte Seth.

Donavan ging hinter Seth den Flur entlang zu einer Tür an dessen Ende. Die Tür öffnete sich zu einer Treppe, die in den Keller führte. Donavan riss erstaunt die Augen auf. Vor ihm befand sich eine echte Bar, die im krassen Gegensatz zum modernen Wohnstil in den oberen Räumen stand. Die Wände waren mit knorrigem Pinienholz verkleidet. Bilder von Wildtieren hingen an den Wänden; Wandleuchten aus Metall und Holz dienten der Beleuchtung. Geweihe und diverse Plaketten rundeten die Wanddekoration ab. Der Raum hatte das Flair einer Waldhütte. Die Theke bestand aus lackiertem Zedernholz, direkt über ihr hingen mehrere Pendelleuchten. Vor der Bar standen mit altem Leder bespannte Hocker. Mit dem Billardtisch, Fußball und der Dartscheibe war das hier ein Männerparadies, von dem jeder Sportsfreund oder Spieler vor Neid erblassen würde. Eine Sitzecke mit rustikalen Ledermöbeln, inklusive einer Couch und Hockern, stand seitlich der Bar. Doch war es der riesige, gemauerte Kamin mit dem Bärenfell auf dem Boden, der Donavans Aufmerksamkeit wirklich auf sich zog. Wie gut konnte er sich vorstellen, vor dem flackernden Kaminfeuer zu liegen, dessen Wärme zu spüren. Und sich noch mehr aufzuheizen, indem er und Seth auf dem weichen Fell fickten. Sein Schwanz zuckte als Antwort auf seine Gedanken.

Seth ging hinter die Bar und stellte zwei Gläser auf der Theke ab. „Rot oder Weiß?"

„Welchen du auch hast." Ein Schild hing über der Bar. *Willkommen in Mannings Saloon. Gegründet 2004.* Er rechnete schnell. Das würde bedeuten, dass Seth diese Bar hatte, als er … was war? 21? 22?

„Du lebst hier seit zehn Jahren?"

„Hmm?" Seth füllte Weißwein in die Gläser und schaute in die Richtung, in die Donavan deutete. „Oh, das. Ja, das hing an meiner Zimmerwand, als ich im College war. Ich träumte immer davon, meine eigene Bar zu haben. Ich habe diesen Raum mehr oder weniger um das Schild herum dekoriert. Hier lebe ich erst seit drei Jahren, die Dekorationen für die Bar sammle ich aber schon seit zehn."

Donavan nahm das ihm angebotene Glas entgegen und nippte am Wein. Der süßere Geschmack des Weißweins gefiel ihm mehr als die trockene Note des Rotweins. „Der ist gut", kommentierte er und trank einen größeren Schluck. Dann drehte er sich auf dem Barhocker um und sah sich den Raum noch mal genauer an. „Ich muss zugeben, dass hier ist die hübscheste Bar, in der ich je war - oder die ich je gesehen habe."

„Danke, ich bin allerdings noch nicht fertig. Meine Mutter war nicht allzu begeistert, dass sie sich hier nicht austoben durfte, aber ein Mann muss in seinem eigenen Hause wenigstens etwas zu sagen haben."

Donavan pfiff beeindruckt. „Ich hätte geglaubt, das hier sei das Werk eines dieser hoch bezahlten Innendesigner. Du bist voller Talent und Überraschungen, was?"

„Was hältst du davon, wenn wir unsere Gläser mit zur Couch nehmen und ich dir mehr von meinen …", Seth hob bedeutend die Augenbraue in die Höhe, „… Talenten zeige?"

„Ich bin bereit, mein Hirn durchgeblasen zu bekommen." Er stand auf. Und andere Dinge geblasen zu bekommen. Harte Dinge. Dinge, die von Sekunde zu Sekunde härter wurden.

Seth nahm am Ende der Couch Platz und klopfte auf den Platz neben sich. Donavan nahm die Gelegenheit nur zu gerne wahr und kuschelte sich an den faszinierenden Mann. Die Couch war noch bequemer, als sie aussah und er ließ sich in das butterweiche Leder sinken.

„Lass mich für Stimmung sorgen." Seth nahm eine nach Hightech schreiende Fernbedienung vom Tisch. Nach ein paar Bewegungen seiner Finger verblasste das Licht, ein langsamer Blues drang aus versteckten Lautsprechern und der Kamin erwachte zum Leben. „Es ist kein echtes Feuer, aber ich dachte, wir könnten selbst für Wärme sorgen."

„Verdammt, ich mag deine Denkweise", murmelte Donavan.

Seth verstaute die Fernbedienung, legte die Füße auf den Tisch und schob den Arm um Donavans Schultern. Donavan rutschte herunter und streckte seine langen Beine neben denen von Seth aus. Er kuschelte sich dichter an Seth. Wieder spielte ihr Größenunterschied keine Rolle. Seth wirkte in dieser Position größer und Donavan genoss die Behaglichkeit, die von ihm ausging.

„Ich bin wirklich froh, dass du es noch geschafft hast", sagte Seth leise. Er massierte Donavans Nacken, seine Finger kitzelten ihn leicht am Ohr. „Ich wäre enttäuscht gewesen, wenn du das hier verpasst hättest."

„Es tut mir wirklich leid, dass ich zu spät kam."

Seth lehnte sich zu ihm herüber und ließ seine Lippen über Donavans Wange streifen. „Würdest du bitte damit aufhören, dich zu entschuldigen? Du bist jetzt hier. Das ist alles, was zählt."

Donavan drehte den Kopf und folgte den Lippen. Seths Finger festigten ihren Griff in seinem Nacken, als er ihn zu sich hinzog und ihn in einem Kuss fing, der ihm bis in die Zehen fuhr. Seth schob seine Zunge in Donavans Mund und das süße Aroma, das Donavan auf seiner Zunge spüren konnte, wurde noch stärker. Wie er es schaffte, hier zu sitzen, ohne den Kuss abzubrechen oder den Wein umzuschütten, war Donavan ein Rätsel. Nicht, dass es ihn wirklich kümmerte. Er stellte sein Glas auf dem kleinen Tisch ab und kletterte auf Seths Schoß. Was etwas war, das Seth so gar nicht dudelte. Ehe sich Donavan versah, fand er sich auf seinem Rücken auf der Couch wieder, seinen dominanten Lover über sich. Sein harter Schwanz presste gegen Seths Härte. Noch immer hielt Seth den Kuss.

Donavan griff um Seth herum, krallte seine Finger in Seths Hintern und zog ihn zu sich. Er brauchte mehr von dessen Nähe, dessen Gewicht. Er bewegte seine Hüften und stöhnte in den Kuss, als er sich nach oben stieß.

Seth zog sich ein wenig zurück, hielt aber Kontakt zu seinen Lippen. Sein warmer Atem kitzelte Donavan, als er sprach. „Langsamer, Baby. Wir haben die ganze Nacht Zeit."

„Das ist deine Schuld", gab Donavan zurück, seine Hüften immer noch an Seths reibend. „Seit Madden's will ich nichts anderes, als meine Hände an dich zu legen."

„Hast du selbst Hand angelegt und bist gekommen, während du an mich gedacht hast?"

Donavan schüttelte den Kopf. „Ich wollte warten. Wollte dass sich das Verlangen aufstaut. Und, Fuck, es hat sich aufgestaut."

„Du bist so ein guter Junge", lobte ihn Seth.

Donavan verstand nicht wirklich, warum sein Körper so deutlich auf das Lob reagierte. Was er aber wusste, war, dass das Lob, Seths Nähe, sein Geschmack auf seinen Lippen beinahe ausreichte, damit er gleich in seiner Hose kam, als wäre er noch immer ein räudiger Teenager.

„Abzuwarten war vielleicht doch nicht die beste Idee", stöhnte Donavan.

Seth lehnte sich zurück. Seine dunklen Augen ruhten auf Donavan, als er seine Hand zwischen ihre Körper schob. Er öffnete den Knopf von Donavans Jeans. „Es war ein guter Plan. Ein Plan, für den du belohnt werden solltest."

„Es war wirklich schwer", antwortete Donavan. „Du weißt gar nicht, wie oft ich die Schlacht gegen meinen eigenen Willen beinahe verloren hätte."

Seth schob einen Finger in Donavans Hose, gerade weit genug, um leicht über Donavans Glied zu streichen.

„Sieh es als Training an. Von jetzt an ist es dir nicht mehr erlaubt, zu kommen, wenn du nicht mit mir zusammen bist und von mir die ausdrückliche Erlaubnis bekommst."

Donavan war drauf und dran, den unmöglichen Befehl zu kommentieren. An den meisten Tagen hatte sein Schwanz eigene Vorstellungen und die beiden Tage, an denen er sich zusammengerissen hatte, waren die reinste Folter gewesen. Nur sagte er nichts. Er konnte nichts sagen, nicht wenn Seth seine Hand in seine Jeans schob und um seinen Schwanz legte. Er rieb ihn einige Male, dann legte er die Finger fest um sein Glied und presste zu, hielt ihn mit festem Griff.

„Du wirst nicht kommen, nicht wahr?"

Donavan biss die Zähne zusammen und stieß sein Becken hoch. Er wollte, dass Seth seinen Penis rieb. Nein, er brauchte Seth. Er konnte nicht warten. Er war dem Orgasmus so verdammt nahe. Ein wenig mehr und er würde explodieren. „Nein, werde ich nicht", antwortete er zwischen seinen zusammengebissenen Zähnen. Er würde allem zustimmen, wenn es nur bedeutete, dass Seth ihn kommen ließ.

„Sag es", forderte Seth ernst.

„Nein, werde ich nicht", wiederholte sich Donavan.

„Du wirst was nicht?"

Sein Herz hämmerte in seiner Brust, sein Schwanz pochte. Donavan kramte den letzten Rest seines lustgetriebenen Verstands zusammen und überlegte. Nicht kommen, das war es. „Ich werde nicht kommen, ohne dass du es mir sagst, aber bitte, bitte sag mir, dass ich jetzt kommen kann. Ich bin so hart, dass es wehtut", jammerte er.

Seths fieses Grinsen war nur einen Schritt von der Hölle entfernt, doch lockerte er seinen Griff ein wenig. „Ich weiß, was du brauchst. Und was du aushalten kannst." Er zog noch einmal an Donavans Schwanz und zog seine Hand zu Donavans Enttäuschung zurück.

Donavan schloss die Augen, atmete tief durch die Nase ein. Sein Schwanz zuckte weiter, pochte und er war sich sicher, dass er in den nächsten Sekunden kommen würde, egal, ob er berührt wurde oder nicht.

Seth stützte sich mit einer Hand ab. Mit der anderen schob er Donavans Shirt hoch, bis seine Brust freilag. Donavan konnte seine Eichel sehen, sie ragte gerade eben unter seinem Hosenbund hervor. Lusttropfen glänzten auf ihr.

Seth strich mit dem Zeigefinger erst über seine Eichel, dann steckte er ihn sich in den Mund. Er saugte an ihm, umspielte ihn mit der Zunge, bevor er sagte. „Komme für mich."

Donavan stieß sein Becken in die Luft, während er nach seinem Schwanz griff, um ihn zu massieren. Er wollte Seth gehorchen. Nur fing Seth seine Hand ab und klatschte ihm auf die Finger, bevor er überhaupt in die Nähe seines Schwanzes kam.

„Nein. Ich habe dir gesagt, du sollst für mich kommen. Ich sehne mich nach deinem Geschmack. Ich will dich sauber lecken."

Seine Wirbelsäule versteifte sich, seine Eier krampften.

„Komm schon, tu es", forderte Seth. Seine Stimme wurde lauter, Ungeduld schwang in ihr mit. „Genau in diesem Augenblick. Komme für mich."

Zu Donavans Überraschung tat er genau das. Seine Wirbelsäule krümmte sich, sein Atem blieb ihm in der Kehle stecken und er kam so hart, dass er sprichwörtlich Sterne sah. Und das, ohne dass er sich oder irgendjemand ihn angefasst hatte. Im Rhythmus seiner Herzschläge schoss sein Samen aus ihm. Die ganze Zeit über beobachtete ihn Seth mit gierigem, lustvollem Blick.

„Das ist mein guter Junge", flüsterte Seth, als der letzte Samen aus seinem Glied schoss. Er beugte sich herunter und fuhr mit der Zunge über die Sauerei auf Donavans Bauch. Seth schnurrte und raunte, während er über Donavans Haut leckte, als würde er ein grandioses Dessert genießen.

Donavan wand sich unter Seth, als dieser mit der Zunge über Donavans überempfindliche Eichel strich. Er musste die Hände zu Fäusten ballen und den Atem anhalten, um Seth nicht von sich zu stoßen. Doch der verzückte Ausdruck in Seths Gesicht, als dieser ihn sauberleckte, genügte, um den Schmerz zu ertragen.

„Seth sah auf und leckte sich über die Lippen. „Lass uns unsere Klamotten loswerden und auf dem Fell weitermachen. Was hältst du davon?"

Schon zum zweiten Mal innerhalb weniger Minuten überraschte sich Donavan selbst. Er rutschte von der Couch runter und riss sich das Shirt in Rekordzeit vom Leib. Von seiner letzten Nacht mit Seth wusste er, dass er gut auf seine übliche Erholungszeit verzichten konnte.

Vor dem Kamin zog sich Seth das Shirt aus und knöpfte die Hose auf. Er schob die Hose langsam herunter. Furchtbar langsam. Das goldene, rote und gelbe Licht der Flammen umspielte seine Haut und es schien, als würde Seth in dem Licht strahlen.

Donavan blieb auf den Beinen und sah wie in Trance zu, wie sich Seth den Stoff langsam von den Hüften schob, tiefer, tiefer, bis sein mächtiges Glied zum Vorschein kam und sich der Decke entgegenstreckte. Donavan schluckte hart, sein Atem kam noch immer stoßweise.

„Ich habe mich immer gefragt, wie gefährlich ein Bär wohl in seiner natürlichen Umgebung ist."

Seth wackelte mit dem Finger in seine Richtung und deutete ihm, näherzukommen. „Na, dann komm her und finde es heraus, Boy. Sofern du keine Angst vor der Wildnis hast."

Donavan sprang vor, Angst war nun wirklich kein Problem. Doch fing ihn Seth in einer einzigen Bewegung ab. Kaum dass er sich versah, fand sich Donavan mit einem Plopp auf dem Rücken wieder und zu Seth hinaufstarren. Der raubtierhafte Ausdruck in Seths Gesicht war so wild, wie sie beide kamen.

10

DAS BÄRENFELL unter ihm kitzelte Donavan am Rücken. Seth fuhr mit der Zunge über seine Brust, küsste und leckte ihn und Donavan erkannte, in was für einer Gefahr er schwebte. Die Art und Weise, mit der Seth ihn berührte, wie er ihn unter seinen dunklen und langen Wimpern hinweg ansah, wie er ihn zärtlich küsste … Donavan befand sich in größter Gefahr, sich Hals über Kopf in Seth zu verlieben.

Seth strich mit der Zungenspitze neckend über Donavans rechten Nippel. Den anderen ergriff er mit zwei Fingern und rollte das harte Fleisch zwischen seinen Fingerspitzen. Donavan streckte sich den Berührungen entgegen. Es war diese Mischung aus Schmerz und Komfort, nach der er süchtig werden konnte. Er sehnte sich danach, ganz so, wie er sich langsam aber sicher nach Seth sehnte.

„Du schmeckst gut", murmelte Seth, als er die Seiten wechselte und den Schmerz in Donavans linkem Nippel mit leichten Berührungen seiner Lippen zum Verstummen brachte. Seine Finger hingegen quetschten Donavans rechten Nippel hart. „Hat dir je ein hungriger Bär den Atem geraubt?"

Hatte er je mit einem gefickt? Ja. Hatte er ihm den Atem geraubt? Nein. Das hier war eine ganz neue Erfahrung, doch schien es, als seien neue Dinge mit Seth schlichtweg die Norm. Donavan atmete scharf ein, als Seths Kniffe härter wurden. Zur Antwort konnte er nur noch den Kopf schütteln.

Donavans Überraschung wuchs weiter an. Seth krabbelte an ihm empor und küsste ihn sanft, während sie sich langsam und achtsam liebten. Das hier war ebenso beeindruckend wie sein erstes Mal mit Seth, und doch stand die Erfahrung auf einer ganz anderen Stufe. Hier vor dem Feuer zu liegen, den Schweiß weiterhin auf seiner Haut zu spüren, Seths Kopf auf seiner Brust, die sich rasch hob und senkte, das Glücksgefühl, das ihn umfing – das alles erfüllte ihn genauso wie ihr erster gemeinsamer Sex. Die Zärtlichkeit war ein nicht weniger intensives Gefühl, als gefesselt so hart gefickt zu werden, dass er einige Tage kaum wusste, wie er sitzen sollte. Er konnte nicht einmal sagen, was er eher bevorzugte. Offen gestanden wäre das, als würde er Äpfel und Birnen miteinander vergleichen. Es spielte keine Rolle. Sein Erleben vor einigen Tagen hatte ihn mit einem ebenso zufriedenen Lächeln und einem warmen

Gefühl in der Brust zurückgelassen, wie seine Erlebnisse in den vergangenen Augenblicken.

Donavan spielte im Takt zu dem Blues im Hintergrund in Seths seidigem Haar. „Ich werde wohl anfangen, netter zu Cain zu sein", murmelte er, die Hand tiefer führend, bis er Muster auf Seths erhitztem Rücken zeichnen konnte.

„Weißt du, wenn ich zur Eifersucht neigen würde, wäre ich wohl angepisst, dass du nackt hier mit mir liegst und an einen anderen Mann denkst."

„Da ist nichts, auf das du eifersüchtig sein musst", beruhigte Donavan ihn. „Es war Cain, der mich überredete, zum Pride zu gehen. Ich muss mich also bei ihm bedanken. Hätte ich nicht auf ihn gehört, würde ich nicht hier liegen."

Seth presste seinen Mund auf Donavans Brust. „Hmm, dann muss ich ihm ebenfalls danken."

„Pass auf, er könnte das als Gelegenheit sehen, sich mit deiner Schwester zu verabreden."

„Ich glaube nicht, dass mich das beunruhigen sollte. Sie ist glücklich verheiratet und wartet auf ihr zweites Kind."

„Lass mich raten. Sie ist auch Arzt?", fragte Donavan.

„Nein, Staatsanwältin."

Donavan lachte auf. „Ich glaube nicht, dass sie eine gute Sugarmum abgeben würde."

„Huh?", fragte Seth irritiert nach.

„Ist nur ein Scherz. Cain wollte wissen, ob du eine Schwester hast, die er als Sugarmum nutzen darf. Es ist lustig, dass sie stattdessen seinen Hintern direkt in den Knast bugsieren könnte."

„Na ja, ich habe einen Cousin. Er ist Single und Arzt. Er ist orthopädischer Chirurg."

Donavan lachte nur noch lauter. Zwischen Gelächter und Luftholen brachte er gerade ein „Na, dann sollten wir sie zusammenbringen" hervor.

Seth blickte ihn amüsiert an. Donavan war sich sicher, dass Seth überzeugt war, er würde seinen Verstand verlieren, doch hielten ihn das Gelächter und der Gedanke, Cain mit einem Kerl zu verkuppeln, schlichtweg gefangen. Er kämpfte ein paar Sekunden und versuchte, das Kichern unter Kontrolle zu bringen. Dann entschuldigte er sich für seinen Irrsinn.

„Okay, entschuldige. So lustig war das eigentlich nicht."

„Warum entschuldigst du dich ständig?"

„Ich weiß nicht. Ich schätze, weil es sich einfach richtig anfühlt, sich zu entschuldigen, wenn ich bekloppt bin?"

„Ich mag deine Beklopptheit." Seth zwinkerte ihm zu und legte seinen Kopf wieder auf Donavans Brust.

Seths Komplimente, genau wie seine Küsse, ließen Wärme in ihm aufsteigen und er lächelte leicht. Scheiße, er mochte es, mit Seth zusammen zu sein. Selbst einfach nur mit ihm auf dem Boden zu liegen war etwas, an das er sich gewöhnen könnte. Die Hitze ihres Liebesspiels war abgeflaut und der Schweißfilm auf seiner Haut ließ ihn zittern. Er zog Seth dichter zu sich heran und wärmte sich an ihm. „Erzähl mir von deiner Familie. Hast du weitere Brüder oder Schwestern?"

„Ja, warte kurz." Seth löste sich von Donavan, der sich direkt wieder nach der Wärme sehnte. Bevor sich Donavan jedoch beschweren konnte, hatte sich Seth schon eine Decke von einem der Stühle geschnappt. Er breitete sie über Donavan aus und schlüpfte zurück neben Donavan unter die Decke. Donavan lächelte und umarmte ihn.

„Callie ist meine älteste Schwester. Ich bin der Mittlere und habe Zwillingsbrüder, die ein paar Jahre jünger sind als ich. Samuel macht gerade seinen Abschluss in Psychologie, Christopher arbeitet als Physiotherapeut."

Wow, vier Kinder und alle waren sie klug. Donavans arme Mutter hatte nur ein stures Kind, das das Football-Stipendium aufgegeben hatte, um sich die Eier für miesen Lohn in einer Fabrik abzuschuften. Er war schlichtweg nie ein guter Schüler gewesen und hatte gerade genug getan, um durchzukommen und hatte Hausaufgaben verabscheut. Das College war nichts für ihn gewesen. Zum ersten Mal in seinem Leben bereute er nun jedoch seine Entscheidung. Hätte er sich mehr angestrengt, hätte er jetzt vielleicht nicht das miese Gefühl, nicht gut genug für jemanden wie Seth zu sein. Und er wollte wirklich jemand sein, auf den Seth stolz sein konnte.

„Du bist mit einem Mal so still", merkte Seth an.

„Entschuldige, ich hab nachgedacht. Deine Mutter und dein Vater müssen stolz auf ihre Kinder sein."

„Das sind sie. Und was ist mit dir? Hast du Geschwister?"

„Nein, theoretisch bin ich ein verwöhntes Einzelkind. Mein Vater starb, als ich drei war, und meine Mutter hat nie wieder geheiratet. Ich glaube, sie wollte meinen Verlust wettmachen, indem sie mich bemuttert und wirklich hart gearbeitet hat, damit ich glücklich bin. Ruth-Ann ist eine tolle Mutter und Vater in einem. Sie ist ein wenig zu beschützend und klammert, aber ich liebe sie."

„Ich höre an deiner Stimme, wie gerne du sie hast. Ich denke, ich würde sie mögen. Sie klingt fast wie ich. Beschützend, intensiv und jemand, den man gerne hat."

„Ja, das bist du." Donavan küsste Seths Haar.

Sie schmiegten sich aneinander; die leise Musik, das Feuer und Seths Wärme lullten Donavan ein. Er döste ein, noch immer ein Lächeln im Gesicht.

EIN HARTER Fußboden, nur mit einem Bärenfell bedeckt, eignete sich zwar hervorragend für Sex und anschließendes Kuscheln, doch als Schlafplatz erwies er sich als miserabel. Irgendwann in der Nacht hatte ihn Seth in sein Schlafzimmer geführt. In der frühen Dämmerung wachte Donavan auf, eingewickelt in der weichen Bettdecke und in Seths Armen. Er drehte sich um und stöhnte, als er die Uhrzeit entdeckte. Sein Plan, noch mal einzuschlafen, war dahin. Mist, das Letzte, was er nun wollte, war zur Arbeit zu gehen, doch war er ein Sklave des Geldes. Entweder bekam er seinen Hintern hoch und arbeitete für sein Geld oder er fand seinen Hintern auf der Parkbank wieder. Schon der Gedanke, noch weiter unter Seths Niveau zu sinken, trieb ihm aus dem Bett.

„Wohin gehst du?", kam Seths verschlafene Frage.

Donavan küsste seine Wange. „Schlaf weiter. Ich muss zur Arbeit." Er sah sich im Raum um und suchte nach seiner Kleidung. Oh, er erinnerte sich. Sie war im Keller.

„Wie spät ist es?"

„Sechs", antwortete Donavan.

„Okay, ich rufe dich heute Abend um sieben an." Seth zog sich die Decke bis zum Kinn und schlief innerhalb von Sekunden wieder ein.

Donavan musste sich zusammenraufen, um nicht einfach wieder zurück ins Bett zu klettern. Das Wissen, dass Seth ihn später anrufen würde, machte es ihm ein wenig leichter. Er fand seine Kleidung und Schlüssel, fuhr kurz zum Duschen und Umziehen nach Hause und war pünktlich auf der Arbeit.

Donavan zog sich die Schutzbrille und Handschuhe an. Er war bereit, den Arbeitstag zu beginnen und hinter sich zu bringen, als Cain seinen Kopf um die Ecke steckte.

„Guten Morgen, Sonnenschein. Ich hätte nicht gedacht, dass ich dich heute Morgen sehen würde."

„Du hättest es fast nicht. Wie war der Pokerabend?"

„Hab verloren, wie immer", grummelte Cain.

„Oh, wenn wir schon reden. Seth hätte das perfekte Date für dich."

Cains Augenbrauen schossen nach oben und er grinste breit. „Seine Schwester ist also auch Arzt? Klasse!" Er riss die Hände in die Höhe.

„Nein, sie ist Staatsanwältin und glücklich verheiratet. Aber er hat Verwandtschaft, ein orthopädischer Chirurg." Donavan drehte sich um und versteckte sein Grinsen.

„Wirklich? Wann kann ich sie sehen?"

„Nun, offen gestanden ist das ein kleines Problem."

„Sie ist verheiratet?"

„Nein, aber falls du möchtest, dass ich Seth frage, euch beide zu verabreden, müsstest du deine Hoffnungen auf eine Sugarmum aufgeben und dich für einen Sugardad entscheiden."

Stille.

Donavan wandte sich wieder zu Cain um. Cains Ausdruck nach zu urteilen, konnte er schwören, dass dieser echt darüber nachdachte. Doch dann entschied er sich dagegen und winkte ab, bevor er verschwand. Er hatte es gehasst, Seths Bett gegen diese Hölle hier einzutauschen, aber zumindest hatte ihm Cains Reaktion auf seine zerbrochenen, verrückten Ideen einen guten Lacher beschert.

Am Fließband zu arbeiten, war eine Arbeit, die sich ständig wiederholte und die oft völlig ohne Hirn und Verstand ausgeführt werden konnte. Wenn er schon nicht körperlich in Seths Nähe sein konnte, so gab ihm sein Job zumindest genügend Gelegenheit, gedanklich bei ihm zu sein. Der Morgen verging recht schnell und er erwischte sich sogar dabei, vor sich hin zu lächeln. Wozu Tagträume nicht alles taugten.

In der Mittagspause schaute er bei Cain vorbei und holte ihn zum Essen ab. Er war immer noch beleidigt wegen Seths Cousin. Was ihm zurecht geschah, wenn er schon darüber scherzte, jemanden zu daten, um an Geld zu kommen. Hoffentlich hatte Cain das Ganze nur als Scherz verstanden. Donavan hatte sich gerade ein Schinkenbrot und ein paar Äpfel geschnappt, als Terry zu ihm kam.

„Hey, Donavan, hast du eine Minute für mich?", fragte er. Die finstere Mimik auf Terrys Gesicht verriet ihm schon, dass er nicht mögen würde, was Terry ihm sagte.

„Ja, sicher, was ist los?", fragte er mit zweifelndem Tonfall zurück.

„Erstens, bitte verstehe, dass ich alles versucht habe, was ich konnte und dass die Geschäftsleitung auch nicht glücklich darüber ist." Terry veränderte seine Haltung ein wenig. Er konnte Donavan nicht ins Gesicht schauen. „Es gibt keinen einfachen Weg, dir das hier zu sagen. Aber ich möchte nicht, dass du unvorbereitet bist, wenn der Personalchef dich zu sich holt."

Unsicherheit machte sich in Donavan breit. „Sag es einfach."

„Sie werden ein paar Veränderungen einführen. Wenn du deinen Job behalten möchtest, musst du zur zweiten Schicht wechseln."

„Die zweite Schicht? Willst du mich verarschen, Terry? Das ist die mieseste Schicht, die es gibt. Was ist mit der dritten?"

„Tut mir leid." Terry klopfte Donavan auf die Schulter. „Ich konnte nichts tun. Du bist weit unten in der Altershierarchie."

Donavan starrte Terry mit aufgerissenen Augen hinterher. Die zweite Schicht! Er konnte sich also aussuchen, ob er kein Leben oder nichts im Kühlschrank haben wollte. Wütend stampfte er zum Tisch, an dem Cain bereits saß und ließ sich in den Stuhl fallen.

„Hoffe besser, dass Terry nicht auch zu dir kommt und reden will."

„Warum? Weil er mich genauso anpissen wird wie dich?"

Donavan stützte die Ellbogen auf dem Tisch ab und hielt seinen Kopf in den Händen. „Schlimmer. Ich werde in die zweite Schicht verschoben."

„Was? Wann? Können die das?"

„Ich weiß nicht ab wann, aber offensichtlich können sie es."

Hätte er die Neuigkeiten einen Monat früher gehört, hätte es ihn immer noch genervt, doch es wäre nicht so schlimm gewesen, wie es jetzt war. Er konnte nur noch darüber nachdenken, wie zum Henker er Zeit finden sollte, um Seth zu treffen. Er würde zur Arbeit gehen, bevor Seth zu Hause war und Seth würde schon schlafen, bevor Donavan am späten Abend nach Hause kommen würde. Ihre Beziehung war noch so frisch, sie lernten sich noch immer kennen, wie also sollte die Beziehung überleben, wenn sie sich kaum sahen? Mist, das war der schlimmste Augenblick für solch eine Veränderung.

11

Du FÄNGST *Montag an.*

Selbst nach einer heißen Dusche und mehreren Whiskys, hörte er die Worte immer und immer wieder in seinem Kopf. „Was gibt es Besseres, als jemandem einen kleinen Tipp zu geben, bevor du dessen Leben zerstörst", murmelte er und trank ein weiteres Glas.

Sein Telefon klingelte und er blickte zur Uhr. Der Mann war pünktlich. Donavan drückte sich hoch. Er war ein wenig wackelig auf den Beinen, doch nahm er nach dem dritten Klingeln ab.

„Hey Donavan, wie war dein Tag?"

Er strauchelte zurück zur Couch und ließ sich aufs Polster fallen. „Hätte besser sein können", murmelte er. „Wie war deiner?"

„Anstrengend, aber wenn ich deinen Tonfall richtig deute wesentlich besser als deiner. Schieß los, warum klingst du um 19 Uhr schon betrunken?"

„Schlechte Nachrichten auf der Arbeit. Es sieht so aus, als würde ich ab Montag in der zweiten Schicht arbeiten." Stille breitete sich in der Leitung aus und Donavan wünschte sich, dass er sein Glas und die Flasche nicht auf der anderen Seite des Zimmers gelassen hätte. „Hast du mich verstanden? Ich muss ab Montag die zweite Schicht übernehmen. Du weißt schon, dauerhaft. Was meine Abendgestaltung so ziemlich zunichtemacht."

„Und wenn ich berücksichtige, wie fertig du klingst, gibt es wohl nichts, was du daran ändern könntest?"

„Nein", fluchte Donavan und stieß einen tiefen Atemzug aus. „Sorry, wollte dich nicht anzicken. Es ist nicht deine Schuld, dass die Leitung in der Fabrik mich kaputtmachen will."

„Nun, das wirft meine Pläne durcheinander, aber was machst du am Wochenende?"

„Was immer du von mir willst."

„Gute Antwort." Donavan konnte das Lächeln in Seths Stimme hören und er fühlte sich gleich ein wenig besser. Nicht viel, aber immerhin. Sie hatten immer noch die Wochenenden. „Ich habe am Wochenende Bereitschaft und einiges zu erledigen, aber treffe mich im Mountain Joe's am Samstag auf einen Kaffee. Sagen wir um neun?"

„Ja, ich kann kommen. Ich ...", ein schrilles Klingeln unterbrach ihn. „Verdammt, das ist mein Pager. Ich muss los. Wir sprechen uns bald."

Bevor Donavan antworten konnte, hatte Seth aufgelegt. Er erhob sich von der Couch und ging zurück zu seiner Flasche. Wenigstens würden sie am Samstag gemeinsam Kaffee trinken. Es sah ganz so aus, als würde er keinen Lover bekommen, dafür aber ein Kaffeekränzchen. Wie wunderbar.

EIN LAUTES Klopfen riss Donavan aus dem Schlaf. Er schrak hoch und die leere Whiskyflasche fiel klirrend auf den Boden. Das Dröhnen in seinem Schädel war noch lauter als das an der Tür.

„Komm raus, es ist Zeit für die Arbeit", rief Cain lautstark durch die Tür und pochte erneut.

Donavan rieb sich seine müden und brennenden Augen. Es war eine Heidenleistung, zur Tür zu kommen, ohne sich zu übergeben oder über seine eigenen Füße zu stolpern. Er fummelte mit dem Schlüssel herum, schloss auf, doch schaffte er es nicht, die Tür zu öffnen. Die Kraft, die er hatte, reichte gerade aus, um ihn ins Bad zu begleiten.

„Wirst du dich beeilen? Wir kommen zu spät", beschwerte sich Cain, als er eintrat. „Wow, hier stinkt's nach verschwitztem Hintern."

Donavan schleppte sich ins Bad und stöhnte, als er die Zahnbürste entdeckte. Vielleicht würde Zähneputzen helfen, den Geschmack in seinem Mund zu vertreiben. Er fühlte sich, als wäre in der Nacht irgendwas zwischen seinen Zähnen gestorben. Vielleicht würde das sogar verhindern, dass er dem Porzellangott eine Opfergabe darreichte.

Cain verschränkte die Arme vor der Brust und lehnte sich mit der Schulter gegen den Türrahmen. „Ich habe gestern versucht, dich anzurufen."

„Hmm", antwortete Donavan mit Zahnpasta im Mund.

„Komm schon. Ich weiß, dass die neue Schicht scheiße ist, aber das ist immer noch kein Weltuntergang. Gut, mittwochs wird es sich so anfühlen, aber du weißt schon, was ich meine."

Donavan spülte sich den Mund aus. Nachdem er gefühlt eine Tonne Wasser geschluckt hatte, konnte er endlich antworten. „Das Pochen in meinem Schädel fühlt sich mit Sicherheit so an, als würde irgendwer das Ende ausrufen. Wie spät ist es?"

„Du hast ungefähr fünf Minuten, um deinen Hintern in meinen Wagen zu hieven. Ansonsten kommen wir zu spät."

Donavan schubste ihn aus dem Bad. „Gerade genug Zeit für mich, um zu duschen und für dich, um mir einen Kaffee zu machen. Einen wirklich starken Kaffee."

Donavan hätte niemals geglaubt, dass er, so verkatert wie er war, es wirklich innerhalb von fünf Minuten schaffen würde. Ohne Sonnenbrille konnte er trotzdem nicht vor die Tür gehen, obwohl die Sonne nicht einmal aufgegangen war. Wahrlich produktiv würde er heute auch nicht sein. Aber das passierte halt, wenn die Personaler jemanden mit solchen Neuigkeiten überraschten.

„Hast du irgendwas vom Personalchef gehört?", fragte Donavan, während sie die Straße entlangfuhren.

„Nee, aber ich habe das dumme Gefühl, dass ich dir in der beschissenen Schicht Gesellschaft leisten werde. Wir haben kurz hintereinander angefangen", merkte Cain an. „Hey, sieh es mal von der anderen Seite. Wir können ausschlafen."

Donavan lehnte seinen Kopf gegen die Seitenscheibe. „Das ist es. Ich weiß, ich benehme mich wie ein Mädchen, das habe ich gestern Abend auch festgestellt. Seth hat mich total durch den Wind gezogen." Als er über seinen Ärger hinaus gewesen war und sich nicht mehr selbst bemitleidet hatte, hatte er gemerkt, dass er immer noch dankbar sein konnte. Zumindest hatte er immer noch einen Job. Er kannte Seth kaum und obwohl er wirklich sehen wollte, wie sich die Dinge zwischen ihnen entwickelten, würde sein Leben nicht enden, nur weil es nicht klappte.

Cain schmunzelte und klopfte auf Donavans Schulter. „Nein, das, was er dir gebracht hat, ist Liebesglück. Nur noch ein wenig mehr und du tätowierst dir seinen Namen direkt übers Herz. Seit du ihn das erste Mal getroffen hast, redest du über nichts anderes mehr. Und ganz ehrlich? Das macht mir ein wenig Angst."

Donavan mühte sich ein übertriebenes Stöhnen ab. „Du bist derjenige, der nicht aufhört, mich über ihn auszufragen. Und jetzt gehst du hin und willst meine Eier rösten, weil ich über ihn rede? Du bist mir einer."

12

DIE MIESMACHENDE Art musste dorthin verschwinden, wohin sie gehörte. Donavan wollte nicht einmal mehr darüber nachdenken. „Du wirst dich einfach nicht mehr aufführen, als seiest du ein liebeskranker Teenie", teilte er seiner Reflexion im Spiegel mit. Sein Spiegelbild wirkte nicht wirklich überzeugt, doch er ignorierte das Grinsen. Er hatte diesen Mist unter Kontrolle. Er fühlte sich besser, nicht nur, weil er an diesem Morgen ohne einen Kater aufgewacht war. Er hatte vor sich hin gesummt, als er sich die Haare abgetrocknet hatte und den Kater schließlich in den Wäschekorb geschmissen. Er hatte ein Kaffeekränzchen zu besuchen.

Donavan atmete tief ein, als er das Mountain Joe's betrat. Der Duft nach frisch aufgebrühtem Kaffee vermischte sich mit dem Aroma von Zimt, Vanille und weiteren köstlichen Düften. Als er sich daran gewöhnen musste, zu unchristlichen Zeiten aufzustehen, hatte er den Geruch zu lieben gelernt. Drei Jahre später und er war auf dem besten Weg, zum Kaffeejunkie zu werden.

Er war fünfzehn Minuten zu früh dran. Donavan hatte erwartet, dass das Café voll sei und er auf einen freien Tisch würde warten müssen. Doch für einen Samstag war es recht leer. Zwei ältere Damen saßen an einem Tisch, ein junges Pärchen an einem weiteren und bis auf ihn war nur noch ein weiterer Typ vor der Theke. Er konnte auch gut einen Kaffee trinken.

„Hi, willkommen im Mountain Joe's. Was kann ich Ihnen an diesem sonnigen und schönen Morgen anbieten?" fragte die überfreundliche, braunhaarige Bedienung.

„Hi, ich nehme einen großen Karamell-Cappuccino mit einem doppelten Espresso. Danke."

Die Bedienung nahm einen Becher vom Ständer und schrieb auf ihn. „Das ist ein echt starker Drink. War die Nacht lang?"

„Nee, ich brauche nur ein wenig Schwung heute Morgen."

Er zog seine Geldbörse hervor und wollte einen Zehner rausnehmen, als jemand seine Hand auf die Börse legte und den Zehner zurückschob. „Ich zahle."

„Guten Morgen, Doktor Manning. Wie immer?"

„Morgen, Tiffany. Ja, bitte."

Seth zuckte mit den Schultern. „Die dunkle Röstung brachte mich durch das Studium."

Mit ihren Kaffees in der Hand suchten sie sich einen Tisch neben dem Fenster. Donavan zog den Deckel von seinem Becher ab und pustete, ohne die Augen von Seth zu nehmen. Dass sich sein Herzschlag schon wieder beschleunigte und das leise Flattern in seinem Magen, welches ihn immer überkam, wenn Seth in seiner Nähe war, machten ihn wahnsinnig. Aber egal. Donavan trank einen Schluck und hoffte, dass ein wenig Koffein – gut, eine Menge Koffein – seine Gedanken wieder in die richtigen Bahnen lenken würde.

„Du siehst besser aus, als du dich letztens angehört hast", kommentierte Seth.

„Yeah, ich war eine echte Dramaqueen. Jetzt, wo ich mich langsam daran gewöhnen konnte, nervt es mich immer noch, aber ich kann mit der neuen Schicht leben. Wie läuft es bei dir?"

„Es ist Vollmond und ich habe Bereitschaft, was ein wenig hektisch werden kann. Mein kleiner Bruder braucht mich als Umzugshilfe und zu allem Überfluss bin ich verrückt nach dir und möchte nichts weiter, als dich hier über den Tisch zu legen und mein Leid zu beenden."

Seths Aussage kam genau in dem Moment, in dem Donavan einen Schluck trank und er verschluckte sich. Er zuckte zusammen, als der heiße Kaffee seine Zunge und Lippen verbrühte. „Hilfe, warn mich doch mal vor." Donavan griff nach einer Serviette und wischte sich den Schlamassel aus dem Gesicht.

Seth lehnte sich nur in seinem Stuhl zurück und grinste frech. „Was soll ich sagen? Du forderst es beinahe heraus. Und jetzt lass uns über deinen neuen Dienstplan reden und was der für uns bedeutet."

Das Lachen blieb Donavan im Hals stecken. „Es bedeutet, dass wir uns unter der Woche nicht sehen werden und mit deinen Diensten mache ich mir Sorgen, wie wir das durchziehen können. Ich möchte …" Mist, er zog das schon wieder ab.

„Du möchtest was?", hakte Seth nach.

„Zeit damit verbringen, das hier …", er wedelte mit der Hand in der Luft, „… zu erkunden."

„Das hier", Seth wiederholte Donavans Geste, „sind du und ich. Wir ziehen uns gegenseitig an, mögen sexuell dieselben Dinge und möchten uns näher kennenlernen. Da ist kein Druck, Donavan. Dein Dienstplan mag es ein wenig komplizierter gestalten, aber nichts ist unmöglich."

„Das ist genau das, was ich sagen wollte oder hoffte, dass du es sagen würdest. Du bist wortgewandter als ich."

„Mehr Übung", sagte Seth und zwinkerte ihm zu. Er blickte auf seine Uhr. „Ich muss los. Ich weiß, dass das hier kein wirkliches Date war, aber ich wollte dich wiedersehen."

„Dass du das sagst, macht es schon zu einem tollen Date." Na toll, er brach schon wieder den Deal, den er vorhin mit sich selbst ausgemacht hatte. Aber er konnte sich nicht zusammenreißen. Es war eine Sache, sich zu überzeugen, sich nicht wie ein liebeswütiger Teenie zu verhalten, wenn Seth nicht in der Nähe war. In Gesellschaft von Seth, seinem arschgeilen Grinsen und den Worten, die ihm über die Lippen kamen, war es ein Ding der Unmöglichkeit.

„Magst du mich zu meinem Auto begleiten?"

Donavan klemmte den Deckel zurück auf seinen Becher und stand auf. Er hielt Seth seinen Arm hin. „Es wäre mir ein Vergnügen, Sir."

Seth stand ebenfalls auf und hakte sich bei Donavan ein. Dann stellte er sich auf die Zehenspitzen und flüsterte: „Mein Schwanz wird hart, wenn du mich Sir nennst."

Heimlich strich Donavan die wachsende Beule in seiner Hose glatt. Seth sagte all die richtigen Dinge und brachte nicht nur seinen Penis auf Trab, sondern seine Brust gleich mit dazu. „Nun dann, Sir, bitte erlaube mir, euch beide zurück zum Wagen zu begleiten."

Seth hatte ein wenig entfernt geparkt und wie schon das Café, war auch die Straße aufgrund der frühen Stunde leer. Kaum waren sie an Seths Wagen angelangt, riss ihn Seth herum und presste ihn an den Wagen. Er setzte einen harten, feuchten Kuss auf seine Lippen. Jetzt waren sie beide hart und Donavan wollte nichts mehr, als Seth anzuflehen, seinen Bruder zu versetzen, ihn mit nach Hause zu nehmen und dafür zu sorgen, dass sie beide Erlösung fanden. Doch Seth trat zurück und tat das, was Donavan als zweitbeste Lösung betrachten würde.

Seth nahm Donavans Handgelenke und sah ihn mit einem ernsten Ausdruck, der keine Widerrede duldete, an. „Sei morgen um fünf an meinem Haus. Trage nichts außer einer Hose und einem T-Shirt. Keine Unterwäsche und du wirst weder kommen noch dich berühren, ohne dass ich dir konkret die Erlaubnis erteile. Verstanden?"

Sein Puls raste, sein Schwanz pulsierte und er nickte. „Ja, Sir", antwortete er ohne zu zögern.

Seth druckte die Beule in Donavans Hose. „Guter Junge. Ich sehe dich dann." Er ließ ihn los, setzte sich ins Auto und war verschwunden.

Donavan blieb verdutzt zurück und sah ihm nach, wie er hinter einer Ecke verschwand. Er musste sich einen Ruck geben, um sich in Bewegung zu setzen. Laufen mit einem harten Schwanz, der auch noch in einer schlechten Position steckte, war gar nicht so einfach. Aber er hatte nicht vor, nicht zu gehören.

Oh Mist, gehorchen. Seths Befehl. Zu sagen, dass das bisschen Schmerz nicht angenehm war, wäre eine Lüge.

SETH BEOBACHTETE Donavan im Rückspiegel. Er sah zurück auf die Straße und – Scheiße. Er trat hart auf die Bremse, die Reifen quietschten, als er um die Kurve bog. Er hatte Glück, dass kaum Verkehr herrschte und er niemanden überfahren hatte. Als er den Wagen wieder unter Kontrolle hatte, beschleunigte er vorsichtig und legte seine Hand über sein rasendes Herz, das offenbar aus seiner Brust hüpfen wollte. Bislang hatte er seine Selbstbeherrschung, sein Können, selbst in Krisen ruhig und locker zu bleiben, immer gelobt, doch es sah ganz so aus, als hätte auch seine Beherrschung ein Ende. Seine Aufmerksamkeit bezüglich Donavan wurde fast schon gefährlich.

„Was hast du nur mit mir getan?", murmelte Seth, während er den Wagen durch die Stadt manövrierte.

Seth kannte die Antwort schon, doch wollte ihr nicht zu viel Bedeutung schenken. Seit langer Zeit war er nicht mehr so von jemandem eingenommen gewesen. Damals hatte es für eine Weile gehalten. Doch die Gefühle, die er für Donavan hegte, den Effekt, den Donavan auf ihn hatte, hatte er noch nie erlebt.

Irgendwie musste er dieses Chaos in den Griff bekommen und wieder die Kontrolle übernehmen. Er mochte Ordnung und Regeln in seinem Leben. Pläne und To-do-Listen. Gesunden Menschenverstand und Verantwortung. Donavan schaffte es, all dies mit einem einzigen Wort oder einem Lächeln direkt auf den Weg in die Hölle zu schicken.

Seth mochte Spontanität, doch verdammt, das hier wurde zu verrückt. Er hatte soeben eine rote Ampel überfahren, Herrgott noch mal. Er war ein Dom, er wusste, wer er war und was er wollte. Noch besser, er wusste, wie er bekam, was er wollte. Und wie sehr er Donavan wollte.

Er musste seine innere Balance wiederfinden. Er war dieses Chaos nicht gewohnt, und morgen Abend würde er die Kontrolle wieder zurückerhalten.

13

SETH ÖFFNETE die Tür. Seine Augen waren hinter verführerisch schweren Lidern verborgen und er hob den Kopf, um Donavan mit einem Blick anzusehen, der eine Nacht voller Vergnügen versprach. „Du kommst gerade richtig."

Seth trat zurück und erlaubte Donavan einzutreten, bevor er die Tür hinter ihnen schloss. Er musste Vorhänge oder schwere Gardinen vor die Fenster gezogen haben, denn draußen schien die Sonne, der Raum selbst war jedoch nur spärlich beleuchtet. Nur das wenige Licht aus der Küche erhellte ihn. Ein Geruch, der Donavan an über einem Feuer gerösteten Marshmallows erinnerte, erreichte seine Nase. Er hatte schon seit Ewigkeiten keine Gelegenheit mehr gehabt, ein Lagerfeuer zu genießen, doch kamen ihm ein unechter Kamin und ein Bärenfell ebenso gelegen.

Seth legte seinen Arm besitzergreifend um Donavan. „Möchtest du einen Drink oder willst du noch ins Bad, bevor wir beginnen?"

Donavan stutzte. „Beginnen? Was machen wir?"

„Wir holen die verpasste Zeit nach", sagte Seth mit rauchiger Stimme.

„Ähm, nein. Ich möchte gerade nichts." *Glaube ich, schließlich habe ich nicht die leiseste Ahnung, was wir machen werden.* „Zeige mir den Weg."

Seth hielt Donavan weiterhin umschlungen, als er ihn hinunter in den Keller führte. Der Kamin brannte bereits. Donavan grinste leicht. Doch anstatt ihn auf die Couch zu stoßen oder, was noch besser wäre, auf dem Bärenfell flachzulegen, geleitete ihn Seth in die entgegengesetzte Richtung. Sie liefen durch einen Gang, der Donavan zuvor gar nicht aufgefallen war. Seth zeigte auf das Badezimmer hinter einer Tür zu ihrer Rechten, als sie es passierten. Donavan fragte sich, was sich hinter der linken Tür befinden mochte, doch dann öffnete Seth die Tür am Ende des Ganges und sie schwang auf. Donavan vergaß direkt, worüber er nachgedacht hatte. Und offenbar auch, zu atmen.

Es war ein Spielzimmer. Das war der einzige Begriff, der ihm einfiel. Nur war das Spielzimmer nicht für kleine Jungen. Oh nein. Gerätschaften wie Peitschen, Gerten und Flogger waren hinten an der Wand, eine Spankingbank aus schwarzem Leder stand direkt neben anderen Geräten, die Donavan nicht zuordnen konnte. Das hier war ein Zimmer für Jungs, aber sicherlich nicht für minderjährige.

Als er Seth zum ersten Mal gesehen hatte, hatte er sich gleich von dessen dominanter Art angezogen gefühlt. Seine Fantasien, sich unterzuordnen, waren intensiv, seit er zum ersten Mal diesen lieblichen Schmerz gefühlt hatte. Die Nerven unter seiner Haut tanzten wild, als er sich im Raum umsah. Aufregung erwachte, sein Puls beschleunigte sich und seine Haut prickelte. Das hier war Seths Spielzimmer und Donavan konnte es nicht abwarten, Seth bei seiner Arbeit zu erleben.

„Zieh dein Shirt aus", forderte Seth.

Donavan gehorchte, nicht in der Lage, seinen Blick vom Flogger zu nehmen. Seine Hände zitterten leicht voller Erwartung. Er hatte sich etliche Videos von Doms angesehen, die die Rücken ihrer Untergebenen rötlich färbten. Er hatte ihr Stöhnen gesehen und gehört, ihre Blicke voller Verzücken und war neugierig, wie es funktionierte, solch eine Reaktion zu erhalten.

„Etwas anderes als ich scheint deine Aufmerksamkeit erregt zu haben", sagte Seth. Er trat einen Schritt vor und fuhr mit der Fingerspitze Donavans Brustbein entlang. Dann, plötzlich, kniff er in seine Brustwarze. „Ich glaube nicht, dass mir das gefällt."

Angesichts des unerwarteten Schmerzes zog Donavan scharf die Luft ein. Er wollte sich befreien, doch riss er sich im letzten Moment zusammen. Der Schmerz wandelte sich in pure Hitze, die sich gleich in Richtung seines Schritts ausbreitete.

Seth ließ von seiner Brustwarze ab und rieb sie stattdessen sanft. „Welches meiner Spielzeuge hat dein Interesse geweckt?", fragte er amüsiert.

Donavan lief rot an, doch würde er garantiert nicht Seth anlügen. Warum auch? Immerhin hatte er endlich die Gelegenheit, seine Fantasien auszuleben. „Der Flogger."

Seth kniff den anderen Nippel. „Der Flogger, was?"

Donavan schluckte den Aufschrei, der sich in seiner Kehle bildete, herunter. Für einen Augenblick war er nicht in der Lage, zu antworten. Er musste den erneuten Schmerzreiz erst verarbeiten. Wieder verwandelte er sich in pure Hitze. „Der Flogger, Sir."

„Guter Junge." Seth trat zurück, öffnete die Knöpfe an seinen Hemdsärmeln und rollte die Ärmel langsam hoch, während er Donavan anstarrte. Dieser hatte diese Bewegung schon einmal gesehen. Es war ein Ritual. Gleichfalls war es heiß wie das Höllenfeuer. Donavan fühlte sich verletzlich, so vorgeführt, da er nackt und Seth völlig bekleidet war. Es heizte die Erotik gleich noch mal an.

Seth wanderte langsamen Schrittes um ihn herum, während er sprach. „Ich weiß, dass du gerne gefesselt bist, wenn ich deine Brustwarzen quäle, doch glaube ich, dass da noch viel mehr in dir steckt. Ich will all das wissen.

Ich will wissen, was dich anmacht und was nicht. Deine Reaktion hier im Raum sagt mir schon, dass wir viel zusammen zu entdecken haben." Er machte vor Donavan halt und ließ seinen Blick über dessen Körper wandern. Sein Blick verharrte so lange auf der Beule in Donavans Hose, bis sich dessen Zehennägel kräuselten und sein Puls noch einen Zahn zulegte.

Seths Blick flog wieder hoch und er traf Donavans. Er lächelte selbstsicher. „Du hast Glück, denn der Flogger ist auch einer meiner Favoriten. Knie nieder."

Donavan ließ sich auf die Knie fallen. Nun war er Seths Lenden noch näher. Donavan war nicht der Einzige, der bereits hart war. Er war so erregt, dass er seinen eigenen Steifen fast vergessen hätte. Fast.

Kräftige, warme Hände strichen über Donavans nackte Schultern. Vor und zurück massierten sie die Anspannung aus dessen Muskeln. Seths Stimme war tief, leise in seinen Ohren. „Ich könnte beim bloßen Gedanken an die Dinge, die ich dir lehren werde, kommen. Ich will dir zeigen, wie gut es dir gehen kann." Er atmete aus, sein Atem strich über Donavans Ohr. Donavans Haut bebte. „Ich bin dein Erster."

Donavan drehte den Kopf; instinktiv wollte er der Quelle dieses verführerischen Geflüsters folgen. Er fand sich eine Handbreit von Seths Mund entfernt und leckte sich die Lippen in freudiger Erwartung des Kusses, der nun kommen würde.

Fuck, ich will dich kosten.

Donavan lehnte sich dichter heran, doch wurde er enttäuscht. Seth rückte ein Stück von ihm ab. „Du hast dir noch keinen Kuss verdient."

Donavan legte die Stirn in Falten. Er hatte sich noch keinen Kuss verdient? Zur Hölle, Seth hatte ihm etliche Küsse gegönnt. Sein Blick wurde zu den Bewegungen von Seths Hand an dessen Gürtel hingezogen. Er löste erst ihn, dann den Hosenknopf und zog den Reißverschluss hinunter. Das Wasser lief Donavan im Mund zusammen. Er hatte darauf gewartet, seinen Mund endlich um Seths beeindruckenden Schwanz legen zu können. Seth enttäuschte ihn nicht.

Seht zog seinen Schwanz aus seiner Hose und massierte ihn einige Male, bevor er wieder näherkam und die Eichel leicht über Donavans Kinn und Wangen rieb. „Hast du ein Safeword?"

Donavan hob sein Kinn an. „Ich habe nie eines genutzt."

„Aber du weißt, wozu sie dienen?" Sein Penis strich über seine Wange.

„Ja." Donavan verfolgte Seths Glied mit seiner Wange, so sehr wollte er seine Lippen darum legen, es in sich aufnehmen, es berühren, es kosten.

„Bleibt achtsam, Boy", schnauzte Seth.

Donavan verharrte. „Entschuldigung, Sir." Auf was sollte er achten? Verstand Seth nicht, wie verdammt schwer das war, wenn sein Schwanz nur einen Zentimeter von seinem Mund entfernt war? Oh, ja, Safewords. „Ich verstehe, was Safewords sind und welchen Zweck sie haben. Ich nutze eines, wenn ich möchte, dass du langsamer oder vorsichtiger bist und ein weiteres, wenn du aufhören sollst."

„Sehr gut. Deine werden Gelb für langsamer und Rot zum Aufhören sein. Verstanden?"

„Ja, Sir."

Mit seiner freien Hand fuhr Seth durch Donavans Haare und stieß seinen Kopf zurück. „Öffne deinen Mund."

Zufrieden tat Donavan wie geheißen und streckte seine Zunge heraus. Die erste Berührung von Seths Glied auf seiner Zunge sendete einen Schlag durch Donavans Rückennerven. Als es in seinen Mund stieß, stöhnte er auf, der leicht bittere, verführerische Geschmack war einfach nur Seth.

Seth griff Donavans Haare fester. „Lutsch ihn."

Donavan legte los, gierig nahm er jeden Zentimeter auf, den Seth ihm gönnte und bewegte seinen Kopf auf und ab.

„Halte still. Ich werde dich in den Mund ficken und du wirst dich weder rühren noch mich in irgendeiner Weise einschränken." Seth zog seinen Schwanz aus Donavans Mund. „Verstanden?"

Oh, er würde zu allem sein Einverständnis geben, nur um Seths Glied wieder in seinem Mund zu spüren. Er nickte betont. „Ja, Sir."

Als Seth seinen Schwanz wieder in seinen Mund stieß, legte Donavan seine Hände an seine Oberschenkel und entspannte seinen Unterkiefer. Er erlaubte Seth, sich zu nehmen, was dieser wollte, was er brauchte. Er hatte bereits etliche Blowjobs ausgeteilt, doch kein einziger von ihnen hatte ihn so angemacht, wie dieser hier. Es war nicht er, der den Blowjob gab. Seth fickte seinen Mund. Seths Stöhnen und Keuchen ließen seinen eigenen Schwanz pochen.

„Das ist es. Du bist so ein guter Schwanzlutscher", lobte ihn Seth.

Verdammt. Seths Lob machte ihn sogar noch mehr an. Es feuerte ihn an, Seth glücklich zu machen, zu machen, was auch immer dieser brauchte, um diese wunderbaren, lustgefüllten Geräusche aus dessen Kehle kommen zu hören. Donavan legte den Kopf weiter in den Nacken und änderte den Winkel, als Seths Schwanz tief in ihn stieß und ihn knebelte. Er atmete durch die Nase, bis der Brechreiz nachließ, und Seths Glied drang in seine Kehle ein. Er schluckte um die Eichel herum, eine Bewegung, die wieder eines dieser grandiosen Geräusche aus Seths Mund gleiten ließ. Dieses tiefe, bebende Brummen trieb Donavan nur noch weiter an.

„Das reicht", sagte Seth und strauchelte zurück. Seine Atmung ging schwer, als er seine Finger um seinen feuchten und glänzenden Schwanz legte. „Oh mein Gott."

Genau das. Seths Reaktion war, was er wirklich brauchte. Donavan fuhr sich mit dem Finger über die Unterlippe, steckte ihn sich in den Mund und saugte an ihm. Er gierte nach Seths köstlichem Geschmack. Als er seinen Finger aus dem Mund nahm, grinste er Seth frech an.

„War es gut, Sir?", fragte er, wissend. Ja, sein Tonfall war definitiv großkotzig.

„Großkotze werden gespankt."

Donavan kämpfte den Schauder nieder, der sich ankündigte. „Ich hoffe es doch."

„Oha, das war dicht dran", sagte Seth und stieß einen langen Atemzug aus. Er murmelte etwas zu sich selbst. Donavan meinte ein ‚Ich habe die Kontrolle' zu verstehen, doch war er sich nicht sicher. Seth verstaute seinen Penis wieder in seiner Hose und zog den Reißverschluss hoch. Dann schnappte er sich den Gürtel aus den Gürtellaschen und schmiss ihn in Richtung des Ledersofas. Die Schnalle fiel auf den gefliesten Boden.

Seth ging durch den Raum und Donavan beobachtete ihn. Er öffnete einen kleinen Kühlschrank und nahm zwei Wasserflaschen heraus. „Brauchst du etwas Wasser?"

„Ja, meine Kehle ist ein wenig wund. Fast so, als sei sie von innen gespreizt worden", scherzte er.

Seth öffnete eine Flasche und trank sie in einem Zug aus, bevor er sie im Mülleimer entsorgte. Erst dann kam er zurück und reichte Donavan eine, allerdings ließ er sie nicht los, als Donavan nach ihr griff.

„Du wirst feststellen, dass Großkotzigkeit nur dazu führt, mich weiter anzutreiben." Er erlaubte Donavan, die Flasche zu nehmen und schritt zurück durch den Raum; dieses Mal machte er vor den Gerätschaften an der Wand halt. „Trink dein Wasser und lehne dich über die Bank, die Knie auf dem Boden."

Donavan erhob sich, stürzte das Wasser herunter und machte sich auf zur Bank. Er war ein wenig unsicher auf den Beinen, als er sich auf die Knie fallen ließ. Er stellte die leere Flasche beiseite. Mit den Fingern tastete er das weiche Leder ab und prüfte mit der Handfläche, wie stabil sie war. Sie war definitiv stabil – und verdammt kalt, als er sie mit seiner nackten Brust berührte. Er stützte sich mit den Händen auf dem Boden ab und spreizte die Beine ein wenig, bis er eine bequeme Haltung gefunden hatte. Wie lange sie bequem sein würde, wusste er nicht.

Angst durchzog ihn. Was geschähe, wenn er sich nicht zusammennehmen konnte, wenn er schrie als wäre er ein kleines Kind? Dass ihm jemand beim

Sex auf den Hintern schlug, war eine Sache, doch dass ihn jemand schlug, ohne ihn selbst zu berühren, war eine ganz andere. Mensch, er wusste nicht einmal, warum er das alles hier wollte. Er sollte sich nicht danach sehnen, dass ihn jemand schlug. Doch so verrückt, wie es auch klang, er wollte es. Sein Schwanz war steinhart, seine Erregung überlagerte seine Nervosität. Er spannte die Muskeln an, als Seth neben ihn trat und die ledernen Riemen des Floggers gegen seine Oberschenkel klatschten.

„Du hast eine wunderbare Haut. Ich kann es kaum erwarten, meine Zeichen auf ihr zu sehen", murmelte Seth und fuhr mit den Fingerknöcheln über Donavans Schulter. Dieser zuckte zusammen. „Ruhig. Wir machen nichts Hartes, ich wärme dich nur ein wenig auf. Du hast deine Safewords und ich erwarte, dass du sie nutzt. Du musst dich dafür nicht schämen. Verstanden?"

Donavan ließ einen langen Atemzug los und kämpfte, sich zu entspannen. „Ja, Sir."

Als Seth die Riemen über seinen Rücken gleiten ließ, zuckte Donavan nicht mehr zusammen, doch musste er sich auf die Lippe beißen, da es kitzelte. Gänsehaut machte sich auf seinem Körper breit.

Der erste Schlag war laut, doch verursachte er keinen Schmerz. Aus den Augenwinkeln beobachtete Donavan, wie Seth seinen Arm in Form einer Acht bewegte. Er wirkte konzentriert. Noch immer fühlte er keinen Schmerz, er hörte nur das Geräusch und spürte die Wärme. Er konnte gar nicht glauben, dass er wirklich Angst vor dem Flogger gehabt hatte. Doch war er ein wenig enttäuscht, dass es sich nicht gut genug anfühlte, um dieses Wohlgefühl zu verursachen, das er im Gesicht des Subs auf dem Pride entdeckt hatte. Er ermahnte sich, dass er zwar vielleicht enttäuscht war, doch Seth garantiert nicht. Donavan hatte keinen Zweifel daran, dass Seth ihn später belohnen würde.

Es dauerte nur fünf weitere Minuten und Donavan wusste, dass er falsch gelegen hatte.

Die Wärme wurde zu Hitze, seine Haut brannte und er stöhnte.

„Du solltest deinen Rücken sehen. Er ist ein echtes Kunstwerk", kommentierte Seth heiser.

Die Riemen trafen einen besonders empfindlichen Bereich und Donavan fuhr hoch. Ohne einen Schlag zu verpassen, schob Seth Donavans Hosen runter zu dessen Knien. Der erste Schlag auf seinen Arsch ließ ihn aufschreien. Seth arbeitete lautlos weiter an seinem Hintern. Er biss die Zähne zusammen, versuchte den neuen, noch unbekannten Schmerz, der eher stach statt brannte, zu verarbeiten.

„Du bist in einer wahnsinnigen Verfassung", merkte Seth an. Das Klatschen des Floggers schien seine Worte zu unterstreichen. „Deine Haut ist so weich, so glatt."

„Danke, Sir." Die Worte kamen ihm ein wenig undeutlich über die Lippen. Noch immer strauchelte er, sich wieder zu entspannen. Er atmete tief ein und langsam aus, als er sich ein wenig rührte. Er wusste nicht, ob er den Schlägen ausweichen oder sich in ihre Richtung bewegen wollte.

Seth schlug weiterhin im regelmäßigen Rhythmus zu, ohne viel Kraft aufzuwenden. Nach einigen Minuten machte die Hitze in Donavans Hintern der auf seinem Rücken Konkurrenz. Er war kochend heiß – innen und außen. Es war ein einvernehmendes Feuer, doch eines, das nicht zerstörte. Es umfing ihn, ja, erweckte, bildete etwas tief in ihm, das er kaum beschreiben konnte.

„Du hältst dich sehr gut. Ich wusste, dass du ein Naturtalent bist. Sag mir, an was du denkst."

Donavans Pulsschlag und seine Atmung hatten sich wieder normalisiert. Seine Kehle war noch immer trocken, doch konnte er sich auf Seth und auf dessen Bewegungen konzentrieren und nicht auf den Schmerz. Er hatte ihn besiegt, nun schwebte er auf ihm.

„Es ist seltsam. Zuerst hatte ich Angst, dass ich mich blamieren würde, doch dann ..." Er zuckte zusammen und atmete zischend ein, als die Riemen ihn an einer frischen Stelle am Oberschenkel trafen. Er atmete erleichtert auf, als Seth mit dem Flogger wieder seinen Hintern bearbeitete. „Dann dachte ich, dass es mich nicht erregen, sondern nur kitzeln würde, aber jetzt ..." Wieder traf ihn ein Schlag an einer neuen Stelle.

„Und jetzt bist du so hart, dass du bersten könntest", beendete Seth den Satz für ihn.

Das war zwar nicht, was Donavan hatte sagen wollen, doch jetzt, nachdem Seth ihn daran erinnert hatte, war er geschockt festzustellen, dass er tatsächlich hart war. Wirklich, wirklich hart. Seine Atmung beschleunigte sich sogleich, wie auch sein Puls und er spürte, wie sich Spannung am Ende seiner Wirbelsäule aufbaute.

„Ich will dich ficken", sagte Seth, seine Stimme leise und heiser. Er nutzte den Flogger weiterhin, doch wurden seine Hiebe leichter, kitzelten Donavans hypersensible Haut. „Ich will dich ficken und die Hitze deines Rückens, deines Hinterns an mir spüren, während ich mich in dir versenke."

Donavan wusste, dass er nicht mehr allzu lange aushalten würde. Er brauchte Seth in sich, bevor er kam. „Beeile dich", kämpfte er zwischen einigen Atemzügen hervor.

Der Flogger fiel auf den Boden. Donavan fuhr herum, um zu Seth zu schauen. Donavans Erregung schoss praktisch durch die Decke, als er beobachtete, wie Seth sein Hemd öffnete und die Hose herunterzog. Donavan drehte den Kopf wieder herum, starrte auf den Boden. Abwechselnd verkrampfte er den Unterkiefer, während er den Atem anhielt oder stieß schnelle Atemzüge aus, während Seth ihn vorbereitete. Er wiederhole seinen Ruf zur Eile immer wieder, flehte Seth an, bis er sich endlich in ihm versenkte.

Seth stieß tief in ihn; die Berührung von Seth Hüfte an seinem Arsch ließ ihn aufschreien. Er schrie erneut auf, als Seth seine Brust gegen seinen mitgenommenen Rücken presste. Seth schob seine Hände unter Donavans Arme und hakte sie über dessen Schultern zusammen. Er hielt ihn fest, während er in ihn stieß, immer und immer wieder. So viele Reize prasselten auf Donavan ein … zu viele. Er fühlte sich von ihnen überwältigt. In Entfernung hörte er, wie Seth ihm erlaubte, zu kommen, doch ob er nun aufgrund des Befehls kam oder einfach, weil er sich nicht mehr beherrschen konnte, wusste er nicht. Er schrie vor Erlösung. Seine Ohren klingelten, sein Verstand lag in Scherben auf dem Boden und dann … nichts. Er schwebte über seinem Körper; Seths starke Arme waren das einzige, was ihn noch festhielt.

Seth spannte sich hinter ihm an, festigte seinen Griff und hielt noch einige Momente weiter durch. Donavans Name drang von seinen Lippen. Ein leises, bebendes Geräusch, das sich beinahe wie ein Gebet anhörte. Plötzlich wollte Donavan nicht mehr fortgerissen werden. Er wollte nie wieder Seths Arme verlassen. Er gehörte zu Seths Verstand, dessen Körper, dessen Seele.

„Du bist meine neue Leidenschaft", flüsterte Seth ihm ins Ohr.

Donavan antwortete nicht, er konnte nicht. Alles in ihm entspannte sich auf einmal, nichts gehorchte mehr seinen Befehlen. Falls es sich so anfühlte, Seths neue Droge zu sein, dann konnte er nur hoffen, dass es kein 12-Schritte-Programm gab, das ihn heilte.

14

„Donavan."

Ein weiteres Mal wurde sein Name geflüstert und erreichte ihn durch den Nebel. Er versuchte zu antworten, doch fühlte er sich so bequem und warm, dass er sich aus Angst, der Traum könnte enden, nicht bewegen wollte. Oh verdammt, was war das für ein Traum gewesen. Er hatte geschwebt, ein Vergnügen, das er nicht für möglich gehalten hatte.

„Donavan, komm schon, Baby."

Etwas kitzelte ihn am Ohr und er rührte sich. Die Decke fiel von ihm und offenbarte seinen nackten Rücken. Er erschauderte, der Nebel lüftete sich. Donavan blinzelte ein paar Mal und stellte fest, dass es wach überhaupt nicht schlimmer war. Immerhin sah Seths wunderschönes Gesicht auf ihn hinunter; ein leichtes Lächeln spielte auf seinen Lippen.

„Guten Morgen", sagte er. Seine Stimme klang rau. Er streckte die Arme über seinem Kopf aus und gähnte. „Wie spät ist es?"

„Es ist 7:30 Uhr."

„Viel zu früh, um aufzustehen." Er hob die Decke an und ignorierte die kühle Luft, die unter sie strich. „Komm wieder ins Bett und wärme mich auf."

„Entschuldige, ich wünschte, ich könnte es." Seth lehnte sich dichter an ihn heran und gab Donavan einen kurzen Kuss auf die Wange. „Ich muss in einer Stunde los, falls du also mit mir frühstücken möchtest, würde ich vorschlagen, dass du deinen sexy Hintern bewegst und aufstehst."

Zu Donavans Bedauern verließ Seth das Bett. Dafür bekam er einen guten Blick auf dessen kleinen strammen Hintern, als er sich durch den Raum bewegte. Es war nicht so gut, wie wenn er sich an ihn kuschelte, doch es reichte, um ihn zu besänftigen. Donavan spitzte die Lippen und pfiff leise.

Seth stoppte an der Tür zum Bad und sah über die Schulter. „Wenn ich darüber nachdenke, kann ich mir auch einen Muffin und Kaffee im Büro besorgen. Komm mit mir unter die Dusche."

Donavan warf die Decke zurück und sprang förmlich aus den Federn. Sobald seine Füße den Boden berührten, bemerkte er seinen Fehler. „Au, au, au", jammerte er und kniff die Augen zusammen. Ja, es war kein Traum gewesen. Der Schmerz in seinem Hintern entsprach der Realität. Er schüttelte sich und, diesmal bedächtiger, machte sich auf den Weg zum Badezimmer. Die letzte Nacht kam ihm mit einem Mal zurück in den Sinn; jedes sensuelle Detail prasselte nun auf ihn ein, und trotz des Schmerzes in seinem Hintern schwoll sein Schwanz an. Langsame Schritte an diesem Morgen waren es garantiert wert. Er konnte sich nur nicht daran erinnern, wie er das Spielzimmer verlassen hatte oder wie er ins Bett gekommen war. Diese Erinnerung war hinter einem Schleier verborgen, doch ehrlich, wen interessierte das schon? Die besten Momente des Abends standen ihm klar und deutlich vor dem inneren Auge.

Die Wände der großen Duschkabine waren mit Naturstein verkleidet. Ein Doppelduschkopf und eine Wand voller kleinerer Düsen gaben Wasser ab, das sich anfühlte wie sanfter Regen. Der Wasserdampf wirbelte bereits um sie herum, als Donavan die Dusche betrat. Er stöhnte, als das Wasser auf seine Brust traf und trat tiefer unter den Wasserstrahl. Dann drehte er sich um und schrie auf.

„Autsch, fick mich wund", stöhnte er, als das Wasser seinen Rücken und Hintern traf. Der Schmerz war nicht wirklich beißend, doch erinnerte er ihn an das Gefühl, wie sich sein Schwanz anfühlte, wenn er gerade gekommen war.

„Ich habe es schon getan, danke", antwortete Seth. Er klang zufrieden mit sich.

„Ja, ich habe den schmerzenden Hintern zum Beweis, aber meinen wunden Rücken habe ich vergessen."

Seth stellte sich hinter ihn und küsste Donavans Schulter. „Er ist nicht wund, Baby. Deine Nervenenden sind noch immer übersensibel und erregt." Er küsste Donavans andere Schulter. „Ich helfe dir, halt still."

Donavan hielt seinen Rücken in Richtung der seitlichen Wasserstrahlen und stützte sich mit den Händen an der Wand ab.

Seth gab sich ein wenig Seife in die Hand und rieb sich die Hände. „Ich weiß nicht, ob das eine so gute Idee ist", gab Donavan zu bedenken. Er wich Seth aus, als er seine Hände auf seinen Rücken legen wollte.

„Schhh, ich weiß, was du brauchst", murmelte Seth, Donavans Protest ignorierend.

Beim ersten Kontakt mit seiner Haut spannte sich Donavan an, doch als Seth seine Hände über seine Haut gleiten ließ, gewöhnte er sich an die sanften Berührungen. Seth begann vorsichtig, die Anspannung aus seinen Muskeln zu massieren und Donavan stöhnte vergnügt auf.

„Siehst du, ich habe dir gesagt, dass ich weiß, was du willst", schnurrte Seth. Seine Hände wanderten über seinen Hintern, die Waden und wieder zurück zu seinen Schultern. „Dreh dich um."

Donavan gehorchte und starrte auf Seths Hände, die jeden Zentimeter seiner Haut wuschen. Als er erneut vor die seitlichen Wasserstrahlen trat und sich den Schaum vom Körper spülte, fühlte sich das pulsierende Wasser an als käme es direkt aus dem Paradies. Er könnte den ganzen Tag hier stehen bleiben, das warme Wasser den letzten Rest seiner Anspannung von sich waschen lassen, doch klang die Idee, die Prozedur an Seths Körper zu wiederholen, attraktiver.

Er gab sich Seife in die Hände und rieb sie zusammen. „Jetzt bin ich dran."

„Hast du vor, mich zu waschen, Baby?"

„Oh ja. Und genauso gründlich wie du mich." Donavan wackelte mit den Augenbrauen.

Seth schmunzelte und streckte die Arme aus. „Ich gehöre dir."

Oh ja, das stimmte, nur sagte Donavan das nicht laut. Er war sich nicht sicher, warum er sich zurückhielt. Seth schien kein Problem damit zu haben, ihn Baby zu nennen oder darüber zu scherzen, dass er Donavan behalten würde. Trotzdem, würde Donavan es sagen, würde er es meinen und nicht nur scherzen und er fürchtete, dass Seth die Wahrheit in seinen Worten hören könnte. Nicht dass der Traum dann vorüber war.

Donavan ließ seine Hände über Seths Brust gleiten, fuhr mit seinen seifigen Handflächen über dessen Muskeln. Er liebte es, wie sie sich unter seinen Fingern bewegten und zuckten. Jedes Mal, wenn er aufblickte, beobachtete Seth ihn mit einem so intensiven Ausdruck im Gesicht, den Donavan nicht verstehen konnte. Er ging in die Knie und wusch und massierte Seths kräftige Oberschenkel und Waden.

„Ich mag es, wenn du auf den Knien bist", murmelte Seth und strich mit den Fingern durch Donavans nasses Haar.

Er sah auf. „Ich stelle fest, dass ich es genieße", sagte er ehrlich. Er strich mit den Fingern über Seths halbharten Penis. „Ich befinde mich gerade auf der richtigen Höhe."

Seth erlaubte ihm, ihn noch etwas länger im Schritt zu waschen, dann lehnte er sich hinunter und ergriff Donavans Oberarme, um ihn auf die Füße zu ziehen. „Beginne nichts, was du nicht beenden kannst."

Donavan leckte sich hungrig die Lippen. „Ich kann es beenden."

Seth küsste ihn kurz auf die Lippen. „Ja, doch dann komme ich zu spät zur Arbeit und du würdest deinen Hintern versohlt bekommen."

Der Gedanke allein ließ schon wieder Aufregung durch Donavans Körper rasen und seinen Arsch sich zusammenziehen. Er zuckte zusammen. Eine schlechte Idee. Er sollte den Mann nicht provozieren. Sein Hintern würde es sicherlich nicht verkraften, zumindest nicht jetzt. „Ich werde mich benehmen – für einen oder zwei Tage." Donavan zwinkerte und trat aus der Dusche.

Zwei große weiße Handtücher hingen über einer Heizung. Er ergriff eines, schwang es sich über die Schultern und nahm das andere, um es Seth hinzuhalten. Als Seth auf die Bademate trat, trocknete Donavan seinen Körper ab und wickelte ihm das Handtuch um die Hüften.

„Danke dir. Nun komm. Ich mag zwar keine Zeit fürs Frühstück haben, aber ich nehme mir immer Zeit für einen Kaffee." Seth verließ den Raum und erst jetzt trocknete Donavan sich selbst ab. Es fühlte sich richtig an, sich um Seth zu kümmern, bevor er sich auf sich selbst konzentrierte. Vielleicht hatte Seth recht, er war ein Naturtalent. Zumindest genoss er, was er bislang getan hatte und konnte es kaum erwarten, weitere Dinge auszuprobieren. Der Flogger war schließlich nicht das einzige Gerät, das an der Wand hing und das er testen wollte.

Er folgte Seth in die Küche und der Duft nach frischem Kaffee umgab ihn.

„Eine Zeituhr. Ein echter Mann nach meinem Geschmack."

„Ja, das bin ich", gab Seth zwinkernd zurück und grinste.

Donavan war froh, dass Seth zum Schrank gegangen war und zwei Becher entnommen hatte und er seinen überraschten Ausdruck im Gesicht nicht sehen konnte. Stimmte ihm Seth zu, dass er nach seinem Geschmack war oder bezog sich der Kommentar nur auf den Kaffee? Er wusste, dass Seth Java genutzt hatte, um durchs Studium zu kommen, und Donavan versuchte sich davon zu überzeugen, dass es ein ganz harmloser Kommentar gewesen war.

„Es ist Sahne im Kühlschrank, wenn du welche möchtest", teilte ihm Seth mit, während er zwei Becher Kaffee füllte und sie auf der Arbeitsplatte abstellte.

„Danke." Er griff die Packung und nahm sie mit zur Arbeitsplatte, gab einen guten Schuss in den Kaffee und brachte die Packung zurück in den Kühlschrank. „Hast du Zucker?" Als er sich umdrehte, entdeckte er die Zuckerdose und den Löffel, die längst schon auf der Theke standen.

„Ich passe auf", merkte Seth an und setzte sich auf einen der Stühle. „Du magst deinen Kaffee gesüßt."

Donavan setzte sich auf den Stuhl gegenüber von Seth, süßte den Kaffee und legte die Hände um die warme Tasse. „Du scheinst wirklich aufmerksam zu sein."

„Oder einfach neugierig", scherzte Seth.

Donavan hob die Tasse zu den Lippen. „Bei mir kannst du so neugierig sein, wie du nur willst", beruhigte er ihn und trank einen Schluck. „Ich befürchte nur, dass es nicht viel Interessantes herauszufinden gibt."

„Du bist nicht langweilig, Donavan. Ehrlich gesagt, finde ich dich höllisch reizend. Du lässt mich Dinge wünschen, von denen ich dachte, ich würde sie nie wollen."

Donavan legte den Kopf schief und beobachtete Seth. Er suchte nach Hinweisen, dass dieser nur einen Scherz machte, doch fand er keine. „Welche Dinge?"

Seth sah auf seine Uhr und seufzte. „Ich muss mich anziehen."

„Du lässt mich an dieser Stelle hängen? Das ist nicht wirklich nett." Donavan legte die Stirn in Falten.

Seth stand auf, nahm seinen Kaffee mit sich und küsste Donavan auf die Wange. „Das würde wesentlich länger dauern, als dir die Dinge zu erzählen, nach denen du mich sehnen lässt." Er küsste ihn erneut und verschwand in Richtung des Schlafzimmers. „Ich verspreche dir, dass ich es dir bald erzähle."

Donavan folgte ihm. „Wann?"

„Bald", wiederholte Seth. Dann trug er seinen Kaffee ins Schlafzimmer und rief: „Deine Kleidung liegt auf dem Ankleidestuhl."

Donavan grummelte und stöhnte, doch er drängte Seth nicht. Stattdessen zog er sich mürrisch an. Selbst die kurze Zeit, die er Seth nun kannte, hatte ihn gelehrt, dass der Kerl gerne das Kommando übernahm. Er mochte es ebenso, Donavan in den Wahnsinn zu treiben. Was ihn eigentlich nicht störte, doch dieses Mal nervte ihn das Warten und er wunderte sich, ob er sich noch weiter in Richtung des Irrsinns bewegen würde.

Er lehnte sich an den Türrahmen und sah zu, wie Seth die Rasierklinge über seine kräftigen Wangenknochen führte. Er spülte die Klinge ab, blickte zu Donavan und sagte: „Rasierst du dich jemals?" Dann rasierte er sich am Hals.

„Nur mich selbst. Warum, brauchst du jemanden, der dich rasiert?"

„Vielleicht."

„Ich würde mich bewerben."

„Ich werde es in Erinnerung behalten", sagte Seth.

Donavan trank seinen Kaffee, Seth dabei weiter beobachtend. Seltsam, wie so einfache Dinge wie Zähneputzen, Rasieren oder sich anzukleiden, seine Aufmerksamkeit fangen konnten. Er liebte die Art, mit der Seth alles so selbstbewusst erledigte. Er liebte es, wie sich dessen Finger bewegten, als er sein Hemd zuknöpfte und sich die goldblaue Krawatte umlegte.

Als Seth fertig war, brachte er Donavan zu seinem Truck. „Wie lange wirst du mich warten lassen?", hakte Donavan nach.

„Ich bekomme meinen Plan erst später." Seth schob einen Arm um Donavans Hüfte.

„Ich meinte den Kommentar von vorhin, du weißt schon, über die Dinge, von denen du nicht wusstest, dass du sie je wolltest."

„Oh, das, ja." Seth kuschelte sich in seine Halsbeuge. „Letzte Nacht hatte ich viel Spaß. Ich kann's gar nicht erwarten, dich wieder in mein Spielzimmer zu treiben."

Donavan erschauderte, als Seths warmer Atem ihn am Hals kitzelte. „Du treibst mich noch in den Wahnsinn. Du weißt das, nicht wahr?" Donavan stöhnte, als Seth ihre Lenden aneinanderstieß.

„Ich denke schon." Er platzierte einen Kuss auf Donavans Wange und trat zurück. „Ich ruf dich an, sobald ich meinen Dienstplan kenne."

Das ausgesprochen, wandte sich Seth ab und ging zu seinem Auto. Der Alarm piepste, als er den Knopf auf dem Schlüssel drückte. Donavan stand ungläubig an seinem Wagen. Seth ließ ihn also tatsächlich zurück – grübelnd, was er wirklich gemeint hatte. Unerträglich, großkotzig und stur. Donavan stöhnte. Was für ein Hurensohn. Er öffnete seine Fahrertür und rutschte hinters Steuer. Es machte keinen Sinn, Seth zu drängen. Er würde es ihm erzählen, wenn er bereit war und nicht eine Minute früher.

Offensichtlich waren die schlechten Träume, die er nach ihrem ersten Treffen gehabt hatte, nur das – schlechte Träume. Jetzt wusste er nicht nur, dass er mit Schmerzen umgehen konnte, er sehnte sich auch noch danach.

Er richtete den Zeigefinger auf sein Spiegelbild im Rückspiegel. „Du, mein Freund, solltest dein Gebettel üben." Er lachte über sich selbst und startete den Wagen.

15

DIE ALTE, umgebaute Fabrikhalle gehörte eigentlich nicht zu den Örtlichkeiten, die Seth normalerweise besuchte, doch hin und wieder hatte er den Drang, ein Jucken, das befriedigt werden musste, ein Verlangen, das nur erfüllt werden konnte, wenn er eine düstere Bar wie diese hier besuchte. Falchuck war einfach ein passender Ort. Es lag weit von den exklusiven Etablissements entfernt, die nach der Sicherheit eines Untergrundklubs strebten. Seth fand, dass es einen ironischen Touch hatte, dass gerade das Falchuck das Flair wesentlich eher versprühte. Die Abwechslung und Vielseitigkeit der gebotenen Neigungen, die jeder hier finden und erleben konnte, war schlichtweg verlockend.

Ein wilder elektronischer Beat dröhnte aus den an der Decke hängenden Lautsprechern. Die Beats wurden von den im Takt aufblitzenden Lichtern untermalt, die die Halle in Weiß und Rot kleideten. Auf der Tanzfläche bewegten sich Männer zum Technosound, einige küssten oder fummelten, ein Pärchen tanzte eng, Bauch an Rücken gepresst. Seth konnte den vorderen Mann nicht sehen, doch niemand brauchte Raketenphysik zu studieren, um zu wissen, was das bedeutete. Wenn man bedachte, dass seine Hosen um seine Knie hingen, sein Tanz aus kurzen, schnellen Stößen bestand, konnte nur Exhibitionismus sein Fetisch sein.

Als sie sich tiefer in den Klub begaben, blickte Seth kurz zu Donavan hinüber, der mehr als nur leicht geschockt ob der Darbietungen um sie herum wirkte. Er hatte nicht geplant, Donavan hierherzubringen, zumindest nicht so früh in ihrer Beziehung. Doch hatten sie zuletzt so wenig Zeit zusammen verbracht, dass er noch nicht hatte herausfinden können, was den Mann anturnte und was nicht. Diese Nacht sollte ihm dabei helfen.

Seth schob sie in eine Ecke und legte einen Arm um Donavans Hüfte; seinen Besitz deutlich machend. Donavans Brust hob und senkte sich schnell und Seth konnte die Anspannung in seinen Muskeln spüren.

„Was denkst du?"

Donavan drehte den Kopf zu ihm und blinzelte. Unsicherheit stand in seinen Augen.

„Ich … ich bin." Donavan schluckte hart. Er blickte über die Schulter, betrachtete den Club und sah wieder zu Seth. „Ist das hier das, was du mir erzählen wolltest?"

„Ich habe dir nichts verheimlicht, Donavan."

„Du meintest, dass ich dich Dinge wollen ließe, die du nicht wollen solltest."

„Ah, ja, ich denke, es stimmt ein wenig. Aber da ist mehr als einfach nur Kink."

„Das hier ist einfacher Kink?", fragte Donavan. Er hielt seine Augen immer noch weit aufgerissen und beobachtete den Raum um sie herum. „Ich weiß nicht einmal, wo ich anfangen soll. Mir fehlen die Worte."

„Ich muss zugeben, als ich zum ersten Mal hier war, habe ich wie du reagiert. Es überfordert einen zu Beginn."

„Du warst schon einmal hier?"

„Ein oder zwei Mal. Irgendwas hat der Club an sich, das mich anzieht. Vielleicht ist es die Übertreibung oder es sind die Exzesse." Er lehnte sich näher und ließ seine Lippen über Donavans Nacken gleiten. „Atme tief ein. Kannst du es riechen? Der Schweiß, den Moschus, das Verlangen?"

Donavan inhalierte tief und biss sich auf die Lippe. „Und billige Zigarren und schales Bier."

Seth legte den Kopf in den Nacken und lachte. „Ja, ich schätze, diese Gerüche könnten sich untergemischt haben. Es ist schließlich eine Bar. Aber schau tiefer. Da ist ein anderer Duft. Er umweht jeden Einzelnen hier. Er nimmt den Raum ein. Selbst uns umgibt er."

Donavan schloss die Augen und atmete noch mal tief ein, dieses Mal entließ er die Luft langsam. Er blieb für einen Moment wie angewurzelt stehen, als würde er versuchen, sich den unbekannten Geruch selbst zu erklären.

Dann öffnete er die Augen und schüttelte den Kopf. „Ich bin mir nicht sicher. Irgendwas ist anders hier und es sind nicht nur die Menschen."

„Es ist Verzweiflung", antwortete Seth mit warmer Stimme. „Jeder hier, selbst du und ich, ist verzweifelt bemüht sich einzufügen, verstanden und akzeptiert zu werden."

Donavan schüttelte wieder den Kopf. „Ich weiß nicht, ob ich hier akzeptiert werden möchte", gab er etwas atemlos zurück.

„Oh doch, das willst du", sagte Seth mit einem anzüglichen Lächeln. Er rührte sich und ließ seine Hand in Donavans Schritt gleiten und umfasste seine dicke Erektion. „Dein Kopf mag dir vielleicht Schwierigkeiten bereiten und sich nicht entscheiden können, ob du wirklich hier sein willst, doch dein Körper ist einen Schritt weiter. Jeder hat geheime Neigungen, Donavan. Hier gibt es Männer, die dich aufklären können, vielleicht inspirieren sie dich sogar.

Hier herrscht die Freiheit, das zu erkunden, was du möchtest. Hier gibt es keine Verurteilungen, sondern nur Vergnügen."

„Und was möchtest du hier erkunden?", fragte Donavan.

„Uns steht die ganze Fabrik zur Verfügung. Ich habe gehofft, dass wir vielleicht eine gemeinsame Leidenschaft finden."

Donavan hielt seinem Blick stand und kaute auf der Unterlippe. Seine Zweifel waren offensichtlich und Seth würde ihn nicht drängen, wenn Donavan nicht schon längst erregt wäre. Doch er war es. Einzig sein Kopf hielt ihn zurück.

„Komm schon, Donavan. Ich verspreche dir, dass ich dich zu nichts zwingen werde, was du nicht willst. Wir können auch nur beobachten."

Donavan rieb sich mit den Händen über die Arme, als wolle er sich wärmen. „Wir können einfach zugucken?"

Seth zog ihn dichter an seine Seite. „Ja, das ist alles, solange du dich nicht umentscheidest."

Seth hielt den Atem an, gespannt, wie ambitioniert Donavan sein würde. Donavan hatte ganz am Anfang gesagt, dass er nicht auf Öffentliches stand, doch er glaubte, Donavan sagte das nur, weil er dachte, dass es das richtige sei und nicht, weil er es tatsächlich glaubte. Donavan hatte ihm erlaubt, ihn vor Publikum zu fesseln und obwohl er bekleidet gewesen war und Seth seinen Schwanz nicht berührt hatte, war es ein sexueller Akt gewesen. Donavan hatte wunderbar reagiert und Seth zweifelte nicht, dass Donavan nur zu gerne vor aller Augen gekommen wäre, sobald er ihn berührt hätte.

Donavan seufzte auf und nickte schließlich. „In Ordnung, aber ..." Er straffte die Schultern und fuhr mit sicherer Stimme fort. „Weißt du was, lass es uns versuchen. Ich vertraue dir und bislang habe ich alles genossen, was wir gemacht haben."

Seth streckte sich zu ihm hoch und küsste ihn sanft auf die Wange. „Es wird ein Genuss."

Er nahm Donavans Hand und verschränkte ihre Finger. In dieser Nacht waren sie nicht Dom und Sub, sondern gleichberechtigt. Ein Pärchen, das die fleischlichen Gaben erkundete. Dass er einen speziellen Hintergedanken hatte, war unbedeutend. Er konnte sich anpassen.

Er hielt Donavan dicht bei sich, als er ihn einen dunklen Gang entlangführte. Viele der rostigen Stahltüren waren geschlossen, doch die Geräusche, die durch sie drangen, waren erschreckend gut hörbar. „Nur einige mögen es, offen zu zeigen, was sie hier unten machen", erklärte Seth. „In diesem Bereich kannst du nur zuhören, doch nichts anderes."

Am Ende der ersten Halle stand eine einzelne Tür offen. Er stoppte Donavan ab. In dem Raum stand ein nackter Mann. Er stützte sich an der

Wand ab, seine Beine waren weit gespreizt. Ein Dom, gekleidet in schwarze Lederhosen schlug mit einem gewichtig wirkenden Paddle auf dessen roten Hintern. Der Sub grunzte und erzitterte mit jedem einzelnen Schlag. Seth beobachtete Donavan, der die Szene betrachtete, kritisch. Seth merkte sich den verlangenden Ausdruck in dessen Gesicht. Er besaß ein ähnliches Paddle, das sicherlich seinen Weg zu Donavans Hinterteil finden würde. Nur würde Donavan nicht an der Wand stehen, während andere zusahen. Nein, er würde über seinem Schoß liegen, seinen pochenden Schwanz mit jedem Schlag zwischen Seths Oberschenkel stoßend.

Er erlaubte Donavan, sich das Spiel noch etwas länger anzusehen, dann führte er ihn zum nächsten Korridor. Hier fanden die Demonstrationen statt. Auf jeder Seite gab es große Öffnungen, die mit einer Art Garagentor versehen waren. Wer ein privates Setting wünschte, schloss die Tore. Momentan waren alle offen. Der erste Raum glich einem Behandlungszimmer aus dem vergangenen Jahrhundert, doch war niemand drin.

Sie hielten kurz an einem Raum an, in dem Männer mit Seilen gefesselt wurden. Donavans Lippen verzogen sich zu einem Lächeln. Natürlich dachte er an das Gefühl, das die Seile auf seiner Haut hinterlassen hatten, als Seth sie an ihm beim Pride nutzte. Als sie weiterliefen, achtete Seth auf jede Reaktion von Donavan, wenn er einen neuen Raum entdeckte. Er konnte erkennen, dass Donavan Spanking und Fesselspiele mochte, wobei Spanking mit Paddles und Floggern überwog. Die Bullenpeitsche ließ ihn zusammenfahren, wie auch Feuerspiele und die elektrische, violette Wand. Neugier umgab ihn, als sie den Raum entdeckten, in dem ein Mann an eine Wand gekettet war. An seinen Brustwarzen und Hoden hingen Metallklemmen. Hier reagierte Donavan besonders stark. Sein Atem stockte einige Male, immer wenn ein Gewicht an die Klemmen gehängt wurde.

Sie hielten sich etwas länger vor der Tür auf. Seth presste seine Brust gegen Donavans Rücken und griff um ihn herum, um mit der Handfläche die harte Ausbuchtung in Donavans Hose zu reiben. „Dir gefällt, was du siehst?", flüsterte er.

Donavan drückte sich in Seths Hand und stöhnte. „Ich bin mir nicht sicher, was ich zu den Klammern an den Eiern sagen soll, aber ich kann mir vorstellen, wie intensiv sich das anfühlt."

„Deine Nippel sind ungemein sensibel. Deshalb mag ich es so, an ihnen zu knabbern, sie zu lecken …" Er hob seine Hand hoch, ließ sie zu Donavans Brust wandern, ergriff eine seiner Brustwarzen und kniff sie zwischen den Fingern. „… und sie zu zwirbeln."

Donavan keuchte, riss seinen Kopf zurück und stöhnte. Er bemerkte die beiden Männer, die neben ihnen standen und zusahen, nicht. Seth erlaubte sich ein vorsichtiges Lächeln. Er liebte es, wie Donavan alles um sich herum vergessen und sich völlig auf Seth konzentrieren konnte. Und das trotz seines Unbehagens, wenn es um Exhibitionismus ging. Er streichelte beruhigend über die Brustwarze und zwinkerte dem Mann neben sich zu, der ihm zustimmend zunickte.

Seth war eigentlich ein sehr privater Mensch. Er wuchs in einer wohlhabenden Familie auf und obwohl sich seine Eltern liebten, achteten sie wie alle Reichen darauf, was andere über sie dachten. Sie hatten ihm beigebracht, immer nur sein Bestes in der Öffentlichkeit zu zeigen, Respekt zu erwarten und sich diskret zu verhalten. Er lebte nach diesem Motto. Er hatte sich einen Namen gemacht und einen verdammt guten noch dazu. Für die Welt war er Seth Manning, Arzt, Sohn, Freund und Vertrauter. Er war außerdem selbstsicher und vielleicht sogar ein wenig großkotzig. Trotzdem fühlte es sich manchmal gut an, einfach loszulassen, die Maske, hinter der er sich für die Welt verbarg, fallen zu lassen. Er wollte falsch sein, schmutzig, animalisch. Doch vergaß er seine Moral niemals. Deshalb kam er hierher, an den Ort, an dem Diskretion das oberste Gebot war. Und wenn er Donavans Verhalten korrekt deutete, würden sie heute Nacht Diskretion benötigen.

„Lass uns weitergehen", trieb er ihn an und tat den ersten Schritt.

Hinter der letzten Tür drückte Seth auf den Knopf zum Aufzug. „Was hältst du bislang davon?"

„Ich hatte keine Ahnung, dass dieser Ort existiert. Es ist …" Donavan schüttelte den Kopf, seine Mimik war ungläubig, als er laut ausatmete. „Ich versuche immer noch, das alles zu verstehen, doch muss ich zugeben, dass es verdammt aufregend ist."

„Du hast dieselbe Reaktion, die auch ich beim ersten Mal hatte. Nur war ich allein und habe an nichts teilgenommen."

„Und das nächste Mal, als du hier warst?", hakte Donavan nach.

Der Aufzug kam und die Tür öffnete sich. Er schubste Donavan hinein. „Ich zeige dir jetzt, was mich wieder hierhingebracht hat." Er drückte den Knopf für den zweiten Stock.

Das obere Stockwerk war in einer Art gehalten, die es ermöglichte, der Vorstellung freien Lauf zu lassen. Die Türen zu den ersten beiden Räumen, die sie passierten, waren geschlossen. Sie waren belegt. Von seinen früheren Besuchen her wusste er, dass sie Klassenzimmern für Rollenspiele nachempfunden waren. Seth war von Natur aus dominant und es fiel ihm schwer, Kontrolle abzugeben. Meisten wollte er sie nicht aufgeben, er konnte es auch nicht so einfach. Doch bei Rollenspielen, wenn er jemand anderen spielen konnte als sich selbst, fand er die Freiheit durch seinen gespielten Charakter loszulassen.

Keiner von ihnen schenkte den plüschigen Räumen einen zweiten Blick und sie passierten den Pelzraum, ohne die Schritte zu verlangsamen. Als sie zum Kinderzimmer kamen, welches mit weit geöffneter Tür besetzt war, blieb Donavan stocksteif stehen und trat einige Schritte zurück.

Amüsiert lächelte Seth, als er beobachtete, wie sich der schockierte Ausdruck auf Donavans Gesicht noch verstärkte. Seth war nicht amüsiert, weil Donavan schockiert war. Er hatte keine Probleme mit den Dingen, zu denen sich zwei Erwachsene entschlossen. Er war schlichtweg glücklich, dass Donavan absolut nicht von dem angemacht war, was vor seinen Augen abging. Windeln und Mitternachtsfüttereien waren nie ein Teil seines Lebens gewesen und er hatte auch kein Verlangen nach ihnen. Er war absolut damit zufrieden, Kinder wieder an diejenigen weiterzureichen, denen sie gehörten.

Donavan wandte sich schließlich ab und trat an Seths Seite. „Wir werden nie wieder darüber reden, was ich gerade gesehen habe. Ich will nicht einmal mehr daran denken."

Seth legte seine Hand in Donavans Rücken. „Dann lass uns etwas finden, das deine Gedanken in andere Richtungen lenkt."

„Ja, bitte." Die Eile in Donavans Stimme ließ Seth leise schmunzeln.

Seth seufzte erleichtert auf, als er feststellte, dass der Raum, den er zu nutzen gedachte, nicht besetzt war. Der Raum wirkte, als wäre er seit Jahrzehnten nicht genutzt worden. Farbe bröckelte von den Wänden, die mit Graffiti besprüht waren, die Türen waren verrostet, die Holzdielen am Boden verkratzt. Eine schwach leuchtende Birne hing von der Decke und hüllte den Raum in Schatten.

Donavan betrachtete ihn skeptisch, als er ihn in den Raum schob und zuckte zusammen, als Seth die Tür zuzog und abschloss. Der Klicken des Schlosses hallte durch den Raum.

„Ist das hier, was du dir für den Moment vorgestellt hast, in dem wir ein wenig unser eigenes Rollenspiel erkunden?", fragte Seth leise.

„Nein", gab Donavan zu. „Hier gibt es nichts, außerdem ist es dreckig. Ich glaube, ich mag Rollenspiele, sofern es nur wir beide sind. Aber ich denke nicht, dass ich diesen speziellen Raum gewählt hätte. Ich hatte mir vorgestellt, wir wären in einem dieser plüschigen Büros, du gibst vor, mein Chef zu sein und lässt mich über den Schreibtisch beugen für ein paar Überstunden." Er wanderte tiefer in den Raum, drehte sich im Kreis und betrachtete alles. „Oder vielleicht auch dieses alte Behandlungszimmer, in dem du der verrückte Arzt wärst und an mir experimentierst."

„Das klingt beides gut", murmelte Seth, als er an Donavan vorbeiging. „Vielleicht probieren wir sie beide eines Tages aus. Was ist mit dem Dieb, der im Kerker angekettet ist und dem Kerl, der ihn auf einen besseren Weg geleiten muss?"

„Hmm, ich kann es mir ausmalen. Oder ein Collegekid, das Zeug in den Gassen verkauft, weil es mag, wie sich die harten Steinmauern an seinem Hintern reiben und sich billig und dreckig anfühlen."

Seth atmete scharf ein. Als hätte Donavan seine Gedanken gelesen. „Und in welcher Rolle siehst du dich?"

„In beiden", antwortete Donavan. „Ich meine, ich weiß, dass du immer dominant bist und mich stört das nicht. Aber ich kann zugeben, dass ich mir schon mehrfach gedacht habe, mich in deinem hübschen Hintern zu versenken."

Seth stellte sich vor Donavan, griff seine Gürtelschlaufen und zog ihn zu sich. „Ich mag Kontrolle, aber für ein paar Stunden kann ich sie abgeben."

„Wirklich?", fragte Donavan, sein Tonfall geschockter als in dem Augenblick, in dem sie das Falchuck betreten hatten.

„Es fällt mir nicht leicht, loszulassen, aber hier …" Er rieb seine wachsende Erektion an Donavans Schritt. „… könnte ich es. Hin und wieder mag ich es, gefickt zu werden. Es fühlt sich gut an, also warum sollte ich mir das Vergnügen verbieten?"

Donavan nahm Seths Hüften in die Hände und ging in die Knie, damit ihre steifen Schwänze aneinander rieben. „Du solltest es nicht."

„Und du hast das perfekte Werkzeug für den Job."

Donavan hielt seinen Blick, seine Miene nachdenklich. Seth hätte schwören können, dass Rauch aus seinen Ohren kam, als Donavan seinen Vorschlag verarbeitete. Plötzlich änderte sich sein Ausdruck von nachdenklich zu kokett. Er trat einen Schritt zurück, fuhr sich mit den Fingern durchs Haar und, zu Seths absoluter Begeisterung, schlüpfte problemlos in seine neue Rolle.

„Ich wollte schon immer wissen, was an Sex in Hintergassen so toll ist."

„Für fünfzig Kröten erfülle ich dir deine Träume."

Donavan fuhr seinen Körper mit den Blicken ab und verzog angeekelt die Lippen. „Ich glaube nicht. Ich suche nach einem harten Fick ohne Zurückhaltung. Glaubst du, du schaffst das, Collegekid?"

Seth schlurfte selbstbewusst zur Ziegelmauer und lehnte sich an sie. Mit einem Nicken sagte er. „Warum holst du nicht deinen Schwanz raus und findest es heraus?"

Plötzlich zimmerte Donavan Seth gegen die Mauer und hielt ihn mit seinem größeren Körper in Position. „Du solltest auf deine Worte achten."

Seth schluckte ein Stöhnen herunter, als die harten Ecken der Ziegel in seinen Rücken stachen. Trotz des Schmerzes rauschte Aufregung durch seinen Körper. „Es gibt nur einen Weg, um meinen Mund zu beschäftigen."

Donavan brachte sein Knie zwischen Seths Beine. Seine großen Hände hielten Seths Schultern fest umfasst. Er hatte sich mühelos in seine Rolle fallen lassen. Sein Gesichtsausdruck war streng, seine Augen mit Lust gefüllt. „Ich bezahle dich nicht für deine Vorschläge. Das ist meine Show, verstanden?"

Ein Schauder lief ihm über den Rücken und er nickte.

Donavan ließ Seths Schultern los und fuhr mit den Fingern über seine Brust, seinen Bauch, bis zu seinem Schritt. Er rieb mit der Handfläche über die harte Beule, die er in Seths Hose fand. Donavans Atem strich warm in sein Gesicht, als er sein stoppeliges Kinn über Seths Wangen führte. Seine Lippen berührten Seths Mund leicht, als er flüsterte: „So ist es besser." Er ließ Seths Schwanz los, öffnete seine Hose und zog den Reißverschluss runter. „Ich bin gespannt, was eine Schlampe wie du zu bieten hat."

Als Donavan seine Hand in Seths Hose schob, musste Seth sich auf die Lippe beißen, um nicht aufzustöhnen. Donavans Hand umgriff seinen Schwanz. Seine schwieligen Handflächen fühlten sich rau auf seiner empfindlichen Haut an.

„Ich verstehe, warum du zu den beliebten kleinen Schlampen gehörst", lobte ihn Donavan mit einem frechen Grinsen.

„Oh Gott", keuchte Seth und wich von Donavans harter Berührung zurück. Für einen Augenblick fiel er aus seiner Rolle.

Donavan hatte dieses Problem nicht. Er wirkte gar wie ein anderer Mann, ganz so, als wäre er der Ältere und Dominantere von ihnen. Er rieb weiterhin Seths Schwanz, rieb seine Schwielen an ihm. Seth biss die Zähne zusammen und atmete hart durch die Nase, bis sich der Schmerz in Vergnügen wandelte. Erst jetzt fand er seine Rolle wieder.

„Nicht mein Schwanz macht mich beliebt", gab er an.

Donavan schob seine Hand tiefer, sodass seine Handfläche gegen Seths Hoden drückten und seine Finger über seinen Arsch strichen. Er tippte gegen die Nervenenden. Seths Bewegungen wurden stärker, wie auch sein Pulsschlag sich beschleunigte. Die gutturalen Geräusche, die Donavan seiner Kehle entlockte, überraschten ihn.

„Das werde ich selbst entscheiden. Bist du vorbereitet, du kleine Schlampe?"

„Ja", versicherte ihm Seth und kramte ein Gummi und ein Tütchen Gleitgel aus seiner Tasche. Er hielt es Donavan entgegen. „Ich habe den besten Hintern der Stadt und plane, dass das so bleibt."

„Huh, das wird sich noch zeigen", antwortete Donavan zweifelnd und riss ihm das Kondom und Gleitgel aus der Hand.

Donavan zog seine Hand rüde zurück, was Seth wimmern ließ. Donavan lachte mit einem tiefen und heiseren Tonfall. Er riss das Gleitgel mit den

Zähnen auf und gab sich ein wenig auf den Finger. Sein Blick glich dem eines Raubtiers, als er das Gel auf den Fingern verteilte.

„Hose runter, Boy."

Seth hielt seinem Blick stand und schob seine Hose zu den Knien. Bevor er sie tiefer schieben konnte, schnellte Donavans Hand hervor und packte ihn am Handgelenk.

„Das reicht." Seth hatte keine Chance zu protestieren, denn Donavan fiel auf die Knie. Er fuhr mit seiner Zungenspitze über Seths Schwanz.

Seths griff Donavans Kopf und arbeitete sich mit den Fingern durch dessen Haar. Doch bevor Seth Donavans warmen, feuchten Mund um sein Glied spüren konnte, zog sich Donavan zurück und setzte sich auf die Fersen.

„Na, na, na. Halte deine Hände bei dir."

Seth atmete theatralisch auf, doch gehorchte. Er ballte die Hände zu Fäusten und hielt sie dicht an seiner Seite, um bloß zu gehorchen.

Donavan rieb seine glitschigen Finger aneinander und sah an ihm herauf. „So ist es besser." Dann ließ er seinen Zeigefinger über Seths Länge gleiten, bis er seine Eier erreichte. Donavans Lächeln erhielt eine verschmitzte Note und er schob einen Finger ohne Warnung in Seths Hintern. Seth stellte sich auf die Zehenspitzen und keuchte auf.

„Wow, für eine Nutte bist du echt eng. Was ist los, Junge? Lief das Geschäft so schlecht?"

Seth kämpfte mit sich, bloß ruhig stehen zu bleiben. Er streckte die Knie durch und atmete sich durch das Brennen hindurch. Trotzdem reagierte sein Körper und arbeitete Donavans Hand entgegen. Scheiße, fühlte sich das gut an. Es war eine Weile her, seit ihn jemand so angefasst hatte und jetzt wollte er mehr. Er wollte spüren, wie ihn Donavan mit seinem mächtigen Schwanz aufriss, doch fragte er nicht danach. Stattdessen presste er seine Lippen fest aufeinander und stöhnte vor Verlangen. Er wurde mit einem zweiten Finger belohnt.

Während Donavan seine Finger in ihn und aus ihm gleiten ließ, blieb Seth nicht viel mehr übrig, als zu stoßen. Die Hose um seine Knie verhinderte jede weitere Bewegung.

Donavan kam zurück auf die Füße und zog seine Finger aus Seths Hintern. „Egal. Du wirst gleich hübsch gedehnt und ausgefüllt sein."

Mit einem Mal drehte er Seth um und er schwankte leicht, bis er seine Hand in Kontakt mit der Mauer kam. Donavan packte seine Hüften hart und zog ihn zurück. Seth war gezwungen, seinen Kopf an seinen an der Mauer verschränkten Armen abzustützen, wenn er nicht wollte, dass der Stein sein Gesicht zerkratzte. Donavan rieb seine Lenden an ihm, sein Glied presste durch das raue Material seiner Jeans gegen seinen Hintern. Donavan lehnte sich dicht zu ihm heran, sein kräftiger Körper schmiegte sich an Seths Rücken und Seth fühlte seinen warmen Atem an seinem Ohr.

„Bist du bereit?" Die Strenge war für einen Moment aus Donavans Stimme gewichen, als er prüfte, ob Seth einverstanden war mit dem, was vor sich ging. Doch war er nicht nur mit dem Spiel einverstanden, er bebte vor Verlangen. Er konnte es nicht abwarten, Donavans dicken Schwanz tief in sich zu spüren, er sehnte sich dem Brennen entgegen. Doch er musste Donavan erlauben, im Augenblick zu bleiben, um Seth die Möglichkeit zu geben, über sich selbst hinauszuwachsen. Anderenfalls würde er wieder die Kontrolle übernehmen. Seine Instinkte verlangten es.

„Was ist los? Hast du keine Ahnung, was du mit deinem Schwanz anfangen sollst? Muss ich es dir aufmalen?", reizte Seth ihn.

Donavan verstärkte seinen Griff und er heulte auf. Der schüchterne, zurückhaltende Mann in Donavan war verschwunden und Aufregung machte sich in Seth breit, als Donavan antwortete. „Ich werde es genießen, dir deinen Arsch aufzureißen und dich schreien zu hören."

Donavan ließ ihn lange genug los, um das Kondom überzuziehen, dann brachte er seinen Schwanz in Position. Im selben Augenblick legte er seine wunderbar schwielige Hand um Seths Glied. Er rieb ihm einige Male über die Länge.

Für einen kurzen Moment wurde Seth unsicher. Er spürte, wie sich Donavans Eichel gegen seinen Eingang drängte. Doch dann festigte sich der Griff an seiner eigenen Länge und brachte ihn auf Touren. Seine letzten Zweifel verflogen, als ihm Donavan in die Schulter biss. Seth schrie auf, das Verlangen schoss aus ihm heraus und er genoss Donavans warme Zunge auf seiner malträtierten Haut.

„Ich werde dich so hart ficken, dass du eine Woche nicht laufen kannst."

Seth antwortete nicht. Selbst wenn er es gewollt hätte, hätte er es nicht gekonnt. Donavans breite Eichel presste sich fest in seinen Eingang. Sein Körper kämpfte gegen den Eindringling, doch gab Donavan nicht nach. Er schob sich vorwärts, bis der feste Muskelring sich entspannte. Mit einem Grunzen drang Donavan in ihn ein und vergrub seinen Schwanz tief in Seth.

Seth keuchte, für einen Moment zwischen Lust und Schmerz gefangen. Er biss sich in den Arm, um nicht aufzuschreien, bis sich das Brennen in seinem Hintern ein wenig legte. Donavan las seine Körpersprache bestens ab und lockerte seinen Griff, während er sich langsam, doch unnachgiebig in ihm bewegte. Donavan besaß eine Macht, die man nicht ignorieren sollte. Zum ersten Mal konnte Seth mit der Kraft eines Lovers nicht mithalten. Würde Donavan es wollen, könnte er Seth mühelos durch die Mauer stoßen und ihn aufreißen. Doch machte ihn das Wissen nur noch mehr an. Seth hieß die Macht willkommen, stieß sich zurück und passte sich Donavans Bewegungen an.

Donavan keuchte und stöhnte, als er seinen brutalen Angriff auf Seths Hintern fortführte. Mit jedem Stoß rieb er über Seths Glied, sein Daumen strich über den tropfenden Spalt. Seth wurde von seinen Empfindungen beinahe fortgespült, seine Haut prickelte, sein Herz hämmerte und er war so dicht davor, seine Ladung zu verlieren. Donavan veränderte seinen Winkel und drang noch tiefer in ihn ein. Das war alles, was Seth noch fehlte, um über die Klippe zu gehen. Er schlug kraftlos gegen die Mauer, die harten Ziegel zerkratzten seine Arme, so gefangen war er in seinem Orgasmus. Donavan streichelte ihn und melkte ihn bis auf den letzten Tropfen. Erst dann ließ er von Seths Schwanz ab und ergriff seine Hüften mit beiden Händen. Ein, zwei, drei harte Stöße folgten. Donavan fegte Seth förmlich von den Füßen, bohrte sich in ihn. Flüche, Keuchen und Schreie drangen ihm über die Lippen, als auch er Erlösung fand. Die Geräusche hallten in einer Melodie, die von Lust und Begehren sang, durch den Raum.

Seth lehnte sich gegen die kühlen Steine. Sein Atem kam stoßweise. Sein Körper pochte und krampfte sich um Donavans Länge, die noch immer tief in ihm steckte. Morgen war er garantiert wund. Jetzt wo sich die Wogen in ihm langsam legten, spürte er das Brennen der Kratzer auf seinen Armen, wie auch das Feuer in seinem Arsch und die Blutergüsse an seinen Hüften. Und doch interessierte es ihn nicht. Donavan war ein Lover gewesen, den er sich nur hätte wünschen können. Und dann noch so viel besser.

Donavan vergrub sein Gesicht in Seths schweißnassen Haaren und atmete tief durch. Kein Zweifel, auch er brauchte einen Augenblick, um sich wieder zu fangen. „Ist alles in Ordnung? Es tut …"

Seth riss den Kopf herum. „Ich schwöre zu Gott, solltest du dich jetzt entschuldigen, werde ich dir den Arsch versohlen."

Donavan schmunzelte und presste die Lippen auf Seths Wangenknochen. „Ich schätze, es ist alles in Ordnung. Obwohl es mich reizt, mich zu entschuldigen, damit ich meine Belohnung bekomme."

„Du verdienst definitiv eine Belohnung, aber ich fürchte, du musst dich gedulden, bis ich wieder irgendwas Anstrengendes machen kann." Seth schloss die Augen und verkniff sich ein Jammern, als sich Donavan von ihm löste. Er vermisste seine Wärme und das Gewicht auf sich. Die kühle Luft ließ ihn erschauern. Das letzte bisschen Kraft, das er noch auftreiben konnte, zusammennehmend, zog er seine Hose hoch und zuckte zusammen, als der Stoff über seinen empfindlichen Schwanz fuhr. Er drehte sich um und griff nach Donavan, bevor sich dieser zu weit von ihm wegbewegen konnte. Er zog ihn zu sich heran und küsste ihn. Es war kein Kuss voller Leidenschaft und dem Begehren, das ihren früheren Küssen innewohnte. Es war ein süßes und zärtliches Aufeinandertreffen ihrer Lippen und Zungen, völlig ruhig und perfekt geeignet, um wieder zu Atem zu kommen.

Er platzierte einen letzten Kuss auf Donavans Lippen und flüsterte: „Danke dir."

„Ich sollte mich bei dir bedanken. Das war furchtbar heiß und dein Arsch ..." Donavan schüttelte den Kopf. „Mein Gott, Seth."

Seth strich mit der Hand über Donavans Brust, seinen Bauch entlang. Donavan hatte so einen tollen Körper, er war ein wunderbarer, dominanter Lover und doch bevorzugte er es, sich Seth zu ergeben. Nein, er war es, der sich bedanken musste. Danken, überhaupt in sein Leben getreten zu sein, ihm den Kopf zu verdrehen und so glücklich zu machen, dass er nahezu schwebte. Doch jetzt war weder die Zeit noch der Ort, um solche Dinge auszusprechen. Stattdessen klopfte er leicht auf Donavans Wange und schubste ihn zurück.

„Dort hinten ist ein Badezimmer." Er nickte in die Richtung der Tür, die sich auf der anderen Seite des Raumes befand. „Lass uns reingehen und uns aufhübschen, damit wir verschwinden können. Nachdem ich gegen diese Mauer gepresst war, brauche ich eine weiche Matratze und einen harten Körper, um meinen Schmerz zu stillen."

„Ich werde dich sogar massieren", bot Donavan an und zog seine Hosen gerade so weit hoch, dass er laufen konnte.

„Oh ja, das wirst du", sagte Seth und folgte ihm in Richtung Bad. „Du bist schließlich derjenige, der dafür verantwortlich ist."

Donavan blickte über die Schulter und grinste frech. „Entschuldige, es tut mir so gar nicht leid."

Nicht, dass es Seth leidtäte, trotzdem sah er ein paar Zärtlichkeiten entgegen. Morgen würde er den Gefallen erwidern und dafür sorgen, dass Donavan mit Schmerzen zurückblieb.

16

DONAVAN BEOBACHTETE, wie Seth in seinem Stuhl beim morgendlichen Kaffee hin und her rutschte, und versteckte sein Grinsen hinter seiner Kaffeetasse. Er konnte es sich einfach nicht verkneifen. Wie schon einige Minuten zuvor, als er Seths jammernden Klagen zuhörte, als dieser aus dem Bett schlüpfte und langsam mit unsicheren Schritten durchs Zimmer schlich. Eigentlich zog er es vor, derjenige zu sein, der einsteckte und später humpelte, trotzdem war er verdammt stolz auf sich, für Seths momentane Verfassung verantwortlich zu sein.

Er hob seine Tasse wieder an die Lippen und verbarg erneut sein Grinsen. „Soll ich dir ein Kissen besorgen?"

„Ich merke schon, ich muss meine Dominanz dir gegenüber wieder festigen. Du bist viel zu großkotzig heute Morgen", antwortete Seth, ohne von seiner Zeitung aufzublicken. „Und dir dabei dieses verdammte Grinsen vom Gesicht fegen."

Donavan lachte, er konnte nicht anders. Jemanden wie Seth zu dominieren und auch noch dafür zu sorgen, dass dieser zufrieden und mit einem brennenden Hintern zurückblieb, fühlte sich schlichtweg zu gut an. Ihr Besuch im Falchuck war schon eine Überraschung gewesen; festzustellen, dass Seth durchaus hin und wieder die Kontrolle abgeben wollte, war eine noch größere Überraschung. Er war erstaunt, wie schnell er in die Rolle des Verantwortlichen hatte schlüpfen können. Würde er behaupten, dass er einfach nur zufrieden war, dass er diese Gelegenheit gehabt hatte, wäre eine Untertreibung. Und er konnte nicht an sich halten. Er musste Seth noch ein wenig länger ärgern. Er hatte es verdient.

Sein Lachen wurde lauter, als Seth ihn mit einem ernsten Ausdruck anblickte. „Hey, was soll ich sonst sagen? Dass du ein Kissen gebrauchen könntest, macht mich einfach stolz."

Seth lehnte mit seiner Tasse im Stuhl zurück und legte den Kopf schief. „Hmm, vielleicht habe ich mich in dir geirrt."

Oh oh! Hatte er es zu weit getrieben? „Wieso?, fragte er zögerlich.

„Nun, du scheinst deine neue dominante Rolle zu genießen. Vielleicht brauchst du jemanden, der sich eher unterordnet."

Donavan glitt vom Stuhl und krabbelte auf den Knien in Seths Richtung. „Sieht das hier so aus, als wollte ich dominant sein?"

„Ich weiß nicht."

Donavan verschränkte die Hände hinter dem Rücken und rutschte näher. „Und nun?"

„Du bist furchtbar groß und siehst immer noch nicht unterwürfig aus. Und als du letzte Nacht die Kontrolle an dich gerissen hast …"

„Ich gebe die Zügel gerne wieder an dich weiter." Kaum hockte er neben Seth, legte er seinen Kopf in dessen Schoß und kuschelte. „Und jetzt? Unterwürfig genug?"

„Du kommst dem Ziel langsam näher", antwortete Seth mit einem deutlich amüsierten Tonfall.

Donavan betrachtete es als gutes Zeichen und rückte näher in Richtung Seths Genitalbereich. „Wie kann ich dir beweisen, dass ich gerne meine großkotzige Ader loswerde?" Er atmete tief ein und genoss Seths Duft in seiner Nase. Mit etwas Glück bedeutete der Beweis, dass er seinen Mund an Seths anwachsenden Penis legen konnte.

Finger strichen durch sein Haar und hielten ihn geschickt in Position. Die Anspannung in ihm wuchs und ihm lief das Wasser im Mund zusammen. „Nun, wenn du schon dort unten hockst, könntest du mir die Schuhe polieren."

Donavan schmunzelte, er wusste genau, dass das nur ein Scherz war. „Ich würde es tun, sofern du Schuhe anhättest." Er drehte zögerlich den Kopf und begann, sich seinen Weg an Seths Oberschenkeln und Schienbeinen hinabzuküssen. Er ließ sich vollständig auf dem Boden nieder und fuhr mit der Zungenspitze über Seths Fuß, bis er seine Zehen erreichte. „So könnte ich dich natürlich auch polieren."

Seth spannte die Muskeln an, als Donavan an seinem großen Zeh zu lecken und nippen begann. Nur einige Sekunden später brach er in Gelächter aus und riss seinen Fuß zurück. Donavan genoss seine offensichtliche Freude und griff nach Seths Knöchel. Er brachte dessen Fuß zu seinem Mund und saugte an seinem großen Zeh.

„Nein! Oh Gott! Hör auf", flehte ihn Seth zwischen seinem Gekicher an.

Doch Donavan fuhr unaufhaltsam mit seinem Angriff fort. Er kitzelte Seths Fuß, die Hand, die an seinen Haaren zog, völlig ignorierend. Erst als Seths Gewackel den Stuhl kippeln ließ, zeigte er Erbarmen. Er ließ Seths Fuß los und griff stattdessen das Stuhlbein, um den Stuhl zu stabilisieren. Donavan verschränkte seine Arme auf Seths Knien und sah zu ihm empor. Wenn Seth glücklich war, sah er einfach wunderschön aus. Zu wissen, dass er für dessen Glück verantwortlich war, ließ seine Brust anschwellen.

„Du hast so ein tolles Lachen", grinste Donavan.

„Danke, aber du könntest dir andere Wege als Folter überlegen, um mich zum Lachen zu bringen", schlug Seth vor, sobald er sein Lachen wieder im Griff hatte. Er rieb sich die Tränen aus den Augen und schüttelte den Kopf. „Du bist voller Überraschungen, weißt du das?"

„Ich? Du bist der große böse Dom, der es dreckig mag und den Hintern in dreckigen Gassen hinhält. Außerdem hast du ein superkluges Hirn und bist kitzelig an den Füßen. Du bist nicht nur facettenreich, du bist ein Gegensatz in sich. Und ganz nebenbei der faszinierendste Mann, den ich je kennenlernen durfte."

„Und jetzt schleimst du dich ein, damit ich dir für deine Folter nicht den Hintern versohle."

„Ich meine es ernst", beruhigte ihn Donavan. Er hielt Seths Blick gefangen. „Ich denke immer, dass es nicht besser werden könnte, doch jedes Mal, wenn wir uns sehen, lerne ich etwas Neues über dich. Du wirst jedes Mal besser, je mehr ich von dir weiß. Ich bin nicht nur schockiert, dass du Single bist, ich bekomme es auch nicht in den Kopf, dass du tatsächlich Zeit mit mir verbringen willst."

Die Hand in seinem Haar zog im selben Augenblick, in dem Seth seinen Arm ergriff und ihn zurück auf die Knie zog. Er hockte nun zwischen Seths gespreizten Beinen. „Warum sagst du so etwas?"

„Weil es wahr ist. Ich versuche immer noch herauszufinden, warum du mit mir zusammen bist und die einzige Antwort, die ich habe, ist, dass es der Sex ist. Doch ist es okay, wenn du mich dafür nutzt."

Seths Augen sprühten vor Ärger. „Das denkst du von mir? Dass ich Leute benutze? Wenn das der Fall wäre, würde ich mir eine verdammte Nutte besorgen."

Klasse, jetzt hatte er ihn beleidigt. „Es tut mir leid, so meinte ich das nicht. Ich halte jetzt besser die Klappe. Scheint so, als sage ich ständig entweder etwas Dummes oder ich entschuldige mich, weil ich ein Idiot gewesen bin."

Seths Ausdruck wurde wieder freundlicher. Der Griff in seinen Haaren wandelte sich von festhaltend zu streichelnd. „Du bist kein Idiot. Ich überreagiere nur, wenn mich jemand beschuldigt, andere auszunutzen. Mein Ex spielte das Spiel mit mir, um zu bekommen, was er wollte."

„Ich habe dich nicht beschuldigt. Wirklich nicht. Ich wusste es nicht besser und würde dich niemals wissentlich beleidigen."

Dass Seth von einem Ex sprach, überraschte Donavan. Er wusste nicht, warum. Hatte er geglaubt, Seth wäre nie in einer Beziehung gewesen? Allerdings hatte er gedacht, dass Seth mit seinem Dienstplan nie die Zeit gehabt hätte, eine Beziehung zu pflegen. Vielleicht war das aber auch nur sein eigenes Wunschdenken. In diesem Augenblick traf ihn die Tatsache, wie wenig er überhaupt von Seths Vergangenheit wusste, wie ein Schlag.

„Hey", sagte Seth und lockte Donavan wieder ins Hier und Jetzt zurück. „Die letzte Nacht war toll. Dieser Morgen begann toll. Lass uns nicht über Dinge reden, die uns runterziehen, ja?" Er lehnte sich zu Donavan und küsste ihn auf die Stirn. „Komm, helfe mir beim Frühstück."

„Klingt nach einer guten Idee." Donavan drückte sich hoch und schnappte sich ihre leeren Tassen vom Tisch, bevor er Seth in die Küche folgte.

Während Seth Nahrungsmittel aus dem Kühlschrank nahm, machte Donavan ihnen neuen Kaffee. Das schlechte Gefühl, Seth beleidigt zu haben, hinterließ in ihm einen faden Beigeschmack, doch wollte er sich nicht daran festhalten. Er kämpfte die Erinnerung an Seths wütende Augen nieder und ersetzte sie mit einem glücklichen Seth. Mit dem Ausdruck im Gesicht, den er heute Morgen über sich gesehen hatte, als Seth ihn geweckt hatte.

„Wie kann ich dir helfen?", fragte Donavan und stellte Seths Tasse auf der Theke ab.

„Du könntest die Zwiebeln schneiden und den Pfeffer mahlen, dann mache ich uns Omelett. Du magst das, oder?"

„Wenn ich Hunger habe, esse ich alles, das mich nicht zuerst erwischt." Donavan klopfte sich auf den Bauch. „Und von gestern Nacht habe ich einen Heidenhunger. Ich bin mehr als hungrig. Wenn du mir verrätst, wo ich das Schneidebrett und ein Messer finde, werde ich dich mit meinen sagenhaften Schneidtechniken blenden."

Seth kramte die Gerätschaften hervor und legte sie neben der Spüle ab. „Dann beeindrucke mich mal, mein Ninja."

Und schon war ihr guter Morgen wieder zurück. Sie arbeiteten Seite an Seite, ganz so, als wäre es nie anders gewesen. Donavan beeindruckte niemanden mit seinen Schneidetechniken und gab seine Niederlage zu, als das Messer sich gegen ihn wehrte. Er endete mit einem blutigen und dick verbundenen Finger. Dafür hatte Seth ihn mit seinen Küchenkünsten überzeugen können. So schnell, wie er Pommes und Omeletts in der Pfanne machte, das Omelett hochwarf und in der Pfanne auffing, war beeindruckend.

„Solltest du irgendwann kein Arzt mehr sein wollen, könntest du gleich in der Küche anfangen", sagte Donavan.

„Och, ich habe sogar kurz darüber nachgedacht, als ich noch zur Highschool ging. Irgendwann hatte ich mich aufs Doktorspielen festgelegt und beschlossen, dass das Kochen dort blieb, wo es hingehörte. Es ist ein Hobby. Ich wollte es nicht zum Beruf machen, weil ich damit super Stress abbauen kann."

„Nun, du kannst deinen Stress jederzeit an mir abbauen", sagte Donavan und nahm den Teller entgegen, den Seth ihm hinhielt. Fritten, Schinken und Omeletts türmten sich auf ihm. Er roch am Teller und atmete das köstliche Aroma tief ein. Der bloße Geruch ließ seinen Magen knurren. Er sah zu Seth und wackelte mit den Augenbrauen. „Und mich füttern."

„Ich hätte dir eine Schüssel Weizenflakes geben sollen." Seth nahm seinen Teller und einen weiteren, gefüllt mit Toast, mit ins Esszimmer. „Du wirst es brauchen", rief er über die Schulter zurück.

„Oh, ich werde sie auf meinen Diätplan setzen", sagte Seth schmunzelnd.

Sie redeten kaum während des Essens. Donavan hatte gar nicht gewusst, wie hungrig er eigentlich war, bevor Seth mit dem Kochen begonnen hatte und sich das Haus mit dem warmen, grandiosen Geruch gefüllt hatte. Und es schmeckte noch besser, als es roch. Donavan lächelte glücklich. Er wollte Seth viel fragen, wollte etwas über ihn erfahren, doch er kämpfte seine Neugier nieder. Donavan hangelte nach einfachen Gesprächsthemen, damit er nicht wieder etwas Falsches sagte.

„Und, hast du Pläne für heute?"

„Nein. Heute ist der Tag der Ruhe und der Erholung. Wie sieht es bei dir aus?"

Die Anspielung spornte Donavans Selbstzufriedenheit wieder an, doch er verkniff sich das breite Grinsen. „Ich wollte fragen, ob du Lust auf einen Ausritt zu Pferd hättest, doch ich befürchte, dass das ein No-Go ist."

„Donavan?", sprach Seth warnend, allerdings schwang ein Hauch Humor in seiner Stimme mit.

„Ich werde brav sein", antwortete Donavan zurechtgestutzt. „Ernsthaft, ich habe keine Pläne. Wäre ich nicht hier, wäre ich vermutlich zu Hause, würde die Garage aufräumen oder an meinem Truck arbeiten."

„Stimmt was nicht mit ihm?"

„Davon abgesehen, dass er elf Jahre alt ist und ständig gewartet werden muss, nein."

Seth stellte seinen leeren Teller beiseite und lehnte sich zurück. „Ich glaube, ich würde es mögen, zuzusehen, wie du dreckig wirst und der Schweiß an dir herunterläuft."

„Du hast mich so schon in deinem Spielzimmer gesehen", neckte Donavan.

„Punkt für dich. Aber irgendwas haben heiße Typen mit Werkzeugen an sich."

Donavan sah Seth von oben nach unten an. „Kannst du das wiederholen?"

Seth hob abwehrend seine Hände hoch. „Okay, okay. Genug der sexuellen Anspielungen. Heute gibt es weder Werkzeuge noch Dreck oder

Schweiß." Er stand auf und nahm die Tasse und den Teller. „Dafür kannst du mir beim Abwasch helfen."

„In Ordnung. Und während wir dabei sind, können wir uns etwas ausdenken, was nicht allzu viel Bewegung erfordert", schlug Donavan hoffnungsvoll vor. Er wollte den Tag mit Seth verbringen, selbst wenn sie nichts anderes machen würden, als auf der Couch zu liegen und ein Spiel oder einen Film ansahen. Solange Seth im Spiel war, war der Tag ohnehin perfekt.

WÄRME UMHÜLLTE Seth, als er erwachte und Donavan an sich gekuschelt vorfand. Sie hatten sich für einen Nachmittag mit Filmen auf der Couch entschieden. Er konnte sich an die ersten fünfzehn Minuten des Films kaum erinnern. Er stand eigentlich nicht großartig auf Filme oder TV-Shows, sondern bevorzugte Dokumentationen oder ein gutes Buch, wenn er die Zeit dazu fand. Donavan hingegen hatte zugegeben, dass ihn Geschichte oder echte Verbrechen nicht wirklich interessierten. Gleichfalls hatte er seit seiner Jugend kein Buch mehr gelesen. Seth kuschelte sich näher an Donavan. Sie hatten so viel gemeinsam und passten perfekt zusammen, doch wäre es unmöglich gewesen, wenn sie in allen Dingen übereinstimmten. Davon abgesehen war er sich sicher, dass er Donavan davon überzeugen konnte, seine Lieblingssendungen zu schauen. Er würde sie mögen, ebenso wie Seth es mochte, Donavans liebste Actionfilme anzusehen – oder während ihnen zu schlafen. Kompromisse waren wichtig.

Es war einige Jahre her, seitdem er eine Beziehung hatte, die länger hielt als für ein paar Dates. Er hatte keine gewollt. Nach fast zwei Jahren mit Doug verlief ihre Trennung alles andere als gut. Seth hüllte sich noch immer in Selbstzweifeln. Doug hatte recht gehabt, dass Seth keine Zeit für ihn gehabt hatte. Er war ein Idiot, wenn er glaubte, er könnte einen Partner das geben, was er brauchte, wenn er doch kaum die Zeit fand, ausreichend zu essen oder zu schlafen. Er fühlte sich schuldig genug, ohne dass Doug ihm die Tatsache ständig hatte ins Gesicht sagen müssen. Oder anmerken müssen, dass er ein furchtbarer Freund und der unsensibelste Charakter sei, den Doug je getroffen hatte. Es hatte Seths Psyche ziemlich zugespielt, bis er glaubte, dass er einfach kein Beziehungstyp sei. Er war sich echt nicht sicher gewesen, ob er eine wollte und offen gestanden hatte er nicht nach einer gesucht, als er zum Pride gegangen war.

Und dann hatte er Donavan getroffen.

Alles an dem Mann zog ihn an. Donavans sanfte Seite, seine Unsicherheiten, sein Humor, dessen natürliche unterwürfige Weise. Natürlich schadete es auch nicht, dass Donavan einer der attraktivsten Männer war, die er je getroffen hatte. Das und der Sex, sprengte sämtliche Vorstellungen. Seth fuhr mit dem Finger über Donavans kräftige Wangenknochen. *Was hast du nur mit mir gemacht?*

Obwohl er die Worte nicht laut ausgesprochen hatte, öffnete Donavan die Augen und lächelte ihn an.

„Das ist schon das zweite Mal heute, dass ich dich dabei erwische, wie du mir beim Schlafen zusiehst."

„Ich kann mich nicht beherrschen. Du bist einfach nur unwiderstehlich, wenn du schläfst." Seth küsste Donavans Lippen zärtlich.

„Ich wurde nicht mehr als unwiderstehlich bezeichnet, seit ich ein Kleinkind war." Donavan schmunzelte und hielt Seth fester.

„Jetzt wurdest du es und es stimmt. Wie war der Film?"

„Wunderbar."

„Ich merke schon", scherzte Seth.

„Hey, ich habe ihn schon zwei Mal gesehen und weiß, wie er ausgeht. Und du warst warm und kuschelig und bist wirklich eine starke Einschlafhilfe. Wenn ich bei dir bin, schlafe ich immer gut."

„Ich bin mir jetzt nicht sicher, ob ich das als Kompliment oder als Beleidigung ansehen soll."

Donavan strich mit den Fingern über Seths Seite, von der Achsel bis zur Hüfte. „Vertrau mir, das war das größte Kompliment. Ich leide eigentlich unter Schlafstörungen. Ich muss mich wirklich sicher und geborgen fühlen, wenn ich bei dir bin. Entweder ist es das oder aber du laugst mich aus."

„Oh, ich denke, ich kann beides in dir erwecken. Ich mag es, dich in meinem Bett in meinen Armen zu haben und hätte nichts dagegen, wenn ich es häufiger genießen könnte", sagte Seth und deutete die Gedanken an, die ihm durch den Kopf gegangen waren. Er hatte vielleicht nicht nach einer Beziehung gesucht, doch er wollte wirklich gerne eine Beziehung mit Donavan beginnen. Eine exklusive, denn schon der Gedanke, dass jemand anderes Donavan anfassen könnte, machte ihn rasend vor Eifersucht.

„Das würde mir gefallen. Blöd nur, dass unsere Dienstpläne wenig Spielraum für Kuschelzeiten lassen."

Seth stütze sich auf seinem Ellbogen ab und sah zu Donavan hinunter. „Ich werde jetzt ehrlich sein, Donavan. Ich möchte wirklich herausfinden, was da zwischen uns beiden wächst und wohin die Dinge führen. Ich will mit niemandem zusammen sein, außer mit dir. Und noch weniger möchte ich, dass du jemand anderen außer mir triffst."

Donavan riss die Augen auf. Das war wohl eine angenehme Überraschung gewesen, wenn er das breite Grinsen in dessen Gesicht richtig deutete. „Ausgeschlossen, ich will niemand anderen haben, wenn ich dich haben kann."

Seths Brust zog sich vor Freude zusammen und er konnte sich nicht davon abhalten, Donavan erneut zu küssen. Sie tauschten langsame, zärtliche Küsse aus, die ihre Bindung untermauerten.

Eine verrückte Idee kam ihm in den Sinn und bevor er überhaupt genauer darüber nachdachte, sprach er sie schon aus. „Du solltest bei mir einziehen. So kann ich dich jeden Morgen beim Aufwachen beobachten."

Wow! Seth hatte es nicht für möglich gehalten. Er kannte Donavan noch nicht lange und er gehörte eigentlich nicht zu den spontanen Typen. Doch er würde es nicht zurücknehmen. Es fühlte sich richtig an.

„Meinst du das ernst?"

„Absolut", beruhigte Seth ihn. „Ich weiß, es kommt überraschend, aber mir fällt keine andere Lösung ein, damit wir Zeit miteinander verbringen können – und genau das will ich. Erinnere dich daran, dass ich sagte, du lässt mich Dinge wollen, die ich eigentlich nicht wollte."

„Ja", antwortete Donavan unsicher.

„Als ich das meinte, dachte ich, es hängt nur mit deiner submissiven Seite zusammen und dass ich mich zu einer gewöhnlichen Dom-Sub-Beziehung verpflichte. Doch es ist mehr. Verstehe mich bitte nicht falsch, ich will auch diese Seite gemeinsam mit dir entdecken. Sehr sogar. Aber da ist mehr, denn selbst ohne diesen Aspekt unserer Beziehung möchte ich dich in meinem Leben wissen."

Für einige Momente sah Donavan so verdutzt aus wie die Kuh vorm Berg. Er starrte Seth mit weit aufgerissenen Augen an und fuhr sich mit den Fingern durch seine verwuschelten Haare. „Ich weiß nicht, was ich sagen soll", gab er schließlich zu.

„Du musst gerade gar nichts sagen. Denke einfach darüber nach, okay?"

„Uhm … ja", versprach Donavan und nickte deutlich. „Ja, das werde ich."

17

„Du solltest bei mir einziehen. So kann ich dir jeden Morgen beim Aufwachen zusehen."

Für über 24 Stunden hatte Donavan über nichts anderes nachgedacht. Noch immer war er von Seths Angebot geschockt, aufgeregt und benommen zugleich. Er stellte sich die Frage immer wieder, glich die Vor- und Nachteile gegeneinander ab und stellte fest, dass er nicht viel fand, was er an der Idee nicht mochte. Trotzdem, wenn er sich selbst fragte, welche Antwort er gab, war seine eigene Antwort immer wieder Nein.

Würde er Seth verärgern, wenn er ablehnte? Wäre er traurig? Seth zu verletzen, war das Letzte, was er wollte, doch war es ihm noch zu früh. Er kannte Seth kaum. Die Tatsache verhinderte zwar nicht, dass er sich verliebt hatte, ja, das konnte er sich gegenüber nun eingestehen. Er hatte sich Hals über Kopf verliebt. Aber jetzt schon zusammenzuziehen?

„Hey, alles klar? Du musst dich nicht übergeben, oder?", fragte Cain und legte seine Hand auf Donavans Rücken.

Donavan sah auf. Für einen Moment wusste er nicht, wo er sich befand. Gleichfalls wusste er nicht, ob er kotzen musste. Erst dann bemerkte er das rote Blinken und das Warnsignal. Sein Arbeitsbereich war zum Bersten gefüllt.

„Mein Gott, ich war komplett weg." Er fuhr sich mit seinen behandschuhten Händen durchs Haar und verzog die Nase. Jetzt hatte er sich Öl in die Haare geschmiert.

„Soll ich dir zum Arzt helfen?", fragte Cain mit besorgtem Gesichtsausdruck.

Donavan hatte noch nie den Alarm verursacht. Normalerweise arbeitete er sich die Finger ab, bevor das verfluchte Ding losgehen würde. Es hatte etwas mit Stolz und Angeberei zu tun. Es hatte nur eine Frage von Seth gebraucht, um seinen Haltepunkt bezüglich seiner Angeberei zu verlieren. Wie auch immer, die Kerbe in seiner Arbeitsakte störte ihn nicht wirklich. Das Dilemma in seinem Privatleben war viel schlimmer.

Erst als Cain ihn weiter anstarrte und sichtbar nahe der Panik war, antwortete Donavan. „Nein, ich brauche keinen Arzt. Hast du Zeit, mir hier zu helfen?"

„Wenn man bedenkt, dass wegen dir das Band stillsteht, sollte ich wohl Zeit haben. Wie auch jeder andere hier am Band. Was ist mit dir los?"

„Lass uns aufräumen, bevor Terry herkommt und ich verrate es dir in der Pause."

Cain schürzte die Lippen. Er wirkte nicht glücklich, warten zu müssen, doch nickte er und machte sich an die Arbeit. Donavan, Cain und Zach, der sonst an den Reparaturen arbeitete, hatten innerhalb von fünfzehn Minuten aufgeräumt und das Band lief wieder. Die Konzentration auf die Arbeit und die damit einhergehende Ablenkung hielten jedoch nicht lange an. Kaum betrat er eine Stunde später den Pausenraum, kam Seths Frage zurück und sein Magen drehte sich um.

„In Ordnung, spuck es aus. Was hat dich durch die Mangel genommen?", wollte Cain wissen, bevor sich Donavan nur einen Energydrink aus dem Automaten ziehen konnte.

Er drückte die Nummer für den Drink. „Seth hat gefragt, ob ich bei ihm einziehe."

„Echt jetzt?"

Donavan zog die Dose aus dem Schacht und öffnete sie. „Das war auch meine Reaktion"

„Du meinst, du bist nicht aufgesprungen und hast deine Zusage in die Welt hinausgeschrien?"

Donavan konnte knapp verhindern, dass er die Augen verdrehte. „Hmm, nein. Ich habe ihm gesagt, dass ich darüber nachdenken muss. Warum denkst du denn, bin ich heute so durch den Wind? Ich kann an nichts anderes denken und werde langsam wahnsinnig."

Er kippte das so sehr benötigte Koffein in sich hinein, lief zu einem leeren Tisch und ließ sich in den Stuhl fallen.

„Wie, du musst darüber nachdenken?", fragte Cain und setzte sich zu ihm. „Was gibt's da zu bedenken?"

„Oh, ich weiß nicht." Donavan versuchte erst gar nicht, seinen Ärger zu verbergen. „Vielleicht, dass ich den Kerl kaum kenne und das ein verdammt großer Schritt ist."

„Aber …"

„Ich schwöre, Cain. Wenn du auch nur ansatzweise was von Sugardads erwähnst, werde ich dich aus deinem bescheuerten Stuhl treten. Das hier ist ernst. Der Kerl möchte, dass wir zusammenleben!" Gott, es laut auszusprechen, war sogar noch schlimmer, als es nur in seinen Gedanken zu hören.

„Ich mache keine Scherze. Ich finde, du solltest es machen. Du hast dich beschwert, dass du ihn kaum sehen würdest. Nun, deine Gebete wurden erhört."

„Ich wollte eine Chance, den Kerl besser kennenzulernen, nicht um mit ihm Tisch und Bett zu teilen. Verdammt, Cain, ich bin nicht wie du. Ich kann nicht einfach drauf losspringen, ohne es zu Tode zu analysieren. Ich bin eine Sau, ich kann nicht kochen und ich verdiene nicht einmal genug, um die Rechnungen zu zahlen. Wie soll ich dann die Hälfte der Kosten tragen, die für Seths Haus anfallen. Die Restaurants, in die er gerne geht, kosten einen gesamten Wochenlohn. Ich kann nicht mit ihm mithalten. Ich kann es einfach nicht. Also sag mir, wie ich zusagen soll, wenn ich weiß, dass es nur schlecht ausgehen kann?"

Cain trommelte mit den Fingern auf den Tisch, während er Donavan beobachtete. Nach einigen Minuten hielt es Donavan nicht länger aus. „Was ist!"

„Ich versuche herauszufinden, wer du bist und was zum Teufel du mit meinem Freund gemacht hast."

Donavan sprang aus seinem Stuhl und stapfte fort. Er hätte es wissen müssen. Natürlich sah Cain das alles nur als Scherz an.

Bevor er jedoch nur zur Mitte des Raums vorgedrungen war, packte ihn jemand am Handgelenk und riss ihn herum. Er sah sich mit einem wütenden Cain konfrontiert, dessen Gesicht nur wenige Zentimeter von seinem entfernt war und dessen Brust sich angestrengt hob und senkte.

„Es war eine berechtigte Frage. Du verhältst dich furchtbar und ich meine es ernst. Du führst dich auf, als seiest du nur einen Schritt von der Gummizelle entfernt."

Donavan starrte ihn an und versuchte seine Wut zu unterdrücken. Es war wesentlich einfacher, wütend auf Cain zu sein, als sich mit seiner Unsicherheit und seinen Ängsten zu beschäftigen. Er konnte nicht an seinem Ärger festhalten und er floss förmlich aus ihm heraus. Cain hatte recht. Er verhielt sich wie ein verdammter Idiot. Die Achterbahn der Gefühle, auf der er gefangen war, seit er Seth getroffen hatte, machte ihn wahnsinnig. Mit all den Höhen, den Tiefen, den Wendungen und Abstürzen, hatte Donavan Probleme, all die Gefühle zu verarbeiten. Alles was er wirklich wollte, war auszusteigen und sich zu beruhigen. Sein Kopf dröhnte und ihm war flau im Magen. Offenbar fuhr die Achterbahn immer noch und er wusste weder wie er sie stoppen noch verlangsamen konnte.

„Diese ganze Sache mit Seth nimmt mich wirklich mit", gab er schließlich zu und ließ seinen Ärger fahren. Das hier war nicht Cains Schuld und es war nicht fair, wenn er unter seinen Gefühlen leiden musste. „Weißt du was, vielleicht sollte ich echt den Betriebsarzt sehen und mich für den Rest der Schicht krankschreiben lassen."

„Das wird nicht geschehen", sagte Terry bestimmend. Offenbar hatte er ihr Gespräch mitgehört.

„Wie herzlos", zischte Cain. „Ist es nicht deutlich, dass Donavan krank ist?"

„Sofern er nicht stirbt und selbst dann stehen die Chancen mies, wird er nirgendwo hingehen. Wir haben Arbeit zu erledigen."

Alle Blicke waren auf sie gerichtet und jeder wirkte so genervt, wie sich Cain fühlte. „Gott, Terry. Du kannst wirklich ein herzloser Hurensohn sein", grummelte Cain.

„Ja, ja, ja. Gib ihm einen Eimer. Das Band läuft wieder in zehn Minuten.", rief er laut und verließ den Pausenraum.

Kaum war Terry verschwunden, hinter sich grummelnde und sich beschwerende Arbeiter zurücklassend, wandte sich Cain verständnisvoll an Donavan. „Falls du eine Auszeit brauchst, können wir sicher Zach und ein paar andere davon überzeugen, dir was abzunehmen."

„Danke, aber ich schaffe die nächsten vier Stunden. Ich muss mich nur irgendwie ablenken."

„Warum tauschen wir nicht die Plätze? Ich weiß, du hasst meinen Arbeitsplatz, aber da es nicht dein normaler Job ist, musst du dich auf die Arbeit konzentrieren und nicht weiter über Seth nachgrübeln."

Und genau das war das Problem. Donavan hatte nicht die leiseste Ahnung, was er tun sollte. Ja, er war ein absoluter Idiot und das sogar noch mehr, weil er zwar nicht direkt Cains Vorschlag ablehnte, doch ernsthaft darüber nachdachte. Die Tatsache, dass Schrauben jeweils am oberen und unteren Ende eines großen Stücks eingesetzt werden mussten, was bedeutete, sich für acht Stunden zu bewegen und zu konzentrieren, war für Ablenkung gut. Vielleicht war es wirklich das, was er heute Nacht brauchte. Er nickte und stimmte dem Tausch zu.

„Danke. Falls nichts anderes hilft, denke ich darüber nach, was ich doch für ein Idiot bin, weil ich dir zugestimmt habe."

Cain klatschte Donavan hart auf den Hintern, was ihn zusammenzucken ließ. „Du wirst mir für diesen netten und festen Hintern noch danken, den du am Ende der Schicht haben wirst."

Cain war ein verdammtes Genie. Das hatte Donavan zwar nicht zugeben wollen, doch er brauchte es auch nicht. Cain wusste es. Das wissende Grinsen auf seinem Gesicht sprach Bände.

„Du siehst aus, als würdest du dich besser fühlen", deutete Cain an und legte seinen Arm um Donavans Schultern, als sie zur Tür hinausgingen.

„Ich bin mir nicht so sicher. Meine Hände, mein Rücken und meine Beine bringen mich um. Du bist viel besser für den Job geeignet, als ich es bin."

„Deshalb kann ich dich im Fitnessstudio so gut fertigmachen." Er stupste Donavan in die Rippen. „Und es ist der Grund, warum meine Beine garantiert nicht spindeldürr sind."

„Ich bin beeindruckt, dass du dich nach der Schicht überhaupt noch bewegen kannst, ganz davon zu schweigen, noch Sport zu machen. Ich verneige mich vor deiner Härte."

„Tausche den Job mit mir und ich gebe dir gerne meine Krone."

„Das wird nicht passieren", versicherte Donavan ihm.

Cain ließ ihn los, zog seine Schlüssel aus der Tasche und öffnete den Truck. „Ich würde vorschlagen, dass wir kurz an der Tankstelle anhalten, uns ein paar Sixpacks, Bretzel und Nüsse besorgen und einen Tag auf der Couch einlegen."

Donavan setzte sich in den Beifahrersitz und rieb sich die Oberschenkel. „Würdest du mich massieren?"

„Natürlich."

„Dann haben wir ein Date."

Cain hielt kurz an, um ihre Versorgung zu sichern und innerhalb von dreißig Minuten saßen sie auf Donavans Couch und starrten, mit Bier in der Hand, auf den Fernseher.

„Möchtest du über Seths Angebot reden?", fragte Cain und öffnete sein zweites Bier.

„Nicht wirklich, aber du kennst mich. Ich bin nicht zu gebrauchen, wenn ich keine Antwort finde."

„Ich weiß, weshalb du dich sorgst, dennoch solltest du ernsthaft darüber nachdenken. Versuche es für einen Monat, probiere es aus, und wenn es nicht klappt, hast du mich und meine Wohnung."

Donavan überlegte, was Cain gesagt hatte, während er an seinem Bier nuckelte. Er wünschte sich, dass er es so locker wie Cain sehen könnte, aber es ging nicht. Die Sache war zu groß und er wollte viel zu sehr, dass die Sache mit Seth funktionierte.

„Es ist leicht zu sagen, aber wesentlich schwerer, es auch umzusetzen. Ich bin nicht wie du. Ich kann mich nicht einfach kopfüber in eine Beziehung stürzen und hoffen, dass ich nicht auf dem Hintern lande."

„Dir fehlt Vertrauen, wobei ich denke, dass das nicht unbedingt schlecht ist. Eigentlich sollte ich es sein, der deinen Ratschlägen folgt, mein kluger Freund." Er schlug mit seiner Flasche gegen Donavans und trank einen großen Schluck, bevor er fortfuhr. „Das letzte Mal landete ich verdammt hart auf meinem Hintern, doch werde ich es nicht der nächsten Person vorhalten, die ich treffen werde. Außerdem denke ich immer noch nicht, dass es eine schlechte Idee ist, es mal auszutesten."

Donavan legte den Kopf in den Nacken und seufzte. „Dachtest du, deine erste Beziehung würde für ewig halten?"

„Hey, natürlich. Ich dachte, Abbie und ich würden den amerikanischen Traum leben. Ich würde arbeiten, sie blieb zu Hause, wir hätten einen weißen Holzzaun ums Haus und würden zweieinhalb Kinder großziehen. Und einen Hund haben. Natürlich war ich damals erst elf. Was wusste ich schon?"

„Siehst du, das ist es. Ich bin in derselben Position, wie du als Kind." Er drehte den Kopf und zog die Augenbrauen hoch. „Mit dem Unterschied, dass ich heißen Sex habe, der mir den Verstand raubt. Aber es ist trotzdem derselbe emotionale Scheiß. Es ist meine erste Beziehung. Ich kann es mit nichts vergleichen. Ich habe nie gelernt, mit diesen intensiven Gefühlen klarzukommen, die in meinem Kopf und Herzen Amok laufen. Und verdammt, ich möchte, dass es ewig hält und ich will den amerikanischen Traum mit Seth leben, abzüglich natürlich der zweieinhalb Kinder. Ich sorge mich, dass ich, wenn ich es übereile, alles zerstöre. Ich möchte einfach nur sicherstellen, dass wir die besten Chancen haben, dass es klappt."

„Ich verstehe", gab Cain zu. „Sei nur vorsichtig, dass du es nicht zu Tode analysierst. Liebe ist unvorhersehbar. Sie macht keinen Sinn. Da gibt es keine logischen Erklärungen und manchmal musst du deine Vorsicht über Bord werfen und die Chance ergreifen."

„Ich werde es berücksichtigen. Doch jetzt gerade fühlt es sich falsch an."

„Du wirst wissen, wann der richtige Zeitpunkt gekommen ist", beschwichtigte ihn Cain.

Donavan trank sein Bier aus und nahm sich eine zweite Flasche. Er hoffte, dass es stimmte und er wissen würde, wenn die rechte Zeit gekommen war – und dass Seth ihm diese Chance bot.

18

SCHWEIßPERLEN STANDEN ihm auf der Stirn, als Donavan vor Seths Tür stand. Er wischte sich die klammen Finger an den Oberschenkeln ab und klopfte. Jede Sekunde, die er auf Seth wartete, vergrößerte das flaue Gefühl in seinem Magen. Er hatte keine Ahnung, wie Seth auf die Neuigkeiten reagieren würde. Donavan wünschte sich, dass er einfach zustimmen könnte, aber es fühlte sich nicht richtig an. Sein Pulsschlag erhöhte sich, als er Geräusche im Inneren des Hauses hörte und er musste die aufsteigende Magensäure herunterschlucken. Seth öffnete die Tür.

„Wow, du siehst noch schlimmer aus, als du dich am Telefon angehört hast. Wie gut, dass dein Freund Arzt ist. Komm rein und ich schnappe mir meine Tasche."

· Seth ließ ihn eintreten. Donavan zog seine Schuhe aus und stellte sie beiseite, ohne Seth anzusehen. „Ich bin nicht körperlich krank. Nun, ich bin, aber nicht so, wie du es meinst. Ich … ich meine … „ Er stöhnte frustriert auf. „Ich werde jetzt aufhören zu reden."

Seth legte den Kopf schief und betrachtete Donavan für einen Augenblick. Donavan konnte das Gefühl nicht abschütteln, gerade unter dem Mikroskop nach unbekannten Keimen abgesucht zu werden. Und er glaubte, dass es sogar passte. Der Mist, der ihn in den Wahnsinn trieb, fühlte sich zumindest unbekannt an.

„Sieht ganz so aus, als könntest du einen Drink vertragen."

„Das wäre wunderbar", antwortete Donavan. Er blickte Seth noch immer nicht in die Augen.

Donavan folgte Seth in die Küche. Dieser holte zwei Gläser und eine Karaffe mit einer goldenen Flüssigkeit aus dem Schrank und stellte sie auf die Theke. Er ließ ein paar Eiswürfel in die Gläser fallen und füllte sie bis zum Rand auf. Er reichte eines an Donavan weiter.

„Hier, danach solltest du dich besser fühlen."

Donavan schnupperte daran. Es roch stark und nach Alkohol und genau nach dem, was er brauchte. Er trank das Glas in einem Zug aus.

„Verdammt, du bist wirklich durch den Wind. Möchtest du darüber reden?" Seth schüttete einen weiteren Drink in Donavans Glas.

„Nicht wirklich, aber ich sollte es, bevor mein Kopf explodiert."

„Hat das irgendwas mit meinem Angebot zu tun?"

Donavan nickte.

„Es war nur das. Ein Angebot. Ich weiß, dass es ziemlich spontan kam und dich wahrscheinlich hart getroffen hat."

Donavan hob eine Augenbraue.

„Okay, es hat dich nicht nur hart getroffen, sondern durch den Wind gezogen. Mein Angebot besteht immer noch, auch wenn ich so etwas noch nie getan habe. Aber ernsthaft, wenn du ablehnst, wird es nichts ändern. Ich müsste mich nur mehr anstrengen, um dich davon zu überzeugen, es irgendwann doch anzunehmen."

Donavan erstarrte mitten in der Bewegung. Er stellte sein Glas auf dem Tisch ab. Erleichterung durchfuhr ihn so stark, dass er zitterte. „Du meinst, wenn ich dir sage, dass ich dein Angebot ablehne, bist du nicht sauer oder traurig? Wirst mich nicht rauswerfen?"

„Warum sollte ich das tun?", fragte Seth. Er klang verwirrt.

Donavan ließ sich auf einen der Barhocker fallen, bevor seine Knie nachgaben. „Die letzte Woche habe ich mich und jeden um mich herum fertig gemacht. Die ganze Zeit über habe ich versucht herauszufinden, was ich tun sollte. Ich mag die Idee, dass wir zusammenleben können, trotzdem fühlt es sich nicht richtig an. Ich will nicht behaupten, dass sich meine Sichtweise nie ändern wird, aber Seth, ich war nie in einer Beziehung, die länger als eine Woche hielt. Ich weiß nicht, ob ich gut darin bin, mit jemandem zusammenzuleben. Ich bin im Haushalt eine Sau, ich kann nicht kochen …" Endlich blickte er auf und traf Seths Blick. „Weißt du was, vergiss die letzten beiden Dinge. Ich sollte nicht nur meine schlechten Eigenschaften aufzählen, falls ich in Zukunft doch meine Meinung ändern sollte."

Seth kam um die Küchentheke und setzte sich neben Donavan. Er legte seine Hand auf Donavans Oberschenkel. „Wow, ich fühle mich wie ein unsensibles Arschloch."

„Nein, bitte, sag das nicht", beschwichtigte ihn Donavan schnell. „Ich …"

„Es ist in Ordnung. Du brauchst nichts zu erklären. Das hier geht auf meine Karte. Ich habe nicht darüber nachgedacht, wie du dich fühlen würdest, bevor ich dir den Vorschlag an den Kopf geschmissen habe. Es tut mir leid, dass ich nicht bemerkt habe, wie sehr du mit deiner Entscheidung kämpfen musstest."

„Wie solltest du auch? Wir sehen uns die ganze Woche nicht."

„Ja, aber ich behaupte immer wieder von mir, dass ich eine gute Beobachtungsgabe besitze. Und, ehrlich gesagt, habe ich die Überraschung in deinen Augen gesehen, als ich dich gefragt habe. Nur, anstatt zu fragen, wie es dir mit dem Vorschlag geht, habe ich nur meine eigene Aufregung gesehen und meinen Wunsch über deine Gefühle projiziert. Es tut mir ehrlich leid."

Donavan wollte gerade protestieren, doch hob Seth die Hand und stoppte ihn. „Bitte akzeptiere meine Entschuldigung einfach. Nicht für meinen Vorschlag, sondern für mein barsches Verhalten. Ich habe dir so viel über meinen Lifestyle erzählt und gesagt, dass ich den Masterstatus innehabe. Ich habe das geschafft, weil ich eben andere Menschen lesen kann und weiß, was andere Personen denken und fühlen."

„Ich akzeptiere deine Entschuldigung, auch wenn ich nicht denke, dass dein Vorgehen eine Entschuldigung erfordert. Doch ich werde sie nur annehmen, wenn du meine auch akzeptierst. Ich entschuldige mich dafür, dass ich ein furchtbarer Kopfmensch bin."

Donavan nahm Seths Hand und verschränkte ihre Finger miteinander. Er hob Seths Hand zu seinem Mund und küsste den Handrücken, bevor er fortfuhr. „Ich bin wirklich überrascht. Es ist nicht, dass ich nicht mit dir zusammenleben möchte. Ich möchte, dass alles funktioniert und gut wird und wir die besten Chancen haben, dass die Beziehung auf ewig hält."

„Wie alt bist du noch mal?", fragte Seth mit einem warmen Lächeln.

„Fünfundzwanzig."

„Das war eine rhetorische Frage, du Verrückter", erwiderte Seth schmunzelnd. „Du verhältst dich schlichtweg wesentlich weiser und reifer, als dein und mein Alter vorgeben."

„Oh, ich wusste das nicht." Donavan griff nach seinem Glas und hob es hoch. „Ich dachte, ich verhalte mich, wie ein großes, verrücktes Huhn." Dann trank er einen großen Schluck und lächelte. Der Likör wärmte seine Eingeweide. Jetzt, da alles in Ordnung zu sein schien, fühlte er sich besser, als die ganze vorherige Woche. Er dachte lieber nicht daran, dass er die ganze Woche Cains Arbeit übernommen hatte — für nichts. Nun, es war nicht völlig sinnlos gewesen. Sein Hintern war jetzt ein wenig fester.

„Ich wollte dir eigentlich Essen kochen, aber wie wäre es, wenn wir uns eine Pizza und Bier schnappen und auf die Couch verschwinden? Du siehst aus, als könntest du es gebrauchen. Ich weiß, dass es mir gut täte. Meine Woche war grausam."

Gott, er war die ganze Woche so überdreht gewesen, dass er nicht ein einziges Mal nachgefragt hatte, wie es Seth ergangen war. „Das klingt nach einer guten Idee. Warum bestellst du nicht und ich fahr los, um die Pizza und Bier zu holen? Und wenn ich zurückkomme, möchte ich was über deine Woche erfahren."

„Ich habe Bier im Keller und den Lieferdienst in der Schnellwahl."

Donavan stand auf und stellte sich hinter Seth, um seine Arme um ihn zu schlingen. „Das ist sogar noch besser." Er küsste Seths Wange und arbeitete sich voran, bis er auf seine warmen und einladenden Lippen traf. Der erste Kuss war sanft und vorsichtig, doch innerhalb von Sekunden vertiefte er sich. Er entwickelte sich zu einem Duell der Zungen und Lippen. Es schien, als hungerten sie beide danach, die Hände auf den anderen zu legen.

Seth gelang es irgendwie, sich auf dem Hocker umzudrehen. Seine Finger spielten mit Donavans Haaren, hielten ihn am Hinterkopf fest und er vertiefte den Kuss noch weiter, bis Donavans Zehen kribbelten und er zustimmend in Seths Mund stöhnte.

„Wenn ich genauer überlege, könnten wir auch das Essen streichen und direkt zur Nachspeise übergehen?"

„Ich bin ziemlich hungrig", antwortete Donavan heiser, Seths Lippen folgend. „Wie wäre es, wenn du mich fütterst?"

„Ich hätte die Zutaten, um dir Hühnchen Alfredo zuzubereiten."

Seth wollte sich zurückziehen, doch hielt Donavan ihn fest. „Ich rede nicht über Nahrung", erklärte er ihm und öffnete den Knopf an Seths Hose. Er ließ sich auf die Knie nieder. Donavan schmiegte sich an die große Beule in Seths Schritt und sah zu ihm hinauf. „Du hast alles, was ich möchte, gleich hier."

Er zog Seths Hosen herunter und befreite dessen Eichel.

„Es gehört dir", stöhnte Seth, als Donavan seine empfindliche Spitze in den Mund nahm und mit der Zunge und den Zähnen darüberstrich.

Und er gehörte Seth ganz allein. Donavan mochte unsicher sein, ob sie aktuell schon zusammenziehen sollten, doch war er sich sicher, dass er mit diesem Mann zusammen sein wollte. So oft wie nur möglich. Er liebte es, seine Zeit mit Seth zu verbringen und er konnte es nicht erwarten, so viel mehr über ihn zu erfahren und mit ihm gemeinsam Dinge zu erkunden.

19

OBWOHL DONAVAN seinen Vorschlag, mit ihm zusammenzuziehen, abgelehnt hatte, war Seth nicht allzu traurig über die Absage. Natürlich war es blöd, dass sie sich aufgrund ihrer Dienstpläne nur selten sahen, doch war er sich sicher, dass sie ausreichend Zeit füreinander finden würden. Und, da war er sich sicher, Donavan würde seinem Vorschlag irgendwann zustimmen. Doch jetzt im Augenblick gab es andere Dinge zu erkunden, interessante und spaßige Dinge, wie beispielsweise Donavans Unterwürfigkeit.

Seth machte sich Sorgen, dass er die Angelegenheit falsch anfasste. Er hätte Donavan zuerst helfen sollen, seine Neigung zu erkunden, bevor er ihn mit sich ins Falchuck nahm. Trotzdem bereute er die Entscheidung nicht. Die gemeinsame Erfahrung war zufriedenstellender gewesen, als er es sich vorgestellt hatte. Vielleicht hatte er doch die richtige Reihenfolge gewählt. Es hätte auch sein können, dass es Donavan schwerergefallen wäre, das Kommando zu übernehmen, hätten sie beide zuvor bereits ihre Dom- und Subdynamik zementiert. Wie auch immer, das Ergebnis war überwältigend gewesen. Nun ging es daran herauszufinden, was sie beide zufriedenstellte. Das war Seths Element.

Es war keine Überraschung, dass der Club gut gefüllt war, als er ihn mit Donavan betrat. Seth kam nur noch selten in den Underground Club und wenn, dann nur noch zu speziellen Veranstaltungen. Wieder aufzutauchen und das auch noch mit einem weiteren Gast, war sogar noch unüblicher für ihn. Er konnte sich schon vorstellen, welche Gerüchte jetzt schon losgetreten wurden. Doch lass sie reden. Es ging um Donavan, der lernen sollte, dass es andere Männer, die sich ebenfalls gerne erniedrigten, gab und er stolz auf seine Neigung sein konnte.

„Master Seth, es ist schön, Sie wiederzusehen. Kann ich Ihnen etwas bringen?", grüßte ihn Kit mit einem Gesichtsausdruck, der Überraschung, Hoffnung und Aufregung widerspiegelte.

Seth hatte Kit oft für Demonstrationen genutzt. Er war ein vielseitiger Sub, immer bereit, ihn zufriedenzustellen. Ein guter Junge. Seth mochte es nicht, dass er ihn enttäuschen musste, doch war Donavan nun der Einzige, der seine Bedürfnisse und sein Verlangen stillen konnte.

„Guten Abend, Boy. Lasse bitte zwei Flaschen Wasser zu meinem Tisch bringen." Die Hoffnung in Kits Augen zerbrach und er runzelte die Stirn. Seth klopfte auf Kits Schulter. „Los jetzt."

„Ja, Sir."

Seth führte Donavan durch den gut gefüllten Club. Falls er mit mehr Selbstsicherheit und einer Portion Arroganz durch die Menge schritt, lag es an den Blicken, die Donavan auf sich zog. Er war bei weitem der größte Sub, wie auch der attraktivste. Er mochte noch nicht gebührend hinter ihm laufen, sich perfekt verhalten oder alle Regeln kennen, doch all das würde er früh genug lernen. Außerdem, wenn es ihm auch an Erfahrung fehlte, so wusste er, ihn zufriedenzustellen.

Im hinteren Bereich des Clubs fand Seth einen unbesetzten Tisch. Zum Glück musste er Donavan nicht in den exklusiven Bereich bringen. Zumindest jetzt noch nicht. In diesem Bereich des Clubs kamen Männer jeglicher Art zusammen. Einige von ihnen entdeckten ihre Neigungen gerade zum ersten Mal, andere lebten den Lifestyle schon seit Jahren. Die Regeln waren in diesem Bereich lockerer und sollten Donavan helfen, sich wohlzufühlen. Seth genoss es außerdem, seinen Jungen – oder, besser gesagt, seinen baldigen Jungen, wenn alles nach seinem Plan lief – herzuzeigen. Seth zog einen Stuhl unter dem Tisch hervor und deutete auf ihn. Donavan setzte sich still hin, seine Augen leuchteten und sein Gesichtsausdruck verriet seine Aufregung. Seth versteckte sein Grinsen hinter seiner Hand und setzte sich neben Donavan.

„Und, was sagt der erste Eindruck?", fragte er.

„Ich hatte mehr erwartet. Ich weiß nicht, aber nach dem Falchuck dachte ich, dieser Ort würde … keine Ahnung … einem Verlies gleichen?", antwortete Donavan amüsiert.

„Oh, das haben sie hier auch. Ich dachte nur, dass wir zuerst hier draußen sitzen und uns die Shows ansehen." *Und ich dich herzeigen kann.*

„Ich habe festgestellt, dass du ein ganz schönes Chaos hier veranstaltet hast. Viele murmelten oder grummelten vor sich hin. Einer hat sich sogar beschwert, dass er dich jetzt nie mehr bekommen würde."

„Nun ja. Wie ich schon erwähnt hatte, verbrachte ich viel Zeit in der Szene, als ich noch jünger war."

Kit stellte das Wasser auf den Tisch. „Wünschen Sie noch etwas anderes, Sir?"

Seth hörte die Enttäuschung in seiner Stimme. Armer Junge. Er musste wirklich einen Fulltime-Dom finden, um ihn glücklich zu machen. Er sollte vielleicht mit Malcolm reden und fragen, ob er verfügbar war.

„Nein, das ist alles. Es wäre schön, wenn du Master Malcolm informieren würdest, dass ich hier bin."

„Entschuldigen Sie, Sir, aber Master Malcolm ist nicht in der Stadt."

Seth fragte sich, was Malcolm bewegte, dem Club fernzubleiben. Er sollte ihn wirklich bald anrufen. Seth hatte nicht nur den Club länger nicht mehr besucht, er hatte auch seine Freunde vernachlässigt. Er musste das wiedergutmachen, jedoch nicht heute Abend. An diesem Abend drehte sich alles nur um Donavan.

„Ich werde mich später mit ihm in Verbindung setzen. Danke."

Kit nickte und huschte fort, vermutlich zurück zur Bar, um sich an den Gerüchten zu beteiligen. Seth seufzte leise auf. Er ergriff sein Wasser, öffnete die Flasche und trank einen großen Schluck. Er sagte nichts zu Donavan, er beobachtete ihn nur. Dessen weit aufgerissene Augen und seine deutliche Begeisterung sprachen Bände. Seth hatte keine Mühe festzustellen, was Donavan mochte und was nicht – oder aber, was ihn irritierte. All seine Empfindungen standen deutlich in Donavans Gesicht.

Die Subs, die zu Füßen ihrer Doms knieten, ließen die Sehnsucht in Donavan aufkeimen. Er mochte keine ganz in Leder gekleideten Männer und keine Ledermasken. Dabei achtete er nur am Rande auf die Doms, beobachtete jedoch jede Bewegung der Subs.

Seth rückte seinen Stuhl ein wenig näher und legte eine Hand auf Donavans Oberschenkel; seine Finger rieben leicht über den Innensaum von dessen Jeans. „Wir sind gerade einmal zehn Minuten hier und schon habe ich viel über dich gelernt."

„Wirklich?"

„Ja, wirklich. Soll ich dir verraten, was ich weiß?"

Donavan lehnte sich näher heran, seine Hände umfassten die Wasserflasche und er beobachtete die Menge weiter. „Ja, bitte."

„Erstens, du hast Probleme, deinen Platz zu finden. Du hast zugestimmt, mich hier mit Sir anzusprechen, trotzdem hast du zwei Mal geantwortet, ohne das Wort hinzuzufügen."

Donavans Kopf fuhr zu ihm herum. Horror stand ihm ins Gesicht geschrieben. „Es tut mir so …"

„Sch, unterbrich mich nicht." Seth drückte Donavans Oberschenkel. Der neigte den Kopf, doch obwohl Seth seine Augen nicht sehen konnte, war er sich sicher, dass Donavan noch immer die Menge beobachtete.

„Es ist normal, dass du nervös und nicht in deinem Element bist, wenn du zum ersten Mal an einen Ort wie diesen kommst. Es kann überwältigend sein, schätze ich. Du bist aber nicht nur nervös, sondern gleichzeitig aufgeregt. Du identifizierst dich nicht mit den Doms, also schenkst du ihnen wenig Beachtung. Ihre Boys hingegen halten dein Interesse wesentlich länger geweckt, weil du dich mit ihnen vergleichst. Sag mir, was gefällt dir nicht an Vollleder und Masken?"

Donavan spannte die Muskeln an und drehte seinen Kopf in Seths Richtung, stoppte aber in der letzten Sekunde. „Sie machen mich nervös."

„Ja, das kann ich sehen. Warum das so ist, möchte ich wissen."

Donavan knibbelte nachdenklich an dem Etikett seiner Wasserflasche herum. Er brauchte einige Augenblicke, bevor er antwortete. „Für einige Zeit hatte ich immer wieder denselben Traum. Ich war auf einer Bühne, vielleicht auf einer Auktion. Ich wurde von einem völlig in Leder gekleideten Mann ausgewählt. Nur seine Augen waren zu erkennen."

„Und er tat etwas, das dich mitgenommen hat", hakte Seth nach, als Donavan verstummte.

„Ich wurde von diesem Dom ausgewählt. Er war ganz in Leder gekleidet, inklusive einer Maske, wie dieser da", sagte Donavan leise und deutete in die entsprechende Richtung. „Er nutzte eine Gerte auf mir und, obwohl ich es wollte – so dachte ich zumindest –, schrie ich beim ersten Schlag auf meinen Hintern auf. Der zweite Schlag war so intensiv, dass ich nicht an mich halten konnte. Ich habe geschrien, die Tränen liefen mir die Wangen hinunter und die Menge um uns herum brach in Gelächter aus. Es war so furchtbar peinlich und es wurde nur noch schlimmer. Der Dom kam zu mir und stellte sich vor mich. Er war so nahe und ich konnte seinen Schweiß, der sich mit dem Geruch des Leders vermischte, riechen. Ich weiß nicht, wer er war, ich konnte nur seine Augen erkennen und sie waren voller Verachtung, als er sagte: ‚Ich habe Männer geschlagen, die halb so groß waren wie du und das wesentlich härter, und sie verkrafteten die Hiebe besser, als du.' Dann ließ er die Gerte fallen und sagte, bevor er wegging: ‚Du langweilst mich.' Natürlich haben die Zuschauer noch lauter gelacht und gegrölt."

Donavan ließ seinen Kopf hängen und rieb sich die Hände. Seth hatte fälschlicherweise angenommen, dass Donavan die Masken und das Vollleder nicht leiden konnte, weil sie so rüde aussahen. Er hatte keine Ahnung gehabt, dass die Ablehnung einen viel tieferen Grund hatte.

„Warum glaubst du, dass dich dieser Traum verfolgt?"

„Er verfolgt mich nicht, zumindest nicht mehr. Ich glaube, es begann, als ich ob meiner Fantasien verwirrt war und als ich sie nicht verstand. Vielleicht auch, weil ich mich fragte, warum ich jemals an solchen Dingen teilnehmen wollte." Donavan lugte unter seinen langen Wimpern zu ihm hoch. „Seit du den Flogger auf mir benutzt hast, hatte ich den Traum nicht mehr. Ich bin nicht länger nervös oder habe Angst, dem Schmerz nicht standzuhalten." Er schüttelte sich und sah wieder runter. „Das Lederzeug mag ich trotzdem nicht."

„Ah, jetzt verstehe ich. Deine Unsicherheit hat sich in den Träumen offenbart. Du kannst mit Sicherheit einiges an Schmerzen aushalten und ich bin schon gespannt darauf, herauszufinden, wie viel du verträgst. Du hast aber Glück. Ich war nie ein großer Freund von Leder, weder auf mir noch meinem Sub."

„Oh, ich habe sehr viel Glück", kommentierte Donavan mit einem wachsenden Lächeln. „Ich finde es trotzdem seltsam, dass du kein Leder magst, wenn offenbar fast jeder hier fast von Kopf bis Fuß in Leder gekleidet ist. Außerdem sind die Gerätschaften oft mit Leder bezogen."

„Ich mag es, aus der Menge herauszustechen." Seth winkte ab und brach in Gelächter aus.

„Gott, ich liebe dieses Lachen." Donavans Blick traf den seinen, doch fasste er sich schnell genug und neigte den Blick. „Sir."

Falls sich gerade ein warmes Gefühl in seiner Brust ausbreitete und er sich aufrechter hinsetzte, war es nicht seine Schuld. Donavans Kompliment machte ihn so glücklich wie selten etwas zuvor. Und falls jemand das dumme Grinsen in seinem Gesicht sehen sollte, war es ihm auch egal. Gut, sein Verhalten entsprach zwar nicht gerade den Regeln, doch was hatte es für einen Sinn, ein Dom zu sein, wenn er nicht tun konnte, was er wollte? Vergiss die Etikette.

Die Beleuchtung wurde ein wenig schwächer und ein schwarzer Vorhang fuhr zurück. Hinter ihm tauchte eine Bühne auf, auf der sich bereits die Handelnden des Abends aufhielten. Seth lehnte sich näher zu Donavan heran und flüsterte: „Ich glaube, Kerrington und sein Sub werden heute ihre Feuerspielchen präsentieren. Möchtest du zusehen oder würdest du es vorziehen, wenn wir jetzt etwas essen?"

„Ich glaube nicht, dass Spielereien mit Feuer mein Ding sind, aber wir können machen, was immer du möchtest, Sir."

Seth lächelte, glücklich, dass Donavan die gewählte Bezeichnung genutzt hatte und er ihn die Regeln bestimmen ließ. „Es ist eine wunderschöne Vorführung, aber wie du, mag ich diese Dinge auch nicht. Lass uns etwas essen gehen. Ich habe meine eigene wundervolle Aussicht, wenn du mir gegenübersitzt."

„Du bist ein ganz schöner Redner, nicht wahr, Sir?", antwortete Donavan mit einem Hauch Humor in der Stimme.

„Ja, manchmal, aber es ist die Wahrheit. Komm schon." Seth stand auf, Donavans Hand haltend, und führte ihn zu dem exklusiven Teil des Clubs.

Auf ihrem Weg kam Kit auf sie zu. „Stimmt etwas nicht, Sir? Brauchen Sie etwas?"

„Alles ist in Ordnung, Boy. Donavan und ich möchten nur etwas essen."

„Bitte erlauben Sie mir, Sie zu Ihrem Tisch zu führen, Sir."

Seth nickte. „Führe uns."

„Er versucht alles, um dich zufriedenzustellen, oder?", kommentierte Donavan leise. Er zog seine Augenbrauen zusammen und sah Kit an.

„Warum habe ich nur das Gefühl, dass du eifersüchtig bist", neckte Seth. „Ich fühle mich geehrt, doch brauchst du dir keine Sorgen zu machen. Weder um Kit noch um mich." Er drückte Donavans Hand. „Du bist alles, was ich will."

Donavan neigte den Kopf. Ein Lächeln stahl sich auf sein Gesicht und verzehrte den eifersüchtigen Ausdruck. „Ja, ein guter Redner. Ich habe das Gefühl, dass du versuchst, heute Nacht noch in meine Hose zu kommen." Donavan grinste.

„Ich würde so etwas nie wollen", antwortete Seth mit gespielter Empörung.

„Nein?"

„Deine Hosen werden auf dem Boden liegen, während du an mein Bett gefesselt bist. Sag mir, in welche Hosen sollen sich meine Hände deiner Meinung nach schieben?"

Donavan erschauerte. Das war die einzige Antwort, die Seth brauchte.

20

OBWOHL SEINE Hosen gemeinsam mit dem Rest seiner Kleidung tatsächlich auf dem Boden in Seths Schlafzimmer gelandet waren, war er nicht ans Bett gefesselt. Grundgütiger, sie hatten es nicht einmal aus dem Club geschafft. Während des Abendessens hatte er Seth ständig geneckt und nun erwartete er seine Strafe. Er kniete nackt in der Mitte eines privaten Zimmers – und er bereute nichts.

„Sich hinzugeben bedeutet, die Kontrolle über den Körper und Verstand auf jemand anderen zu übertragen", erklärte ihm Seth. Keine Spur des scherzenden Tonfalls war mehr in Seths Stimme zu hören, stattdessen schwang eine deutliche Befehlsnote in ihr, die keine Widerrede erlaubte. „Außerdem bedeutet Submission Respekt. Gegenseitigen Respekt. Du gibst mir, was ich möchte, erfüllst mich und im Gegenzug stelle ich sicher, dass ich mich um dich kümmere und dir gebe, was du wünschst."

Donavan hörte aufmerksam zu und merkte sich jedes Wort, jede Phrase. Bislang hatte er immer geglaubt, dass die Beziehung zwischen Dom und Sub sich überwiegend um Spaß drehte und dem Sexleben die Krone aufsetzte. Langsam verstand er jedoch, dass sie aus so viel mehr bestand. Mit dieser neuen Erfahrung wollte er nichts mehr, als sich Seth hinzugeben, sich ihm zu unterwerfen und ein Sub zu werden, auf den Seth stolz sein konnte.

„Unser Verhalten im Club hat nicht wirklich die Beziehung zwischen einem Dom und seinem Sub widergespiegelt. Ich schätze, dass einige unserer Zuschauer noch immer mit offenen Mündern dastehen und versuchen zu verstehen, was sich vor ihren Augen abgespielt hat. Vor allem, wenn sie meine unbarmherzige Art aus der Vergangenheit kennen. Doch die Beziehung richtet sich auch nach dem jeweiligen Pärchen. Es geht um ein Gleichgewicht. Ich benötige solche verrückten Augenblicke, ebenso wie ich mich hin und wieder nach den Dingen sehne, die wir gemeinsam im Falchuck erlebten. Doch brauche ich auch das hier."

„Gleichgewicht", wiederholte Donavan und nickte zustimmend. „Das ist es, was ich brauche, Sir. Gerade nach meinem Zustand in den letzten Wochen."

„Seit du mich getroffen hast?", hakte Seth nach.

„Ja, dann aber in positiver Hinsicht. Teilweise hat es mich überfordert, und wenn das geschieht, drehe ich durch."

„Sicherlich startete unsere Beziehung ziemlich verrückt. Ich glaube, wir sollten es ein wenig langsamer angehen lassen und aufhören, uns ständig über andere Dinge als um uns zu sorgen. Lass uns gemeinsam unser Gleichgewicht finden, einverstanden?"

Donavan kniete sich aufrechter hin und atmete tief ein. „Das würde mir gefallen, Sir."

„Gut", sagte Seth leise und strich mit den Fingern durch Donavans Haare. Donavan streckte sich der Berührung entgegen. Seth lehnte sich hinunter und küsste Donavan auf die Stirn, bevor er von ihm wegtrat. „Trotzdem müssen wir über die Neckereien reden. Da wir beide beschlossen haben, dass uns die Balance in unserer Beziehung und zwischen uns wichtig ist, ist es nur gerecht, wenn ich den Spaß habe, den du vorhin erleben durftest."

Oh oh. Das klang nicht gut. Obwohl, es klang gut, doch der verschmitzte Tonfall bewies Donavan, dass er sich garantiert anstrengen musste, um Seth zufriedenzustellen.

Seth stellte sich aufrecht vor Donavan und krempelte die Ärmel hoch. Wie schon zuvor, wenn Seth diese Geste ausführte, veränderte sich etwas in ihm. Es war sein Ritual. Ob er es für sich selbst durchführte oder für Donavan, spielte keine Rolle. Es schien, als legte diese rituelle Geste einen Schutzfilm um Seth, eine Rüstung, die seine dominante Seite noch hervorhob.

„Du hast mich während des Essens so sehr angemacht", kommentierte Seth und griff sich, seine Worte unterstreichend, in den Schritt. „Es ist nur fair."

Donavan sah an sich herunter, sein Blick blieb kurz auf der Beule in seiner Hose hängen. Er blickte auf und hob eine Augenbraue.

„Sieh nach unten", schnauzte Seth.

Donavan gehorchte direkt. „Entschuldigung, Sir. Ich wollte nur darauf hinweisen, dass du nicht der Einzige bist, der schmerzhaft hart ist."

„Du bist mit Sicherheit hart." Seth lehnte sich zu ihm herunter und fuhr mit dem Zeigefinger über Donavans harten Schwanz. „Und Schmerzen wirst du bald ebenfalls haben. Steh auf."

Donavan stellte sich zurück auf die Füße. Er hielt seine Beine schulterbreit gespreizt und drückte die Brust vor. Seth ging zu einem Schrank. Er studierte dessen Inhalt. Als Donavan sah, dass sich Seth für einen roten Plug entschied, begann sein Puls zu rasen. Sein Herz schlug noch schneller, denn nicht nur wirkte Seth mit seiner Auswahl extrem zufrieden, nein, er wählte noch einen einfachen Cockring aus schwarzem Leder aus und griff zu einer Flasche mit Gleitgel.

„Ich werde dich dieses Mal nicht fesseln. Es ist deine Aufgabe, in Position zu bleiben. Du hast deine Safewords und ich erwarte, dass du sie verwendest, wenn du kurz vor dem Orgasmus stehst. Habe ich mich klar genug ausgedrückt?"

„Ja, Sir."

„Strecke deine Hand aus."

Donavan tat wie geheißen und beäugte Plug und Ring, als Seth diese in seine Hand legte. Er hatte zwar in der Vergangenheit mit Dildos gespielt, einen Plug hatte er jedoch noch nie genutzt. Seth hatte sich für einen langen, doch dünnen Plug entschieden – die Form verbreiterte sich an der Basis, bevor sie sich wieder verschmälerte. An der Basis befand sich eine runde Scheibe von ungefähr zweieinhalb Zentimetern Breite.

Seth ergriff seinen Schwanz und rieb ihn fest. Donavan stöhnte und schloss die Augen. Instinktiv stieß er sich in Seths Hand und genoss den zusätzlichen Druck, den die Bewegung ausübte.

„Halte still", forderte Seth, ohne in seinem Tun zu stoppen.

Donavan kniff die Augen zu. Er biss die Zähne zusammen und kämpfte, Seths Befehlen zu folgen. Es war gar nicht so einfach. Jede Faser seines Körpers schrie ihn an, sich Seth entgegenzustrecken, in seine Hand zu ficken. Gott, es fühlte sich so gut an, doch kämpfte er sein Verlangen nieder und konzentrierte sich auf seine Atmung.

Kaum hielt Donavan still, strich Seth noch einige Male mit den Fingern über Donavans Glied und ließ ihn los. „Du wirst nicht kommen, bevor ich es dir erlaube. Und da ich mich anstrengen werde, dich zum Orgasmus zu treiben ..."

Donavan stöhnte. Die Forderung war beinahe unmöglich zu erfüllen.

„Schau nicht so gestresst. Du musst es nicht ganz allein ertragen. Das hier wird dir helfen, meinem Befehl zu folgen", kommentierte Seth trocken und hielt den Cockring hoch.

Donavan war nicht wirklich überzeugt. Noch ein paar Berührungen mehr und er wäre mit Sicherheit gekommen. Seth war nun wirklich nicht der einzige, der während des Abendessens erregt gewesen war. Und doch gab er sein Bestes, sich nicht zu bewegen. Allerdings konnte er das aufgeregte Zittern seiner Muskeln nicht unterdrücken. Er erlaubte Seth, den Cockring um seinen Schaft zu verschließen.

„Sehr schön", murmelte Seth. Seine Finger kitzelten Donavans Eichel und sein Schwanz zuckte.

Schön war nun nicht das Wort, das Donavan gewählt hätte. Sein Schwanz war tiefrot, Lusttropfen glitzerten auf seiner Eichel und das schwarze Band wirkte obszön. Dennoch genoss er das Gefühl. Es war, als würde ihn Seth immer noch halten.

Seth ergriff den Plug und rieb ihn mit Gleitgel ein. Die ganze Zeit über blieb sein Blick auf Donavan gerichtet. Der konnte sich nur in seiner Fantasie vorstellen, was Seth dachte. Wenn er aber bedachte, dass sich Seth über die Lippen leckte, würde er vermuten, dass Seths Gedanken verdammt heiß waren. Seth gab ihm das Gefühl, dass er auf seine Größe stolz sein durfte und er zeigte sein Wohlwollen, indem er sich noch gerader aufrichtete.

„Beuge dich vor und stütze dich mit den Händen auf den Knien ab."

Noch einmal beäugte Donavan den Plug skeptisch. Doch gehorchte er und begab sich in Position. „So, Sir?"

„Strecke deinen Hintern ein wenig mehr heraus." Donavan folgte der Aufforderung und Seth fuhr fort: „Ja, genau so. Du hast so einen tollen Hintern."

Donavan zuckte zusammen, als Seth seine Hand auf seine rechte Arschbacke schlug, doch begab er sich direkt wieder in Position. „Danke, Sir. Ich freue mich, dass er dir gefällt."

„Oh ja, das tut er. Ich schätze es, dass du hart trainierst, um ihn und deinen Körper in Form zu halten. Gerade, wenn ich die Kontrolle über deinen Körper habe."

Seth ließ einen mit Gleitgel bedeckten Finger in Donavan gleiten. Donavan versuchte, sich weiterhin auf seine Atmung zu konzentrieren und seinen Körper möglichst stillzuhalten. Es half, um sich von Seth abzulenken. Doch wurde das Vorhaben immer schwerer, als Seth noch einen zweiten Finger hinzufügte, ihn in ihm bewegte, ihn dehnte.

„Dein Arsch ist nicht nur schön anzusehen. Er ist eng und ich liebe es, wie sich deine Muskeln um meine Finger legen. Noch besser ist es natürlich, wenn sie sich um meinen Schwanz schmiegen."

Donavan wollte sich gerade bedanken, doch berührte Seth genau in diesem Augenblick seine Prostata. Was auch immer er hatte sagen wollen, ging in dem lauten Keuchen unter, das ihm aus der Kehle drang.

„Du magst es, wenn ich in dir bin, dich dehne, nicht wahr, Boy?"

„Gott, ja. Ich liebe es, wenn du mich fickst", stöhnte Donavan.

Seth bearbeitete seinen Hintern noch ein wenig länger. Donavan musste die Augen zusammenkneifen, sich auf die Zunge beißen, hart durch die Nase atmen, um seine Erregung unter Kontrolle zu halten. *Konzentriere dich nicht auf deinen Hintern, sondern auf deine Aufgabe,* erinnerte er sich selbst. Ein Teil von ihm war schon gar nicht mehr mit dabei, sondern drauf und dran, Seth anzuflehen, zu betteln, dass er ihn ficken würde. Sein Stolz hingegen wollte sich nicht so schnell geschlagen geben. Und er wollte Seth sicherlich nicht unterbrechen, denn der schien sich prächtig zu vergnügen.

Seine besten Vorhaben zerschellten jedoch rohen Eiern gleich, als Seth sein Handgelenk drehte und sich in die perfekte Position brachte, mit jeder

Bewegung Donavans Prostata zu treffen. Vergiss den Ring und den Stolz, er war so was von nahe dran, zu kommen.

„Stopp! Warte, nein, oh fuck, Gelb. Nein, ich meine Rot ... verdammt! Rot", stammelte er. Seine Beine zitterten so stark, dass er sich kaum noch aufrecht halten konnte.

Seth zog seine Finger direkt zurück und streichelte seinen Rücken. „In Ordnung, ich habe aufgehört. Atme tief ein."

Es brauchte nicht nur einige Atemzüge und einen ganzen Batzen Willenskraft, damit sich Donavan wieder im Griff hatte. „Scheiße, das war dicht dran." Er keuchte hart. „Ich habe fast zu lange gewartet."

„Das stimmt, doch bin ich beeindruckt, dass du dich wieder erholen konntest. Guter Junge", lobte ihn Seth. „Nächstes Mal solltest du aber nicht so lange warten."

„Verstanden, Sir."

Seth streichelte weiterhin über seinen Rücken und wartete, bis sich seine Atmung normalisierte und die Anspannung aus seinen Muskeln wich.

„Mir geht es besser, Sir."

Seth wartete noch ein wenig, bevor er sich rührte. Dieses Mal waren es nicht seine Finger, sondern die Spitze des Plugs, der sich langsam vorschob und ihn dehnte. Er stöhnte auf, als der breiteste Teil sich in ihn schob und schmerzhaft brannte. Ein erleichterter Seufzer drang aus ihm hervor. Der Plug war an seinem Platz. Wieder stöhnte er, dieses Mal, weil Seth den Plug in ihm bewegte und so lagerte, dass er bei der kleinsten Bewegung gegen seine Prostata stieß. Erregung durchfuhr ihn, als stünde er unter Strom.

„Richte dich auf und zeige dich", befahl Seth und trat zurück.

Meinte der das ernst? Donavan richtete sich vorsichtig auf, die noch so kleinste Bewegung erinnerte ihn deutlich an den Plug in seinem Hintern. Er biss die Zähne aufeinander und spreizte die Beine ein wenig. Seine Haltung war nun nicht ganz so aufrecht, wie zuvor, doch umso mehr er seine Brust vorstreckte, desto fester schlossen sich seine Muskeln um den Plug.

Seth ließ das Gleitgel auf den Tisch fallen und griff nach einem Handtuch. Er lehnte sich mit der Hüfte gegen den Tisch, während er sich die Hände abwischte. „Wie fühlt es sich an?"

„Gefüllt", erwiderte Donavan mit dem ersten Wort, das ihn in den Sinn kam.

„Unbequem?"

Donavan schüttelte den Kopf. „Es fühlt sich seltsam an, als würde sich mein Hintern bei jedem Atemzug um den Plug krampfen. Es macht mich wahnsinnig."

„Ich hatte mir vorgestellt, dass du den Plug trägst, bis wir wieder bei mir zu Hause sind."

Donavan riss den Kopf hoch. „Das würdest du nicht machen."

„Blick runter oder ich werde es mit absoluter Sicherheit tun", gab Seth zurück und stieß sich vom Tisch ab. Er schmiss das Handtuch zur Seite und schritt mit langen Schritten auf Donavan zu.

„Entschuldigung, Sir." Donavan senkte direkt wieder den Blick. Der scharfe Ton in Seths Stimme zeigte seine Wirkung auf ihn. Er würde nie im Leben mit dem Plug laufen können, nicht ohne zu kommen. Allein schon die wenigen Bewegungen, die es brauchte, um sich aufzurichten, hatten Druck auf seine Prostata ausgeübt. Er würde es nicht einmal durch die Tür schaffen, da war er sich sicher. Das Wort Gelb lag ihm praktisch schon auf der Zunge. Nur für den Fall, dass Seth verlangte, dass er sich rühren sollte.

SETH DREHTE sich im letzten Augenblick von Donavan weg. Es kam ihm eine Idee. Es war eine Schande, dass Donavan nicht in der Lage war, seinen Orgasmus länger aufzuhalten. Er hätte Donavan so gerne gezeigt, wie erotisch es sein konnte, sich mit einem Plug zu bewegen oder zu laufen. In der Zukunft würde er es sicher noch einmal versuchen. Doch heute war nicht die Nacht, um Donavan über seine Grenzen hinweg zu fordern. Ganz nebenbei bezweifelte Seth, dass er es bis nach Hause schaffen würde, ohne Donavans Mund oder dessen Arsch zu ficken. Und ehrlich? Die Ledersitze in seinem Auto waren reinigungstechnisch eine wahre Plage.

Er stellte einen Stuhl mit gerader Lehne vor Donavan. Er musste sich auf die Lippe beißen, damit er nicht laut auflachte, so panisch wie ihn Donavan gerade ansah. Offenbar glaubte Donavan, dass er von ihm verlangen würde, sich auf den Stuhl zu setzen. Doch er hatte etwas anderes im Sinn.

„So, du magst es also, mich zu necken?", fragte Seth und knöpfte langsam sein Hemd auf.

„Zu der Zeit, ja, Sir. Aber ich sehe ein, dass es ein Fehler gewesen ist."

„Oh, ich weiß nicht", antwortete er locker. „Für mich sah es aus, als hättest du Spaß." Er ließ sein Shirt langsam von den Schultern gleiten. Er genoss, wie ihm Donavan dabei zusah. Er hängte es über die Stuhllehne und knöpfte seine Hose auf. „Ich glaube, es ist nur fair, wenn ich dir zeige, zu welchem Ergebnis deine Scherze führten."

„Ja, Sir. Fair ist fair", antwortete Donavan mit heiserer Stimme. Er leckte sich über die Lippen, als Seth seine Hose hinunterschob und seinen Penis befreite. „Ich bin mit dem Ergebnis sehr zufrieden."

„Oh, das ist gut!", sagte Seth und trat aus seinen Hosen heraus. „Du bekommst einen Platz in der ersten Reihe." Er setzte sich auf die Ecke der Sitzfläche, lehnte sich zurück und spreizte die Beine. Seth legte die Hand um seinen Schwanz und begann, sich langsam und vorsichtig von der Basis hinauf zur Eichel zu streicheln. „Das ist alles dein Werk. Du hast es errichtet."

Donavan rührte sich. Sein Atem setzte kurz aus und er erstarrte. Vermutlich hatte er vergessen, dass er einen Plug trug. „Was kann ich machen, um dich zu besänftigen?", fragte er, ohne den Blick von Seths Schwanz zu nehmen.

„Sieh mir zu", stöhnte Seth und erhöhte die Geschwindigkeit, mit der er sich einen runterholte. Er legte seine Finger fester um sein Glied, fuhr mit dem Daumen über die Eichel und nutzte die Lusttropfen, um sich selbst gleitfähiger zu machen. Seine andere Hand bewegte sich zu seinen Hoden und er spreizte die Beine ein wenig weiter. Er würde Donavan nicht zu lange foltern, er konnte es nicht. Donavan war nicht der einzige, der kurz vor einem Orgasmus gestanden hatte. Auch hier hatte er all seine Willenskraft zusammenklauben müssen, um nicht seine Finger aus Donavans Arsch zu ziehen und sie mit seinem Schwanz zu ersetzen. Er hatte ihn hart und schnell nehmen wollen. Doch das hier war eine Lehre, die es zu lernen galt und er wollte seine Kontrolle über Seth wiederherstellen. Auch wenn das nicht ohne Schwierigkeiten ablaufen würde.

„Genießt du, was deine Neckereien mit mir gemacht haben?"

„Ja, Sir." Donavans Atem ging schneller und er fand seinen Rhythmus. Er bewegte sich leicht vor und zurück. Ohne Frage gewöhnte er sich langsam an den Plug und, seinem Gesichtsausdruck und seinem Schwanz nach zu urteilen, genoss er die Erfahrung durchaus. „Du bist so verdammt heiß, Sir. Ich wünschte, ich könnte meine Hände oder meine Lippen auf dich legen."

„Ich mag bereits deinen Blick auf mir. Und ich weiß, dass du schätzt, was du siehst", keuchte Seth und rieb sich stärker.

„Ja, Sir, sehr sogar, aber es ist schwer, nicht in der Lage zu sein, mich selbst zu berühren, dich …" Donavan stoppte seine Bewegungen und schluckte hart. Nach einigen Atemzügen fuhr er fort. „Sehr schwer."

Donavan stand kurz vor dem Orgasmus. Er würde nicht mehr viel ertragen können. Bereits seit dem Abendessen war er hart und auch Seth wollte sich nicht mehr länger zurückhalten. Zwei lange Züge und ein fester Griff um seine Hoden später, drückte er den Rücken durch und kam. Der Orgasmus fuhr durch seinen Körper. Er hielt den Atem an, sein Herz hämmerte in seiner Brust, als er sich Pulsschlag um Pulsschlag ergoss.

Er lehnte sich im Stuhl zurück und rang um Atem. Er genoss das prickelnde Gefühl in seinem Körper, ebenso, wie er das pulsierende Gefühl seines Glieds mochte.

„Das war unglaublich heiß, Sir", presste Donavan leise jammernd hervor.

„Es fühlte sich auch gut an." Seth strich sich mit der Hand über den Samen auf seinem Bauch und der Brust. „Möchtest du eine kleine Zugabe?"

„Sehr gerne, Sir, aber um ehrlich zu sein, glaube ich nicht ... Nein, ich würde nicht noch einmal zusehen können, ohne zu platzen."

Donavans Beherrschung beeindruckte Seth. Der Junge verdiente seine Belohnung. Er glitt vom Stuhl und ging vor Donavan auf die Knie. „Ich werde die Vorstellung später noch einmal wiederholen, doch jetzt ..." Er öffnete den Verschluss des Cockrings und ließ ihn zu Boden fallen. „... schenke ich dir ein wenig Erlösung."

Seth schob seine Hand um Donavans Hintern und legte seine Handfläche gegen die Basis des Plugs. Die Geste ermutigte Donavan, sich zu rühren, und Seth nahm dessen Penis tief in seinen Mund auf. Sein Junge war dem Orgasmus noch näher, als er vermutet hatte. Es brauchte nur wenige Stöße, schon glitt Stöhnen, Keuchen und Lob über dessen Lippen und er entließ seine Ladung in Seths Kehle. Gierig nahm Seth jeden Tropfen auf und lutschte Donavans Schwanz sauber. Dann setzte er sich auf seine Fersen und rieb sich den Mund.

„Wow. Oh. Mein. Gott. Ich kann mich nicht daran erinnern, je so gekommen zu sein", keuchte Donavan atemlos. Die Nachwehen des Orgasmus ließen seine Beine zittern.

„So lange zu warten, den Orgasmus zurückzuhalten – das kann eine Tortur sein, doch ist es das Warten manchmal wert."

„Das kannst du laut sagen. Meine Beine zittern, oh Gott." Donavan schmunzelte und beugte sich runter, um sich auf seinen Knien abzustützen. Die Bewegung führte dazu, dass der Plug aus seinem Hintern rutschte und auf dem Boden landete. Das Kichern wuchs zu einem lautstarken Lachen an und er fiel auf die Knie.

Seth fühlte sich vollkommen entspannt und glücklich. Er konnte nicht anders, als in das Gelächter mit einzufallen. Sie lachten gemeinsam wie die Verrückten und hielten sich gegenseitig fest. Gut, dass die anderen Mitglieder des Clubs sie nicht beobachteten; täten sie es, hätten sie wohl schon die Männer mit den weißen Jacken gerufen. Allein der Gedanke ließ Seth noch lauter lachen.

21

ALS DONAVAN aufwachte, schien blendend weißes Sonnenlicht durch das Fenster und er kniff die Augen zusammen. Er hatte sich noch immer nicht an den neuen Schichtplan gewöhnt. Seine vorherige Schicht hatte nicht dazu geführt, dass er sich beim Aufwachen gleich den Sehnerv abtötete.

Warte.

Das laute Pochen, das ihn aufgeweckt hatte, war nicht sein Wecker gewesen, sondern ein Pochen an der Tür. Er lauschte genauer hin, sein verschlafenes Hirn brauchte seine Zeit, um dienstbereit zu sein. Die Tür. Er sah hinüber zum Wecker. 8:00 Uhr. Er stöhnte. Wer knallte um diese Zeit die Fäuste gegen seine Tür?

Mürrisch schob er die Bettdecke zur Seite und setzte sich auf die Bettkante. Er kratzte sich am Bauch und streckte sich. Vielleicht würde der Ruhestörer verschwinden, wenn er sich nur genügend Zeit ließ. Dann könnte er zumindest zurück ins Bett krabbeln. Fünf Stunden Schlaf waren einfach zu wenig.

Leider hörte das Klopfen nicht auf, sondern wurde noch lauter. Es konnte nur Cain sein. Nur ein Arschloch wie er würde so fies sein, Donavan an einem Arbeitstag zu wecken.

„Nicht jeder leidet unter Schlafstörungen", grummelte er vor sich hin und drückte sich auf die Füße. Es brachte nichts, wenn er den Bastard ignorierte. Er würde als nächstes ans Fenster klopfen.

„Au! Fuck!" Donavan schrie auf und hüpfte auf einem Bein, als ein brennender Schmerz durch seinen Fuß zuckte. Er hatte den Tisch voll mitgenommen.

„Donavan! Donavan, ist alles in Ordnung?" Die gedämpfte Stimme seiner Mutter drang durch die Tür, gleich gefolgt von einem weiteren Pochen.

Nein, er war nicht in Ordnung. Sein Zeh pochte und Blut tropfte auf den Teppich. Ihm war schwindelig, er war aus einem wunderbaren Traum gerissen worden und seine Mutter stand vor seiner gottverdammten Tür, während er in Unterwäsche auf einem Bein hüpfte.

„Alles in Ordnung. Warte, ich komme", stieß er zwischen zusammengebissenen Zähnen hervor und machte sich zur Tür auf. Er humpelte, nur die Ferse seines verwundenen Fußes berührte den Boden. Er ließ eine Blutspur hinter sich zurück.

Er öffnete die vielen Schlösser und riss die Tür auf. Seine Mutter stand aufgeregt vor ihm. „Was ist passiert?" Sie sah an ihm hinunter und suchte ihn nach Verletzungen ab, wie es Mütter nun mal taten. „Gott, Donavan, du blutest."

„Hab mir den Zeh am Tisch gestoßen."

Sie schob die Tür mit dem Fuß zu und hielt Donavan am Arm aufrecht. „Setz dich und lass mich das ansehen."

Mit ihrer Hilfe humpelte er zur Couch, mehr als glücklich, sich setzen zu können. Die Couch war ein wesentlich besserer Ort, um in Ohnmacht zu fallen. Er hatte keine wirklichen Probleme mit Blut, zumindest nicht, wenn es dort blieb, wohin es gehörte.

„Durch die Nase einatmen, durch den Mund ausatmen", forderte ihn seine Mum auf und betrachtete die Wunde. Sie war keine Krankenschwester, sondern Sozialarbeiterin, doch hatte sie dank ihm und ihrem Job so einige Erfahrung mit Verletzungen sammeln dürfen.

„Ich bin mir sicher, dass du das überleben wirst. Das muss nicht einmal genäht werden", erklärte sie. „Ich hole dir eine Kühlkompresse."

„Ich denke, der Zeh ist gebrochen." Er schmollte. Mit Sicherheit tat es ausreichend weh, um gebrochen zu sein. Der Schmerz schoss ihm noch immer durchs Bein.

„Er ist nicht gebrochen", beruhigte sie ihn. Sie setzte sich auf den Beistelltisch und säuberte vorsichtig die Wunde, bevor sie ein Tuch über den Zeh legte und die Kompresse an ihn presste. Die Kompresse wirkte Wunder.

„Was machst du so früh hier?"

„Würdest du deine Mutter hin und wieder anrufen, müsste ich nicht vorbeikommen und gucken, ob du noch lebst. Ich habe dir drei Nachrichten aufs Band gesprochen."

„Ich habe keine Nachrichten von dir bekommen ..." Er schürzte die Lippen. „Oh, Moment. Hast du wieder auf dem Festnetz angerufen? Ich habe dir doch gesagt, dass ich das Telefon nie auf Nachrichten überprüfe. Ich habe es nur, weil du darauf bestanden hast."

Ruth-Anns Argumente waren gewesen, dass man sich nicht auf Handys verlassen konnte, wenn man den Notruf wählte. „Was ist, wenn du nicht reden kannst? Wie sollen sie dich finden?" Donavan hatte den Anschluss bestellt, um seine Mutter zu beruhigen. Im vergangenen Jahr hatte er es nicht ein einziges Mal genutzt.

„Ich dachte, ich würde dich auf dem Handy anrufen." Sie wedelte mit der Hand, offenbar war das Thema für sie erledigt. „Egal, sag mir lieber, was mit dir los ist und warum du deine Mutter nicht anrufst."

„Ich war beschäftigt und habe einen neuen Dienstplan, der alles versaut",
antwortete er.

„Einen neuen Dienstplan, von dem ich via Twitter erfahren habe", sagte
sie vorwurfsvoll.

„Er ist neu und wie hast du überhaupt einen Twitteraccount bekommen?"

„Nun, es scheint so, als sei das der einzige Weg, um herauszufinden, was
mein Sohn so treibt. Nebenbei, BigCock982 ist sicher nicht der richtige Typ
für dich."

„Mom!" Seine Wangen verfärbten sich erst leicht und liefen vollends rot
an, als er daran dachte, welchen Typen er so folgte und die ihn zurückfolgten.
Namen, die wahlweise mit XXX begannen oder endeten, Gespräche, die er mit
ihnen führte. Er wollte so was von überhaupt nicht, dass ihm seine Mutter auf
Twitter folgte. Anstelle ihr jedoch zu sagen, dass sie ihn entfolgen sollte, würde
er seinen Account ein wenig aufräumen müssen.

„Warum?", fragte sie unschuldig.

Er schüttelte den Kopf, nicht in der Lage, ihren Blick zu erwidern. „Ich
brauche Kaffee."

„Ich mache dir einen", bot sie ihm an.

Donavan versuchte erst gar nicht, sie aufzuhalten. Er war zu glücklich,
dass zumindest ihre Unterhaltung über Twitter zu Ende war. Er hatte einen
kleinen Schnitt an der Seite seines großen Zehs, doch hatte seine Mum recht. Er
sah nicht gebrochen aus und er würde überleben. Und da er überleben würde,
könnte er sich auch gleich eine Hose anziehen.

Er legte einen kurzen Stopp im Badezimmer ein, ging aufs Klo und
putzte sich die Zähne, dann gesellte er sich angezogen und bereit für seinen
Kaffee zu seiner Mutter in die Küche. „Wie kommt's, dass du nicht auf der
Arbeit bist?", fragte er und schüttete Milch und Zucker in den Kaffee.

„Nun, hättest du deine Nachrichten geprüft, würdest du wissen, dass ich
diese Woche frei habe. Doch anstatt auf dem Weg zu deinen Großeltern zu sein,
muss ich hierherkommen und schauen, ob du noch lebst."

„Dir ist bewusst, dass ich volljährig bin?", erinnerte er sie.

„Ja, und nicht zu alt, um dich übers Knie zu legen."

Donavan erstickte beinahe an seinem Kaffee. Ruth-Ann war gerade
mal 1,60 groß und ein echt kleines, zierliches Ding. Sich vorzustellen, wie sie
versuchte, sich ihren Sohn übers Knie zu legen, war göttlich. Noch lustiger war,
dass er es ihr zutrauen würde. Die Vorstellung von Seth, wie er ihm den Arsch
versohlte, tauchte vor seinem inneren Auge auf, doch er schob das Bild weit
von sich. Er würde nicht riskieren, daran zu denken. Nicht wenn er nur lockere
Shorts trug und noch viel weniger, wenn seine Mutter direkt neben ihm stand.

Er wanderte auf die andere Seite der Küche und versteckte den Beweis, wie sehr ihn Seth im Griff hatte.

Es war Zeit, das Thema zu wechseln.

„Was machst du bei ihnen? Ist alles in Ordnung?"

„Ja, Großvater fährt mit einem Freund zum Angeln, also werden deine Oma und ich die Gelegenheit nutzen und den Flohmarkt besuchen." Sie sah ihn scharf an. „Und höre auf, das Thema zu wechseln. Was ist los mit dir, dass du so beschäftigt bist?"

„Nicht viel, wirklich. Ich arbeite und versuche, mich an den neuen Plan zu gewöhnen. Und ich gehe weiterhin mit Cain ins Studio." Er trank einen Schluck Kaffee und murmelte: „Und ich habe jemanden kennengelernt."

„Bitte?"

Ich meine, so ungefähr. Ich treffe mich mit jemandem." Er wich zurück und wartete auf die Fragenflut, die nun kommen musste.

Seine Mutter legte sich die Hand aufs Herz, ihr Gesicht voller Horror. „Sag mir bitte, dass es nicht BigCock982 ist!"

Donavan hielt sich zurück und rollte nicht mit den Augen. „Nein, Mum, ich treffe mich nicht mit jemandem aus dem Internet. Ich habe ihn auf dem Pride kennengelernt."

Der Schock im Gesicht seiner Mutter wich der Verwirrung und ihre Augenbraue fuhr in die Höhe. „Das ist einige Wochen her. Du triffst dich also wirklich mit jemandem? Also mehr, als sich nur einmal zu treffen?"

„Ja, wir waren einige Male aus", antwortete er ausweichend und starrte auf seine Tasse.

Falls er geglaubt hatte, seine Mutter würde das Thema fallen lassen, hatte er sich geirrt. Er konnte gar nicht mehr zählen, wie oft ihn seine Mum schon gefragt hatte, wann er sich endlich mit jemandem niederlassen würde. Die meisten Menschen hatten das Liebeschaos und den ersten Liebeskummer bereits erlebt, bevor sie nur die Highschool verließen. Donavan hatte das Liebesthema immer umschifft. Was wussten Teenager schon von der Liebe?

Seine Mum huschte durch die Küche und zog einen Stuhl unter dem Tisch hervor. „Setz dich hin", forderte sie ihn auf, nahm sich selbst einen Stuhl und ließ sich auf ihm nieder. „Jetzt verstehe ich, warum du dich nicht gemeldet hast. Erzähle mir von ihm. Wie habt ihr euch kennengelernt? Wie heißt er? Wie alt ist er? Und als was arbeitet er?"

Donavan legte seine Hand auf die Schulter seiner Mutter. „Mama, atmen."

„Entschuldigung, ich bin ein wenig aufgeregt." Sie strich sich die blonden Haare aus dem Gesicht und klemmte die langen Strähnen hinter die Ohren. Dann atmete sie tief durch und legte die Hände um ihre Tasse. „Er muss wirklich etwas Besonderes sein, wenn du ihn mehr als nur ein Mal sehen möchtest."

„Ist er", gab Donavan zu. „Ich habe ihn kurz auf dem Pride getroffen und er gab mir seine Nummer. Eine Woche später trafen wir uns zum Abendessen." Er zuckte mit den Schultern und versuchte, locker zu wirken. „Seitdem sind wir uns einige Male über den Weg gelaufen."

Ruth-Ann schlug ihm auf den Arm. „Höre auf, so verdammt ausweichend zu antworten. Wie heißt er?"

„Seth."

„Seth weiter?"

„Du wirst ihn nicht kennen, doch wenn du es unbedingt wissen willst: Manning."

Sie legte den Kopf schief. „Dunkle Haare, dunkle Augen, Seth Manning?"

„Ja. Woher weißt du das?", fragte Donavan nach.

„Ungefähr einsachtzig groß, gut gebaut, ein tolles Lächeln, Seth Manning?", hakte sie weiter nach.

„Uhm, ja. Woher zur Hölle weißt du das?"

Anstatt zu antworten, brach seine Mutter in Gelächter aus. Es war ein tiefes Lachen, das sie keuchen ließ. Sie schlug auf den Tisch; ihr Kaffee kippte über und floss quer über den Tisch.

„Was ist jetzt mit dir los?", grummelte Donavan und sprang auf, bevor der Kaffee in seinen Schoß lief. Er fluchte, als er mit seinem wunden Zeh gegen den Stuhl kam. Zur Spüle humpelnd, schnappte er sich ein Tuch und wischte den Tisch sauber. Seine Mutter lachte noch immer. Tränen liefen ihr die Wangen hinunter.

„Entschuldige", schniefte sie und presste die Hand vor den Mund.

Er schenkte ihr frischen Kaffee nach, hielt die Tasse aber zur Sicherheit in einiger Entfernung zu ihr.

„Danke." Sie trocknete sich die Wangen ab, bevor sie den Kaffee entgegennahm.

„Magst du mir erklären, was los ist?", fragte Donavan und nahm wieder Platz.

„Ja, nur wirst du es wohl nicht so lustig finden wie ich", warnte sie ihn und kicherte erneut.

Donavan hob eine Augenbraue und wartete.

„Offenbar untersucht dein neuer Freund uns beide nackt. Er ist mein Frauenarzt!" Die Aussage bescherte ihr einen neuen Lachanfall.

Donavan verschluckte sich beinahe an seiner Zunge. Sie hatte recht. Er hielt das für weit weniger lustig als sie. Und ehrlich? So, wie sie gesprochen hatte, erschreckte es ihn.

MIT DEN Füßen auf dem Couchtisch lehnte sich Donavan auf der Couch zurück. Er konnte sich noch ein wenig ausruhen, bevor die Arbeit rief. Obwohl er sich so über den Schichtwechsel aufgeregt hatte, musste er zugeben, dass er die Stimmung in dieser Schicht bevorzugte. Nach fünf war keiner der Chefs mehr im Haus und der bürokratische Scheiß verschwand gleich mit ihnen. Auch mochte er, dass er sich vor der Arbeit noch entspannen konnte, etwas, was vor der Frühschicht nie geklappt hatte. Es war schon schwer genug, den Hintern so früh morgens aus dem Bett zu bekommen und er hatte ständig die Snooze-Funktion seines Weckers genutzt, bis er völlig gehetzt aus dem Haus rasen musste.

Er legte den Kopf zurück und schloss die Augen. Ein kurzes Schläfchen vor der Dusche war keine schlechte Idee, immerhin hatte ihn seine Mutter viel zu früh geweckt. Bevor er jedoch einschlafen konnte, ging sein Handy. Er überlegte für einen Augenblick, ob er es ignorieren sollte, doch dann erinnerte er sich daran, dass er seiner Mutter gesagt hatte, sie solle ihn anrufen, wenn sie bei seinen Großeltern eintraf.

Er nahm das Handy vom Tisch und lächelte, als er den Anrufer sah. Es war Seth.

„Hey Seth. Womit habe ich mir diese angenehme Überraschung verdient?"

„Hey Donavan. Ich bin gerade aus der Mittagspause zurück und dachte, ich könnte mich kurz melden, bevor ich wieder zur Arbeit gehe. Rufe ich zu einer schlechten Zeit an?"

„Nein, ich sitze auf der Couch und entspanne mich."

„Du musst mich bald mal zu dir einladen, damit ich mir ein genaueres Bild davon machen kann."

Donavan sah sich im Raum um und betrachtete seine zusammengewürfelte Einrichtung. Die meisten Möbel hatte er von seinen Großeltern und seiner Mutter bekommen. Es sah aus, als hätte jemand die schlimmsten Möbel aus den Achtzigern in seiner Wohnung ausgekotzt. Mit fünfundzwanzig sein eigenes Haus zu besitzen, war keine so große Leistung, wie viele dachten. Es war ein simples Holzhaus in einer Nachbarschaft, in der jedes Haus im typischen Stil der Nachkriegszeit gebaut und mit seinem identisch war. Es war nicht die übelste Gegend in Flint, doch kam sie nahe dran. Da die Mieten für ein Einzimmerapartment bei achthundert Dollar im Monat lagen, war es sinnvoller, die halbwegs sichere Nachbarschaft zu wählen und einen Kredit abzutragen, der monatlich dreihundert weniger kostete.

„Donavan?"

140

„Oh, entschuldige. Ja … bald", stammelte er. „Wie ist dein Tag?"

„Anstrengend. Was machst du am Wochenende?"

„Cain hat mich gestern Abend dasselbe gefragt. Ich weiß es nicht. Wir haben überlegt, ob wir nicht zum Strand oder so fahren sollten."

„Meine Eltern veranstalten eine Poolparty. Warum kommst du nicht mit und bringst Cain mit? Umso mehr da sind, desto spaßiger wird es."

„Du möchtest, dass ich deine Eltern kennenlerne?", fragte er, ein wenig schockiert. Er hatte noch nie die Familie eines Kerls getroffen. Er war neugierig und würde sie gerne kennenlernen, doch sorgte er sich, dass er sich lächerlich machen könnte oder dass sie ihn nicht akzeptierten.

„Ja, und meine Geschwister."

„Hmm, ich schätze, das wäre wohl nur fair."

„Was meinst du mit fair?", fragte Seth.

„Ich habe heute herausgefunden, dass du meine Mutter bereits kennst. Ehrlich gesagt hast du mehr von ihr gesehen, als ich je wollte."

Stille breitete sich in der Leitung aus, und als Seth endlich nachhakte, klang er verwirrt.

„Nun, meine Mutter kam heute Morgen vorbei. Als sie herausfand, mit wem ich mich treffe, hat sie mich darüber aufgeklärt – Augenblick, ich zitiere –, dass mein neuer Freund uns beide nackt vor sich hätte, wenn er uns untersuche."

„Wirklich? Wie heißt sie?"

„Ruth-Ann Gregory."

Seths Antwort glich der seiner Mutter, nur lachte er nicht ganz so herzlich. „Ist die Welt doch klein. Eine nette Lady, deine Mutter. Ich kann dir aber verraten, dass es wesentlich mehr Spaß macht, dich zu untersuchen und ich das gerne bald wiederholen möchte."

„Wann?", fragte Donavan.

„Ich schließe heute Nacht nicht ab, falls du nach der Arbeit vorbeikommen möchtest. Ich muss morgen erst mittags im Büro sein."

„Ich werde da sein", versprach Donavan zufrieden.

„Gut, ich muss los. Wir sehen uns heute Abend. Denke mal über die Party nach."

„Mach ich. Wir sehen uns."

„Ich kann es kaum erwarten."

Donavan stand mit einem breiten Lächeln im Gesicht auf. Statt eines Mittagsschläfchens würde er die Zeit nutzen, sich ein wenig herauszuputzen. Ein Treffen mit Seth war immer entgangenen Schlaf wert.

22

DIE ALTEN Eichen und Ahornbäume, die die Straße der exklusiven Wohngegend von West Bloomfield Hills säumten, schützten die meisten Häuser vor neugierigen Blicken, wie auch die hohen Steinmauern und verzierten Tore. Cains Pfiff, als er den Wagen in die Einfahrt von Seths Elternhaus lenkte, fasste Donavans Gedanken perfekt zusammen. Das Haus – oder eher die Villa – der Mannings befand sich am Ende der Straße und war einer der beeindruckendsten Orte, die Donavan je gesehen hatte. Die Gartenanlagen, die die runde Einfahrt säumten, könnten auch aus einer der Shows über Schlösser stammen. Das Haus war zwar kein Schloss, dennoch war es absolut beeindruckend. Es besaß weiße Steinsäulen, eine rote Ziegelfassade und schwarze Gusseisengeländer säumten die Doppeltreppe.

„Ich schwöre, dass ich enttäuscht bin, wenn Scarlett O`Hara gleich nicht diese Treppe herabsteigt", merkte Cain an.

„Ich wäre schon zufrieden, wenn ich eines dieser coolen Gadgets bekommen würde, die meinen zerbeulten Truck verschleiern. Das hier ist echt nicht unsere Liga."

„Sprecher nur für dich", gab Cain zurück und nahm die Eindrücke staunend auf. „Ich werde hier garantiert meine Sugarmum finden."

„Du wirst es gar nicht erst versuchen. Dafür kannst du mir helfen und verraten, wo ich parken soll."

„Nenne es Zufall, doch der Typ im gelben Poloshirt dort drüben sieht ganz so aus, als zeige er dir, wohin du fahren sollst."

„Mist! Ich habe kein Kleingeld. Wie hätte ich wissen können, dass es hier einen Parkservice gibt?", fluchte Donavan.

„Du hast dir vorhin Geld am Automaten gezogen", sagte Cain.

„Ja, aber das sind nur Zwanziger", merkte Donavan an und fuhr in Richtung des Parkhelfers.

„Du dummer Idiot. Diese Kids bezahlen das College oder was auch immer mit diesen Sommerveranstaltungen. Sie zahlen kein Vermögen, die Helfer sind auf das Trinkgeld angewiesen."

„Als ob du das wissen würdest", meinte Donavan. „Die Werkstatt war dein erster Job und der einzige Grund, warum du den Job bekommen hast, war deine Mutter."

Cain schlug Donavan auf den Arm. „Halte die Klappe und gib dem Jungen einen Zwanziger. Das Date bleibt trotzdem günstig."

Donavan hätte Cain liebend gerne eine auf den Kopf gegeben, doch hatten sie den Helfer erreicht. Er würde sich später rächen.

„Guten Abend", sagte der junge Kerl mit einem Lächeln. „Darf ich bitte Ihre Namen haben?"

„Donavan Gregory und Cain Eastman", teilte Donavan dem Typ mit, ebenfalls lächelnd. Der Helfer suchte sich durch eine Liste auf seinem Klemmbrett. Donavan fragte sich, wie viele Gäste wohl eingeladen worden waren.

„Ah, ich habe Sie", erklärte der Helfer. „Wenn Sie bitte aus Ihrem Fahrzeug steigen würden, dann lasse ich es für Sie abstellen."

Donavan stieg aus und ließ die Tür offen stehen. Er nahm seine Tasche und suchte seine Geldbörse heraus. Er akzeptierte den Beleg und reichte dem Parkhelfer einen Zwanziger. Er machte sich gerade auf den Weg zur Treppe, Cain im Schlepptau, als der Parkhelfer ihnen nachrief.

„Die Party findet hinter dem Haus statt."

Donavan blieb stehen und Cain rannte ihm in die Hacken. Beinahe wäre er kopfüber hingefallen.

„Würdest du bitte aufpassen, wo du hinläufst?"

„Vielleicht bleibst du nicht einfach stehen?", gab Cain zurück und sah sich weiter um. „Meine Güte, dieses Grundstück ist ein Highlight."

Donavan war drauf und dran, Cain an die Hand zu nehmen, als sei er ein zweijähriges Kleinkind. Natürlich nicht, um Cain zu beschützen, sondern um zu verhindern, dass er sie beide blamierte. Ja, das wäre vermutlich nicht die beste Idee, wenn er zu einer Party erschien, die von der Familie seines Partners ausgerichtet wurde.

„Jetzt pass auf, wohin du läufst", grummelte Donavan und nickte in Richtung der Einfahrt. „Und blamiere mich nicht. Ich will dich von deiner besten Seite sehen."

„Ja, Daddy."

Oh Gott. Er würde gleich Seths Familie zum ersten Mal sehen. Warum hatte er Cain mitgebracht, ohne ihn an die Leine zu nehmen? Ein Maulkorb wäre eine noch bessere Idee gewesen, wenn er darüber nachdachte, dass Cain seine Klappe nicht mal an guten Tagen unter Kontrolle hatte.

„Sag einfach gar nichts."

„Du solltest dich wirklich entspannen und lernen, wie man sich vergnügt." Cain legte den Arm um Donavan Schultern und stieß ihn mit der

Hüfte an. „Und höre auf, dich fertigzumachen. Die Familie deines Freundes wird dich lieben und, was viel wichtiger ist, mich auch."

Donavan hoffte es. Er atmete tief durch und schüttelte Cain ab, bevor sie um die Ecke gingen. Der Garten war riesig. Markante Blumenbeete mit einer Mischung aus Blüten in Pink, Gelb und Violett säumten die weißen Zelte, die zwischen ihnen aufgestellt waren. Ein olympiatauglicher Pool mit wunderschönen Mosaikfliesen und einem Steinwasserfall befand sich am anderen Ende des Gartens, komplett mit einer Rutsche und einer Schwingschaukel. Die Anlage erinnerte Donavan an einen Rückzugsort auf einer karibischen Insel, der inmitten eines englischen Gartens errichtet worden war.

Ungefähr dreißig, ihm unbekannte Personen standen beisammen und unterhielten sich lachend, während zahlreiche Kinder umherrannten und in den Pool sprangen. Donavan verlangsamte seine Schritte und suchte die Gesichter nach einem Bekannten inmitten der Fremden ab.

„Hey, da steht Essen auf dem Tisch. Lass uns dorthin gehen", schlug Cain vor. „Ich verhungere."

„Würdest du es ertragen, wenn wir erst Seth finden?"

„Weißt du was", sagte Cain und ging an Donavan vorbei, „lass uns am Essen vorbeigehen, während wir nach deinem Freund suchen und uns dabei einen Snack ergattern."

Donavan stöhnte auf und folgte Cain. Sie zogen ein paar seltsame Blicke an, ein paar zweifelnde Gesichtsausdrücke und sogar einen anzüglichen Blick einer Dame in einem Badeanzug, der so eng war, dass Donavan errötete.

„Hast du ihre Titten gesehen?", fragte Cain, sobald sie aus der Hörweite waren. „Wir müssen wirklich mal irgendwann so eine Party veranstalten."

„Genieß lieber diese, denn bei unserem Gehalt ist das eine einmalige Gelegenheit."

Cain sah über die Schulter zurück zu der gut ausgestatteten Frau und hob seine Augenbraue. „Oh, vertraue mir. Ich werde diese Party garantiert in vollen Zügen genießen."

Anstatt sich einen kleinen Snack zu nehmen, belegte sich Cain einen Teller haushoch mit Essen, das er runterschlang, während sie nach Seth suchten.

Ein attraktiver Mann mit dunklem Haar und dunklen Augen, der Seth sehr ähnlich sah, trat zu ihnen heran und streckte die Hand aus. „Darf ich annehmen, dass Sie Donavan sind?"

Donavan schüttelte die ihm angebotene Hand und nickte, überrascht, dass dieser Fremde seinen Namen kannte. „Ja, Sir, und dies ist mein Freund Cain Easterman." Er zeigte mit dem Daumen über seine Schulter in Cains Richtung.

Cain wischte sich die Hand an der Hose ab und streckte sie aus. „Wie geht's?"

Der Fremde ließ seinen Blick mit einem anerkennenden Ausdruck im Gesicht über Cains Körper wandern. „Mir geht es gut, danke. Ich bin Seths Cousin, Tristan Manning."

Der Blick, mit dem Tristan Cain betrachtete, sorgten dafür, dass sich Donavans Hirnzellen wieder zusammenfanden. Er wusste, wer dieser Mann war. Er musste der orthopädische Chirurg sein, den Seth erwähnt hatte. „Wissen Sie, wo Seth ist?", fragte er.

„Er ist hier irgendwo. Bleibt bei mir und ich helfe euch, ihn zu finden."

Es überraschte Donavan nicht, dass sich Tristan an Cains Seite hielt, selbst wenn er sich mit ihm unterhielt.

„Ich habe eine Menge über Sie gehört. Ich habe mich darauf gefreut, den Menschen kennenzulernen, der unseren Seth die ganze Zeit über lächeln lässt."

„Wirklich? Seth hat von mir gesprochen?"

„Warum sollte er nicht?", mischte sich Cain ein. „Du bist ein guter Fang. Ich wäre besorgt, hätte er seiner Familie nicht von dir erzählt."

„Ich würde vor der Familie angeben", deutete Tristan an und lächelte in Cains Richtung.

Donavan konnte sich nicht verkneifen, ein wenig stolz zu sein. Seth hatte über ihn mit seiner Familie gesprochen? Er war sich nicht sicher, warum er überrascht war, vermutlich, weil er glaubte, Seth würde nicht wollen, dass sie etwas aufgrund des Altersunterschieds und seiner mangelnden Bildung von ihm erfuhren. Noch überraschter war er, wie gut Tristans Kompliment ihm tat. Er fand es lustig, wie unbedarft sich Cain ob Tristans Zuneigung ihm gegenüber verhielt. Donavan hätte sich unwohler zwischen all den Menschen gefühlt, hätte ihm Tristan nichts von Seths Gesprächen erzählt. Seth wollte ihn also offensichtlich hier haben. Er hatte ihn eingeladen und, was noch besser war, über ihn gesprochen.

„Hey, da sind Seths Brüder", erklärte Tristan und winkte in Richtung des Pools. „Ich stelle euch vor."

Seths Zwillingsbrüder sahen weder Seth noch Tristan ähnlich. Sie waren das genaue Gegenteil von ihnen. Sie waren eineiig, beide groß, schlank, hatten blonde Haare und helle Augen. Sie wirkten eher, als seien sie Seths Cousins und Tristan sein Bruder.

„Samuel, Christopher, darf ich euch Seths Freund Donavan vorstellen?" Tristan deutete in Donavans Richtung. Dann hakte er sich bei Cain ein. „Und dieser bezaubernde beste Freund ist Cain Eastman."

„Oh, wow, hi. Freut mich, dich endlich kennenzulernen. Ich bin Samuel", sagte der Zwilling im blauen Shirt. Donavan streckte ihm seine Hand entgegen. „Freut mich auch."

Samuel ignorierte seine Hand, umarmte ihn und klopfte ihm auf den Rücken. „Ich habe so viele tolle Dinge über dich gehört."

Donavan erwiderte die Umarmung und wollte gerade antworten, als Christopher seinen Bruder zur Seite stieß und ihn ebenfalls umarmte. „Ich bin der coole Zwilling. Freut mich, dich kennenzulernen, Donavan." Er trat zurück und legte den Kopf schief. „Nennt man dich Donavan oder Don?"

„Cooler Zwilling, meine Güte", murmelte Samuel und klapste seinem Bruder auf den Hinterkopf. „Du wünscht dir wohl, cool zu sein."

„Hey, pass auf meine Frisur auf", stieß Christopher aus, drehte sich um und stürzte sich auf Samuel, der ihm auswich.

„Achtet nicht auf sie", sagte Tristan lachend. „Das sind Kinder im Körper eines Erwachsenen."

„Erinnert mich an Cain." Donavan lachte und er fing sich ebenfalls einen Klaps auf den Hinterkopf ein.

„Ah, ah, ah." Seth trat von hinten an sie heran. Donavan fuhr herum, gerade rechtzeitig, um zu sehen, wie Seth die Hand auf Cains Rücken legte und sagte: „Mein Mann wird nicht geschlagen."

„Hey", sagte Donavan mit einem breiten Lächeln.

Seth erwiderte das Lächeln und legte einen Arm um seine Hüfte, bevor er ihn auf die Wange küsste. „Hey, Schatz. Du hast Tristan und die Abscheulichen also schon kennengelernt."

Samuel und Christopher hörten mit ihren Spielchen auf, doch wirkte keiner von ihnen beeindruckt. Sie stießen sich immer noch gegenseitig in die Rippen, als sie wieder zu ihnen kamen. „Er hat angefangen", beschuldigte Samuel seinen Bruder.

„Benehmt euch", warnte Seth sie und zeigte mit dem Finger erst auf Christopher, der gerade etwas erwidern wollte, es sich aber anders überlegte, und dann auf Samuel. Überraschenderweise hielten nun beide den Mund und schauten zurechtgewiesen drein.

„Das ist eine tolle Party." Cain hob seinen Teller an. „Danke für die Einladung."

„Ja, danke, dass du ihn eingeladen hast. Ich meinte, sie", sagte Tristan mit einem verschlagenen Grinsen.

„Du benimmst dich ebenfalls", meinte Seth in Tristans Richtung, der allerdings überhaupt nicht beeindruckt war und weiter flirtete.

„Ich bin heute den ganzen Tag wie verrückt herumgelaufen und verhungere. Möchtest du mit mir kommen und etwas zu essen finden?", fragte Seth Donavan.

„Gerne."

„Tristan?", fragte Seth nach.

„Nein, ich habe schon gegessen. Cain und ich werden einen Tisch für uns freihalten, nicht wahr, großer Junge?"

„Natürlich", antwortete Cain, noch immer nicht merkend, was eigentlich vor sich ging.

„Und was ist mit uns? Lädst du deine Brüder nicht ein?", beschwerte sich Christopher.

„Ich habe euch vorhin schon am Tisch gesehen. Ihr habt schon alles Mögliche in euch reingestopft", gab Seth zurück. „Aber natürlich dürft ihr gerne mitkommen."

„Ach nee, wir wollten uns gerade unsere Badehosen anziehen. Wir sehen uns später", bemerkte Samuel, schnappte sich seinen Bruder am Arm und fügte hinzu: „Komm schon, ich habe Missy Calhoun in den Pool springen sehen."

„Woohoo", jubelte Christopher. Die beiden waren sogleich verschwunden.

Seth schüttelte den Kopf, als er seinen Brüdern nachsah. „Man würde niemals glauben, dass sie hervorragende Noten haben, oder?"

Sie ließen Cain und Tristan zurück und zu Donavans Freude verschränkte Seth ihre Finger und hielt mit ihm Händchen, als sie zum Buffet wanderten. „Du siehst toll aus", sagte er. „Ich bin wirklich froh, dass du und Cain kommen konntet."

„Ich auch, und danke für die Einladung." Donavan drückte Seths Hand. „Tristan scheint sich auch darüber zu freuen. Er weiß, dass Cain hetero ist, oder?"

„Ich bin mir nicht sicher, ob ich das Detail erwähnt habe."

„Du bist unmöglich." Donavan schmunzelte leicht. Aber Cain verdiente es nicht anders, wenn er schon nach einer Sugarmum suchte.

„Ja, das bin ich", erwiderte Seth grinsend. „Da ist meine Schwester. Stört es dich, wenn ich euch gegenseitig vorstelle, bevor wir uns etwas zu essen suchen?"

„Nein, überhaupt nicht. Weise mir den Weg."

Callie war einfach in der Menge zu finden. Seth hatte recht. Sie sah aus, als würde sie jeden Augenblick platzen. Sie hatte ebenso dunkle Haare wie Seth, doch anstelle der dunklen Augen hatte sie die blauen Augen seiner Zwillingsbrüder. Donavan stellte mit einem Mal fest, dass Mama und Papa Manning nicht nur vier schlaue, sondern auch vier sehr gut aussehende Kinder hatten. Es war, als hätten sie in der Nachwuchslotterie gewonnen. Jetzt war er sogar noch interessierter, Seths Eltern kennenzulernen, obwohl er auch gleichzeitig nervöser wurde. Er wollte wirklich, dass sie ihn mochten und, was noch wichtiger war, der Beziehung mit ihrem Sohn zustimmten.

„Callie", rief Seth, als sie eine kleine Gruppe erreichten. „Ich möchte, dass du Donavan kennenlernst."

Donavan streckte seine Hand aus. „Ich freue mich auch, dich kennenzulernen."

Zum zweiten Mal an diesem Tag wurde seine Hand ignoriert und er fand sich in einer Umarmung wieder. „Ich habe so viel über dich gehört. Es ist toll, dich endlich zu treffen."

Donavan spannte sich an und klopfte ihr unbehaglich auf den Rücken, als er in die großen blauen Augen des Kindes sah, das sie auf dem Arm trug. „Ich freue mich auch."

„Und dieser kleine Held ist Clint", sagte sie freudestrahlend und trat zurück.

Donavan winkte dem Kleinen zu, der bereits das Interesse an ihm verloren hatte und sich lieber seinem Lutscher widmete.

„Das ist unsere Cousine Carla." Callie zeigte in Richtung einer weiteren attraktiven Dame, die ungefähr so alt war wie Callie. „Und ihr Ehemann Markus."

Donavan schüttelte beiden die Hände und gab sein Bestes, ihre Gesichter mit den richtigen Namen zu verknüpfen. Doch wusste er, dass es aussichtslos war. Er würde sich die vielen neuen Namen niemals merken können.

Seth ließ Donavan los, legte einen Arm um seine Schwester und küsste sie auf den Kopf. „Wie fühlst du dich?"

Callie warf Seth einen finsteren Blick zu. „Mein Rücken schmerzt, meine Knöchel sind so dick wie meine Oberschenkel und ich habe einen jungen Fußballspieler in mir, der meine Blase für Schussübungen nutzt. Was glaubst du, wie ich mich fühle?"

Seth löste sich von ihr und hob seine Hände in einer beschwichtigenden Geste, als er langsam von Callie zurückwich.

„Entschuldige, dass ich gefragt habe."

„Selbst ich weiß, dass man schwangere Frauen nicht nach ihrem Befinden fragt", meinte Donavan schmunzelnd. „Du hättest einfach sagen sollen, dass sie wunderbar aussieht." Er hatte das von einer der Frauen auf der Arbeit gelernt. Wollte man kein Geschimpfe riskieren, fragte man nie, wie sie sich fühlten. Stattdessen machte man einen großen Bogen um das Thema und stimmte einfach allem zu, was die Frauen von sich gaben.

„Ich mag ihn", meinte Callie mit einem breiten Lächeln, dann legte sie die Stirn in Falten und blickte zu ihrem Bruder. „Du könntest etwas von ihm lernen."

Seth legte seinen Arm wieder um Donavans Taille und zog ihn näher zu sich heran. „Das habe ich schon. Es ist mehr an Donavan als nur sein hübsches Gesicht. Er ist unglaublich schlagfertig und schlau."

Zum zweiten Mal innerhalb von Minuten wuchs Donavan förmlich vor Stolz. Seths Komplimente waren der Grund für seine absolute Zufriedenheit. Er hatte sich Sorgen gemacht, große Sorgen, ob er gut genug für Seth war oder noch schlimmer, er ihn blamierte. Doch mit all den Komplimenten, die ihm Seth machte, erschien es plötzlich weniger wichtig, dass er zu Seths Familie passte. Es war natürlich immer noch wichtig, doch wie Seth ihn sah, war wesentlich wichtiger.

Seth unterhielt sich kurz mit seiner Familie, doch Donavan fühlte sich nicht wie ein Außenstehender. Seths Daumen streichelte ihn an der Hüfte und dessen Wärme auf seiner Haut reichte aus, damit er sich ins Gespräch einbezogen fühlte. Er war nicht besonders gut im Smalltalk, oft blamierte er sich, wenn er seinen Mund in den unmöglichsten Momenten öffnete, daher war es ihm einfach nur recht, hier zu stehen und von Seth im Arm gehalten zu werden.

Nach ein paar Minuten entschuldigte sich Callie. „Ich muss den Dreck von Clint abwaschen und ihn zum Mittagsschlaf hinlegen." Sie wandte sich an Donavan und fügte hinzu: „Es hat mich wirklich gefreut, dich kennenzulernen. Mein Mann will dich ebenfalls unbedingt kennenlernen, daher werden wir später sicher noch einmal reden."

Unbedingt kennenlernen? Wow, was hatte Seth eigentlich über ihn berichtet?

Offenbar waren es nur gute Dinge gewesen, da sie ihn alle treffen wollten. Er würde sich später bei Seth bedanken.

„Es hat mich auch gefreut und ich freue mich, wenn wir uns später noch mal sehen und ich deinen Mann kennenlerne", antwortete er.

„Heiß, süß und freundlich", merkte Callie an und knuffte Seth. „Den musst du unbedingt behalten."

„Das brauchst du mir nicht sagen." Seth zog Donavan dichter zu sich heran, dieses Mal absolut besitzergreifend. Donavan gefiel die Geste.

Donavan und Seth verließen Callie und die Cousinen und machten sich auf zum Buffet. Donavan war sicher, dass er wie verrückt grinste, als er seinen Teller auffüllte. Doch kümmerte es ihn nicht. Er war glücklicher als jemals zuvor und konnte sein Glück nicht verstecken. Nicht, dass er es überhaupt wollte.

23

DAS WASSER umfing seine Schultern und kühlte seinen erhitzten Körper, als Seth in den übermäßig mit Chlor versehenen Pool sprang. Garantiert würden seine Augen tränen und er würde ständig niesen, aber egal, es war einfach zu schön. Sie hatten einen heißen Tag erwartet, als sie sich entschlossen hatten, die Party auf den vierten Juli zu legen, aber fast 36 Grad und 100 Prozent Luftfeuchtigkeit waren mehr als nur heiß. Wenn man bedachte, dass er auch noch seinen Arm den ganzen Tag besitzergreifend um Donavan gelegt hatte, war es kein Wunder, dass er kochte. Trotzdem würde er nicht das kleinste Detail ändern wollen.

Donavan war sich vermutlich nicht sicher und seine Nervosität war auffallend gewesen, doch Seth hatte seine Sorgen nicht geteilt. Er hatte gewusst, dass er zu ihnen passte und dass ihn seine Familie mögen würde. Was auch so eintraf. Der letzte Test würden seine Eltern sein, doch auch hier hegte er keinen Zweifel. Seth war glücklich, glücklicher, als er in einer langen Zeit gewesen war und das war, was seinen Eltern wichtig war.

Seth tauchte auf der anderen Seite des Pools direkt neben Donavan aus dem Wasser auf. Er schüttelte sich das Wasser aus den Haaren, was dazu führte, dass Donavan seine Hände abwehrend hob.

„Hey", protestierte er lachend.

Seth fuhr sich mit den Händen übers Gesicht und lehnte sich an die Wand des Pools. Er legte seine Arme flach auf den Beckenrand. „Hast du eine schöne Zeit?"

„Absolut. Deine Familie ist klasse und dieser Pool ...", Donavan ließ sich tiefer ins Wasser gleiten, bis sein Kopf in Seths Achselhöhle zum Halten kam, „... setzt dem Ganzen die Krone auf."

„Und du siehst klasse aus. Ich denke, ich muss dir nachher etwas zurückzahlen."

Donavan wandte den Kopf in seine Richtung und hob eine Braue. „Was zum Teufel habe ich getan?"

„Oh, du hältst mich in dauerhafter Erregung. Und die Dinge, die ich gerne hier und jetzt mit dir machen würde, eignen sich nicht gerade für ein Familientreffen."

„Und das ist meine Schuld?"

„Ja. Du hast eine Badehose an und bist braun gebrannt. Und deine Haut ist nass. Hör einfach auf, so verdammt sexy zu sein, okay?"

Donavan warf seinen Kopf in den Nacken und lachte. „Ich werde mal sehen, was ich tun kann."

„Oh ja, das wirst du", erwiderte Seth zwinkernd. „Ich will nicht, dass du irgendwas veränderst, daher werde ich mich später an dir rächen."

„Kanonenball!"

Sekunden später schwappte eine Welle auf sie zu. Seth kletterte aus dem Pool heraus und setzte sich auf den Rand, während er Wasser ausspuckte und zu husten begann.

Tristan und Cain tauchten aus dem Wasser auf und schlugen sich in die Hände, jubelnd und sich gegenseitig gratulierend.

„Ich glaube, noch jemand anderes verdient eine Retourkutsche", murmelte Donavan und wischte sich die Haare aus den Augen.

Seth stand auf und half Donavan aus dem Pool. „Ich stimme dir zu. Auf drei."

„Drei!", schrie Donavan und stürzte sich ins Wasser.

Bevor Seth zum Luft holen kam, rief Cain schon zum Rückzug auf. Doch es war zu spät. Donavan hob ihn bereits aus dem Wasser.

Seth beeilte sich und tauchte in Richtung Tristan, bevor er die Chance hatte, seinem Partner zu Hilfe zu eilen. Die Vier kämpften miteinander, jeder versuchte, einen Halt auf einem der nassen Körper zu finden und die Oberhand zu gewinnen. Es dauerte nicht lange und jeder machte mit. Christopher und Samuel tauchten auf einmal auf und Seth erlangte einen kurzen Blick auf Callies Ehemann Ken, der nach Cain griff, bevor er unter Wasser gedrückt wurde.

In dem Chaos verloren er und Donavan die Oberhand. Gott, er musste sich anstrengen, überhaupt den Kopf über Wasser zu halten. Es war eine Überraschung, als sich die Seiten wendeten. Das Nächste, an das sich Seth erinnern konnte, war, dass er seine Arme hinter seinen Kopf gedrückt hielt, sich in Cains Schwitzkasten wiederfand und sich irgendwie befreien wollte. Doch war der Mann zu stark. Tristan fand sich in derselben Lage, nur hielt ihn ein wesentlich größerer Donavan.

„Ich glaube, wir haben hier ein kleines Problem", schloss Cain.

„Ja, es sieht so aus, als hätten wir unsere Männer vertauscht", gab Donavan zu. „Sollen wir einen Handel abschließen und unsere Gefangenen austauschen?"

Cain hielt ihn weiterhin fest und flüsterte in sein Ohr. „Was denkst du, Doktor? Möchtest du einen echten Mann oder willst du doch wieder zu Donavan?"

„Ha ha ha", rief Donavan. „Du würdest nicht mal wissen, wie sich ein echter Mann anfühlt, bis du einen in den Händen hattest."

„Wie bitte?", kommentierte Seth.

„Oh, er hält dich in seinen Armen. So meinte ich das nicht." Donavan war abgelenkt und das war alles, was Tristan benötigte, um sich zu befreien.

Im Nu war er an Cains Seite und kitzelte Seth an den Rippen. „Wir haben gewonnen, wir haben gewonnen", brüllte er ihren Triumph heraus.

„Stopp, stopp", flehte Seth zwischen Gekicher. „Ich gebe auf, verdammt, ich gebe auf!"

Donavan, Seths Ritter in prachtvoller Rüstung, kam zu seiner Rettung. Er warf sich auf Tristan, zog ihn unter Wasser und die Schlacht ging weiter.

„Seth Daniel Manning!"

Seth erstarrte, als die Stimme ihrer Mutter das Geschrei ihres Schabernacks übertönte.

Christopher O'Neil und Samuel Jacob wurden ebenfalls mit demselben Tonfall gerufen, und es reichte, damit die ganze Truppe sich beruhigte.

„Ihr spritzt die Gäste nass und verängstigt die Kinder", wies sie Seths Mutter zurecht, die Hände auf die Hüften gestemmt. Ihr Gesichtsausdruck hätte ihn als Kind bibbern lassen. „Jetzt werdet ihr und eure Freunde euch beruhigen und nett sein."

„Ja, Madam", kam die Antwort wie von einem Chor.

Seth ließ langsam Markus' Shorts los und suchte sich seinen Weg zu Donavans Seite, der sich das Wasser aus den Augen rieb. Jetzt, da der Spaß vorüber war, spürte Seth seine brennenden Augen. Er rieb sich mit der Hand über das Gesicht und wollte Donavan gerade fragen, wie es ihm ging, doch fing er gerade in diesem Moment zu niesen an und er brachte kein Wort mehr hervor.

SEIN ARMES Baby hatte den Abend über beinahe ohne Unterbrechung geniest. Donavan konnte nichts anderes tun, als ihm beruhigend über den Rücken zu reiben, bis die Medikamente gegen seine Allergie endlich wirkten.

Seth putzte sich die Nase und trocknete sich wieder mal die Augen. „Okay, ich dachte, das sei es wert, aber jetzt beginne ich, meine Entscheidung infrage zu stellen." Er nieste erneut.

„Warum hast du mir nicht gesagt, dass du gegen Chlor allergisch bist, als ich dich fragte, ob du mit mir schwimmen kommst? Ich hätte es verstanden."

„Weil ich meine Hände auf deinen nassen Körper legen wollte."

„Das hättest du auch später in der Dusche haben können, du dummer Kerl."

Seth zuckte mit den Schultern. „Ich kann manchmal etwas ungeduldig sein."

„War sie wirklich sauer auf uns?"

Seth schüttelte den Kopf. „Nein, vielleicht genervt, aber nicht wütend. Sie ist den Schabernack gewohnt, den wir teilweise veranstalten. Letztes Jahr begannen wir ein einfaches Spiel Pool-Volleyball und es eskalierte so schnell, dass es zum Völkerball wurde. Onkel Roger landete im Rhododendron, als Samuel und Tristan dem Ball nachrannten."

„Okay, hier gibt es also ziemlich lustige Dinge zu erleben. Ich meinte natürlich, dass ich hoffe, dass Onkel Roger nichts passiert ist, doch ... ja, lustig."

„Es ging ihm gut", erwiderte Seth schmunzelnd. „Er stand fluchend und spuckend auf. Sagte ein paar Worte, von denen ich sicher bin, dass einige Mütter sie später ihren Kindern erklären mussten, damit sie sie nicht wiederholen würden. Moms elegante Feiern enden meist im Rowdygetümmel."

„Ich mag deine Familie. Ich denke, ich passe zu den Rowdys."

Seth veränderte seine Position, damit er Donavan betrachten und eine Hand auf seinen Oberschenkel legen konnte. „Du passt perfekt zu uns. Ich bin froh, dass du sie magst. Das bedeutet mir viel. Ich weiß, Pärchen, die die Familien des anderen mögen, haben höhere Chancen, lange zusammenzubleiben."

„Und du hast es schon wieder getan", murmelte Donavan und küsste ihn.

„Was habe ich gemacht?"

„Mein Herz zum Schmelzen gebracht."

„Nun, was auch immer ich getan habe, ich hoffe, dass ich es durchhalten kann", antwortete Seth mit einem breiten Grinsen.

„Dann sei einfach du selbst", beruhigte ihn Donavan.

„Da das der einzige Kerl ist, von dem ich weiß, wie er ist, dürften meine Gebete erhört worden sein."

„Und sie waren?"

„Für dich und dass du dich wie verrückt in mich verliebst."

Donavan glaubte, sein Herz würde ihm gleich aus der Brust springen, so schnell schlug es. In der Tat, er hatte sich bis über beide Ohren in Seth verliebt. Trotzdem, am Pool sitzend, von Seths Familie umgeben, war für ihn nicht der passende Ort, es zum ersten Mal laut auszusprechen.

„Wunder geschehen jeden Tag", deutete er an und wechselte schnell das Thema. „Dir scheint es besser zu gehen?"

„Wesentlich besser." Seth erhob sich von seinem Liegestuhl und wickelte sich ein Handtuch um die Hüften. „Bereit, meine Eltern kennenzulernen?"

„So bereit, wie ich nur sein kann."

ZURÜCK IN seiner trockenen Kleidung und mit seiner Hand in Seths, schalteten seine Nerven wieder zurück auf Panik. Seth hatte ihm zwar versichert, dass seine Eltern ihn mögen würden, trotzdem machte er sich Sorgen. Was war, wenn er etwas Falsches sagte, wenn er seltsam aussah oder roch? Ja, er analysierte wieder mal alles tot und war ein absoluter Idiot, doch das hier war wichtig.

Seth drückte seine Hand, bevor sie an den Tisch traten. „Atme tief durch, alles wird gut. Ich verspreche es dir."

Donavan tat wie geheißen, doch ob alles gut werden würde, war eine ganz andere Sache.

„Mum, Dad, das ist Donavan."

Mister Manning stand auf und schüttelte Donavans Hand. Donavan erkannte, von wem Seth das gute Aussehen hatte. Das Haar seines Vaters war bereits mit silbernen Strähnchen versehen, doch waren die dunklen Strähnen dieselben, die auch Seth hatte. Das Gleiche traf auf seine Augen zu. Donavan wusste nun genau, wie Seth in zwanzig oder dreißig Jahren aussehen würde. Und er musste zugeben, dass sein Lover dann immer noch verdammt hübsch sein würde.

„Es freut mich, dich kennenzulernen, Donavan."

Donavan schüttelte die Hand. „Es ist mir ein Vergnügen, Sir."

„Bitte, nenne mich William."

„William", wiederholte Donavan mit einem Nicken.

„Und mich kannst du Molina nennen", sagte Seths Mum, und, ebenso wie die anderen Mitglieder der Familie, die Donavan getroffen hatte, schlang auch sie die Arme um ihn.

Donavan erwiderte die Umarmung ein wenig unsicher und sah zu Seth, als seine Mutter ihn gar nicht mehr losließ. Doch zwinkerte Seth nur. „Meine Familie liebt Umarmungen."

Gott, er sollte das noch mal sagen. So häufig wie heute, war er seit … gut, er war noch nie so oft von Fremden umarmt worden. „Hmm, es ist wirklich eine Freude, dich kennenzulernen, Molina."

„Bitte, setz dich", bot Molina an und deutete auf den Stuhl neben ihrem.

Er wurde den weiteren Leuten am Tisch vorgestellt, die sich als Tanten und Onkel herausstellten. Seth lehnte sich zu ihm herüber und flüsterte in sein Ohr. „Lasse die Fragen beginnen."

Donavan warf ihm einen panischen Blick zu. Er war so mies in der Gesprächsführung, wenn er im Mittelpunkt stand und er versagte absolut, wenn er über sich sprechen sollte.

Seths Hand landete auf seinem Oberschenkel und tätschelte ihn. „Du wirst dich wunderbar schlagen. Sei einfach du selbst und sie werden dich lieben."

„Hast du eine große Familie, Donavan?", fragte Molina.

„Nein, Madam. Nur meine Mutter und ich. Aus der erweiterten Familie gibt es nur meine Großeltern. Meine Mutter ist ebenfalls ein Einzelkind."

„Oh, das klingt nach Einsamkeit. Nun, jetzt gehörst du ja hier zur Familie", strahlte Molina und tätschelte seinen Oberschenkel.

„Danke." Donavan legte seine Hand über Seths und stillte dessen Bewegungen. Es war wirklich seltsam, von seinem Freund und dessen Mutter gleichzeitig getätschelt zu werden.

Glücklicherweise gestikulierte Molina beim Reden und nutzte dazu beide Hände. „Ich habe dir zu danken, weil du meinen Sohn zum Lachen bringst."

Donavan lief bei dem Kompliment rot an. „Es ist mir ein Vergnügen. Er bringt mich auch zum Lachen."

„Also, Seth hat mir erzählt, dass du bei einem Zulieferer für Autoteile arbeitest", mischte sich William ein.

„Ja, Sir." Donavan wappnete sich vor der Enttäuschung, die nun sicher aufkommen würde, weil Seth sich einen Fabrikarbeiter als Partner suchte. Nur kam keine.

„Ein guter und ehrlicher Job", sagte William und nickte. „Harte Arbeit. Deshalb bin ich aufs College gegangen. Ich hätte die körperliche Arbeit nie ertragen."

„Er ist ein großer und kräftiger Junge", merkte Seths Mutter an. „Er ist perfekt für diese Arbeit geschaffen."

„Ich erinnere mich noch an unsere Kindheit. Du hast dich immer vor körperlicher Arbeit gedrückt", sagte Williams Bruder.

Die Unterhaltung konzentrierte sich nun auf Kindheitserinnerungen und Donavan atmete erleichtert auf. Er wusste, dass da noch Fragen kommen würden, doch fühlte er sich jetzt sicher genug, mit ihnen umzugehen. Trotz ihrer bildungstechnischen und sozialen Unterschiede, schien ihn Seths Familie zu akzeptieren. Sie waren gute Menschen, was ihn jedoch weniger überraschte, immerhin hatten sie jemand so wunderbaren wie Seth großgezogen.

24

DONAVAN WACHTE mit dem ihm bekannten Gefühl von Seths Lippen auf seiner Stirn auf. Er rollte sich auf die Seite und schnappte sich Seth, bevor dieser aus dem Bett schlüpfen konnte. Er zog ihn dicht zu sich, nicht bereit, nun schon auf dessen Wärme zu verzichten. Seit er Seths Familie vor einem Monat kennengelernt hatte, hatten seine Tage häufig auf diese Weise begonnen. Er schlief nur noch selten in seinem eigenen Bett, und obwohl er sich noch nicht offiziell dazu entschlossen hatte, war er mehr oder weniger schon bei Seth eingezogen. Nur seine Habseligkeiten befanden sich noch in dem kleinen Schränkchen in seinem eigenen Haus.

„Ich muss mich für die Arbeit fertigmachen", flüsterte Seth. „Du hast Spätschicht, schlaf noch ein wenig."

„Ich kann nicht mehr einschlafen, mir ist kalt", murmelte Donavan verschlafen und weigerte sich, Seth loszulassen. Sie hatten dieses Gespräch jeden Morgen.

„Du schnarchst, bevor ich zu Ende geduscht habe", gab Seth zurück, versuchte aber nicht mehr aus dem Bett zu kommen. Er wusste, dass es vergebens war.

„Fünf Minuten noch. Warum singst du mir kein Lied zum Einschlafen vor und hilfst mir, damit ich ohne dich schlafen kann?"

„Ich gebe dir fünf Minuten, aber werde garantiert nicht singen", erwiderte Seth schmunzelnd.

„Einverstanden." Donavan kuschelte sich näher an ihn heran. Er würde ihn vermissen, wenn er das nächste Mal seine Augen öffnete. Seth hatte recht, er würde wieder schlafen, bevor dieser aufbrach, also genoss er es so lange, wie er die Chance hatte.

„Mein guter Freund Malcom, du weißt schon, der Besitzer des Undergrounds, den ich treffen wollte?"

„Hmm."

„Nun, er ist wieder zurück und hat uns zum Essen in seinen Club für heute Abend eingeladen. Möchtest du gehen?"

„Ja, warum nicht. Klingt gut."

„Es ist nur zum Essen", sagte Seth.

„Hmm", summte Donavan erneut. „Du, ich, der Club, wie kann das kein Spaß sein?"

„Guter Punkt. Ich sage Malcom, dass wir kommen werden. Und nun rutsch rüber und schlafe oder aber du wirst ohne mich gehen."

„Ja, Sir", neckte Donavan ihn. Er rollte zur Seite und Seth rückte dicht an ihn heran. Donavan schloss die Augen. Er war erst um zwei von der Arbeit gekommen, da wieder einmal Überstunden gefordert wurden. Es würde nicht lange dauern, bis er einschlief. „Habe einen schönen Tag. Ich liebe dich."

Seth küsste seine Schulter. „Ich dich auch."

Das Bett war kalt, als Donavan wieder die Augen öffnete. Und das Haus war ruhig. Er rollte sich auf den Rücken und streckte sich. Dieses Mal blieb er nicht mehr liegen; er hasste es im Bett zu sein, wenn Seth nicht bei ihm war. Er hasste ohnehin etliche Dinge, wenn Seth nicht da war. Er stieg aus dem Bett und wanderte unter die Dusche. Ja, das gehörte mit auf die Liste. Er zog es vor, dass Seth ihn wusch. Er wurde langsam wirklich verwöhnt.

Geduscht und nur in Shorts gekleidet machte sich Donavan eine Tasse Kaffee und trug sie ins Wohnzimmer. Er setzte sich auf die Couch und lehnte sich zurück. Seine Füße landeten auf dem Couchtisch und er schaltete den Fernseher an. Überrascht stellte er fest, dass die Zwölf-Uhr-Nachrichten liefen. Meine Güte, wie lange hatte er geschlafen? Acht, neun Stunden? Nachdem er seit seiner Kindheit unter Schlafstörungen gelitten hatte, wunderte es ihn immer noch, dass er tief und fest schlafen konnte, wenn er in Seths Bett lag.

Manchmal machte sich immer noch Unsicherheit in ihm breit und er sorgte sich, dass er nicht gut genug für Seth war, doch kamen diese Gefühle immer seltener auf. Wenn er sie hatte, ließ er sich nicht mehr von ihnen einnehmen, sondern nutzte sie, um Seth glücklich zu machen. Und der schien glücklich zu sein.

Donavans Handy klingelte und er stand auf, um es aus der Küche zu holen. Ein breites Lächeln trat in sein Gesicht, als er Seths Bild auf dem Display sah. „Hey Seth, wie läuft's?"

„Stressig, wie immer. Und wie hast du geschlafen?"

Donavan lehnte sich mit der Hüfte gegen die Küchenzeile und sah aus dem Fenster. Der Herbst tauchte die Welt in wunderschöne Farben. „Ich habe bis nach elf geschlafen. Oh, ich meine natürlich, dass mir kalt war und ich dich im Bett vermisst habe."

„Oho." Seth schmunzelte. „Ich werde dich am Wochenende verwöhnen."

Aufregung schoss durch seine Nervenbahnen. Er liebte es, wenn Seth keine Bereitschaft hatte. Es bedeutete, dass er nur für ihn Zeit hatte. „Ich werde dich daran erinnern:"

„Das ist ein Versprechen. Ich bin auf dem Weg zum Mittagessen und wollte dir Bescheid geben, dass heute Abend alles klargeht. Das Essen ist um sieben."

„Ja, gut. Ich freue mich schon, deinen Freund Malcom kennenzulernen." Und, falls er wirklich Glück hatte, würde er eines der Hinterzimmer nach dem Essen erkunden.

„Und er freut sich, dich zu treffen. Ich beeile mich, um rechtzeitig zu Hause zu sein, also stelle bitte sicher, dass du da bist."

„Natürlich. Gibt es einen Dresscode heute Abend?" Er hatte sich daran gewöhnt, nachzufragen, denn er wusste nie, was Seth plante. Es konnte von Jeans und Shirt bis hin zum Anzug alles sein.

„Ich habe dir etwas ins Gästezimmer gelegt."

„Seth", warnte Donavan. Er hatte ihm dutzende Male gesagt, dass er ihm nichts kaufen sollte, doch ignorierte ihn Seth ständig, sich damit entschuldigend, dass es ihm Vergnügen bereitete, Donavan mit Geschenken zu verwöhnen und ihn in ihnen zu sehen.

„Ich muss los. Wir sehen uns heute Abend. Ich liebe dich."

„Ich liebe dich auch", antwortete Donavan, bevor Seth auflegte. Etwas im Gästezimmer also? Er trank den Rest seines Kaffees aus und ging in den entsprechenden Raum. Als er die Tür öffnete, stockte ihm erst der Atem, dann kicherte er, obwohl sich Hitze in ihm breitmachte. Auf dem Bett lag eine schwarze Hose, ein dazu passendes Hemd, doch was auf der Kleidung lag, brachte die Reaktion in ihm hervor.

Seth hatte es ihm angedroht – oder eher versprochen – und offenbar hielt er sich an sein Wort. Der kleine, silberne Cockring und ein dünner Analplug waren der Beweis.

Wenn er äußerst selbstsicher und mit geschwellter Brust durch die Türen des Undergrounds schritt, lag es an dem Mann, dessen Hand er hielt. Donavan sah in seiner schwarzen Hose und dem maßgeschneiderten Hemd umwerfend aus. Seth musste sich ein wenig angeberisch fühlen. Er hatte den bestaussehendsten Mann an seiner Seite. Und dass er wusste, dass Donavan einen Cockring und Plug trug, und sich ganz genau darüber bewusst sein würde, und sich über das Dinner darauf konzentrieren durfte, trieb die Aufregung in ihm nur noch an.

Er entdeckte Malcom an der Bar und ging in seine Richtung. Er ignorierte das Protokoll und hielt weiterhin Donavans Hand.

„Malcom! Schön, dich wiederzusehen", grüßte er ihn.

Malcom wandte den Kopf in seine Richtung und lächelte breit. Aus dem Lächeln wurde jedoch rasch Überraschung, als sein Blick Donavan traf. Seths Begeisterung wuchs.

Malcom legte die Hand auf sein Herz und sagte, ohne den Blick von Donavan zu nehmen: „Grundgütiger, bitte sage mir, dass du diese außergewöhnliche Kreatur als Geschenk für einen alten Freund mitgebracht hast."

Seth festigte seinen Griff um Donavans Hand. „Keine Chance, alter Mann. Donavan Gregory, ich möchte, dass du meinen sonderbaren Freund Malcom Hodges kennenlernst."

„Es ist mir ein Vergnügen, Sir", sagte Donavan höflich.

„Das Vergnügen ist ganz auf meiner Seite. Beachte ihn einfach nicht", sagte Malcom und deutete mit der Hand in Richtung von Seth. „Ich war und bin nicht sonderbar, aber hoffnungsvoll. Du bist wirklich erstaunlich. Wo hast du ihn gefunden, Seth?"

„Ich habe dir erzählt, dass du dieses Jahr etwas auf dem Pride verpasst hast."

Malcom seufzte auf. „Ja, ja, schmiere es mir nur aufs Brot. Bitte, setz dich." Er deutete auf den leeren Stuhl neben sich. „Wir trinken einen, bevor wir essen."

Seth setzte sich, Donavan blieb hinter ihm stehen. Seth betrachtete die Flasche und das leere Glas, die vor Malcom standen. „Es sieht so aus, als hättest du bereits einen Vorsprung. Donavan und ich nehmen nur ein Wasser."

„Ja, dafür ist die Familie verantwortlich." Malcom schüttete sich einen weiteren Drink ins Glas und winkte Conrad zu sich. „Junge, bring Master Seth und seinem Boy ein Wasser."

„Ja, Sir."

Malcom trank einen Schluck und wandte sich wieder an Seth. „Unser Freund Nash hatte ein paar Probleme und wir brauchten ein paar Drinks."

„Nash! Ich habe ihn Ewigkeiten nicht mehr gesehen. Wie geht es ihm?"

„Es sieht so aus, als hätte ein Junge eines anderen Masters seinen Blick auf ihn geworfen. Warte, er soll es dir selbst erzählen. Da kommt er schon."

Seth drehte sich um und sah, wie Nash Mead mit finsterem Blick zu ihnen kam. Seine Kleidung war zerknittert und sein Haar zerwühlt. Er hatte seinen Freund nie so neben der Spur gesehen und sorgte sich gleich. Er stand auf.

„Du siehst grausam aus. Alles in Ordnung?"

„Ja, alles okay. Nein, das stimmt nicht, aber es tut gut, dich wiederzusehen." Er zog Seth in eine Umarmung und klopfte ihm auf den Rücken. „Ich wollte euch nicht stören."

„Kein Problem, du warst zuerst hier", beruhigte ihn Seth. „Setz dich." Seth schob Nash auf den Stuhl und trat zurück, um sich neben ihn zu setzen.

Nash wandte sich an Malcom. „Ich bin enttäuscht von dir, alter Mann."

„Warum? Was habe ich getan, dass deine Enttäuschung rechtfertigt?"

„Du hast einen Sub in deinem Club, der den Club eventuell in einem Leichensack verlassen könnte", informierte er Malcom mit trauriger Stimme.

„Nun bin ich es, der nicht stören möchte. Möchtest du einen Moment mit Malcom allein sein?", fragte Seth.

„Nein, nein, bleib ruhig", antwortete Nash. „Ich würde gerne deine Meinung hören, da ich sie respektiere."

„Ich werde dir gerne helfen, wenn ich kann."

„Sagst du, dass sich Joshua in Gefahr befindet?", quietschte Malcom überrascht.

Nash nickte. „Ja, er steht auf Schmerzen, sein Körper ist von Narben überzogen und er erschreckte Kirk nach nur einer Szene zu Tode."

„Grundgütiger", murmelte Malcom. „Ich weiß nicht, was ich sagen soll. Du weißt, dass wir Doms vorab ausführlich überprüfen, aber ich habe nie daran gedacht, das auch bei den Boys zu machen."

„Ich bin mir sicher, dass du das getan hast", sagte Seth. „Doch wer ist dieser Joshua und zu wem gehört er?"

„Seth hat recht. Das ist nicht deine Schuld, Malcom", sagte Nash, griff nach Malcoms Drink und trank ihn in einem Zug leer. „Joshua ist ein neuer Sub, der wohl von Troy missbraucht wird. Ich hatte mit Kirk über ihn gesprochen, und nachdem ich das Ausmaß von Joshuas Problemen gesehen habe, war ich wütend, dass Kirk dich nicht informiert hat. Es lag in seiner Verantwortung und er hat versagt. Außerdem regt es mich auf, dass Joshua mit einem wie Troy zusammen ist."

„Ich stimme dir bezüglich Kirks Fehler zu, doch Troy ist ein erfahrener und sehr beliebter Dom", warf Malcom ein.

„Ich …"

Malcom unterbrach ihn und nahm seine Hand. „Ich weiß, dass du seinen Praktiken nicht immer zustimmst, aber er hat nie die rote Linie überschritten. Ich bekomme nichts als zufriedene Rückmeldungen von den Boys, mit denen er bislang gespielt hat."

„Malcom hat recht", sagte Seth. „Ich kenne Troy seit einigen Jahren und es stimmt, seine Praktiken sind, wie soll ich es sagen, nicht immer angebracht, doch solltest du deine persönliche Abneigung ihm gegenüber nicht dazu verwenden, ihn und seine Praktiken zu verurteilen. Vielleicht ist Joshua einverstanden mit ihm?"

„Einverständnis ist nicht dasselbe, wie glücklich zu sein."

„Und du glaubst, du kannst den Jungen glücklich machen?", hakte Malcom nach, bevor er seine eigene Frage beantwortete. „Ich bin mir da nicht so sicher."

„Ich habe das nicht behauptet", murrte Nash.

„Das brauchst du auch nicht. Du hast einen Bart."

„Einen Bart?"

Malcom deutete auf Nashs Ziegenbart. „Jedes Mal, wenn du unsicher bist, zupfst du an ihm herum. Versuche dich bloß nie beim Pokern oder rasiere ihn dir vorher wenigstens ab."

Nash verschränkte die Arme und legte sie auf der Theke ab. „Ja, es stimmt, ich weiß nicht, ob ich es könnte. Mensch, ich weiß nicht einmal, ob ich mich an so etwas Intensives herantrauen würde."

„Es wäre ein Vollzeitjob." Malcom trommelte mit den Fingern auf die Theke. „Und dann wäre da die Tatsache, dass Joshua einen Dom hat. Um ehrlich zu sein, ist es verständlich, dass Troy verärgert ist, wenn er mit Joshua zusammen ist. Troy hat ein verdammt großes Ego und wenn er ihn nicht brechen kann, kann ich mir vorstellen, dass es ihn wahnsinnig macht."

„Glaubst du, dass er, wenn du Troy die Angelegenheit erklären würdest, davon überzeugt werden könnte, dass du Joshua übernimmst?", fragte Seth nach.

Malcom zog eine Augenbraue hoch. „Ich denke, Troy würde es zulassen, doch hat Nash gesagt, dass er sich nicht sicher ist, ob er den Jungen übernehmen möchte."

„Ich, ich meine, ja, aber …" Nash rieb sich die Schläfen und seufzte tief auf. „Ich weiß nicht einmal, was zum Teufel ich gerade fühle."

„Wieso gehst du nicht nach Hause, denkst darüber nach und lässt mich mit Troy sprechen und herausfinden, was wir mit Joshua machen können? Ich fühl mich mal vor, in Ordnung?", bot Malcom an.

„Ja, das ist wohl eine gute Idee." Er schob das leere Glas von sich weg. „Das ist keine Entscheidung, die ich treffen sollte, wenn ich Alkohol getrunken habe."

„Eine weise Entscheidung", stimmte Seth zu und klopfte Nash auf den Rücken. „Nimm dir ein paar Tage Zeit. Das sollte ausreichend Zeit sein, damit du deinen Gefühlen auf den Grund gehen kannst."

Nash nickte. „Ich danke euch", sagte er und blickte zu Malcom und Seth. „Ich schätze es, ein paar kühle Köpfe um mich herum zu haben, wie ich auch eure Ratschläge schätze."

„Ich lasse dich von Mel nach Hause bringen", bot Malcom an.

„Danke." Nash stand auf und zog seine Geldbörse aus der Hosentasche.

Malcom winkte ab. „Es geht auf mich. Geh jetzt nach Hause, ruhe dich aus und wir reden später darüber."

Seth umarmte ihn. „Es war gut, dich wiederzusehen. Ich bin mir sicher, dass du die richtige Entscheidung treffen wirst. Ich vertraue dir und glaube an dich."

„Komm schon, ich bringe dich raus." Malcom klopfte Nash auf den Rücken. Er wandte sich an Seth. „Ich bin gleich wieder da. Falls du schon ins Esszimmer gehen möchtest, werde ich dorthin kommen."

„Lasse dir Zeit", antwortete Seth.

Erst nachdem Malcom und Nash verschwunden waren, stellte Seth fest, dass er sich so sehr auf Nashs Probleme konzentriert hatte, dass er ganz vergessen hatte, ihm Donavan vorzustellen.

Er legte seinen Arm um Donavans Taille. „Es tut mir so leid. Ich hätte euch gegenseitig vorstellen müssen."

„Du brauchst dich nicht zu entschuldigen. Ich hoffe, dass es deinem Freund bald besser geht."

„Habe ich dir heute schon gesagt, wie sehr ich dich liebe?"

Donavans Lächeln war großartig und Seth fühlte es bis in die Zehenspitzen. „Ja, aber ich werde nie müde, es immer wieder zu hören."

Seth zog ihn nahe zu sich heran und kniff in Donavans Hintern. Donavan spannte die Muskeln an und stöhnte leise auf. Er hatte nicht nur vergessen, die beiden einander vorzustellen. Er drückte erneut gegen den Plug und wurde mit einem weiteren tiefen Stöhnen belohnt.

„Ich wünschte, dass wir keine Verabredung hätten. Wie gerne würde ich gleich zum Dessert springen."

„Das denke ich mir auch." Donavan gluckste leise und stieß einen Seufzer der Erleichterung aus, als Seth von seinem Hintern abließ.

„Ein Privatzimmer nach dem Hauptgang?"

„Ich hatte gehofft, du würdest das vorschlagen, Sir."

„Ich werde dich glücklich machen."

Nachdem sie Conrad damit beauftragt hatten, einen Raum freizuhalten, ergriff Seth Donavans Hand und führte ihn ins Speisezimmer. Er würde in einigen Tagen nachfragen, wie es um Nash stand, doch heute Nacht würde er sich nur noch auf den wunderbaren Mann an seiner Seite konzentrieren.

25

ALS DER Alarm losging und das Band für den Tag abstoppte, pfiff Donavan vor sich hin. Aggressive Doms mit einer Analfixierung und einer Vorliebe für Plugs waren nicht unbedingt das Beste, wenn man in einer Fabrik arbeitete. Er räumte seinen Arbeitsplatz schnell auf, schnappte sich seinen Rucksack und war mehr als bereit, nach Hause zu fahren. Donavan stockte, seinen Rucksack gerade halb über der Schulter. Er ging zu Seth. Er lächelte. Offenbar war es soweit und er konnte Seth eine Antwort geben. Es war die richtige.

„Hat das Lächeln damit zu tun, dass du breitbeinig läufst?", fragte Cain.

„Ja." Endlich schwang Donavan sich den Rucksack vollständig auf den Rücken und folgte Cain, als er zur Stempeluhr ging. „Das und ich denke, dass ich gerade eine Entscheidung getroffen habe, die mein Leben verändert."

„Spucks aus."

„Kennst du zufällig jemanden, der ein kleines Haus in einer halbsicheren Nachbarschaft mieten möchte?"

„Wirklich? Du wagst den Sprung und ziehst bei Seth ein?"

„Ja, eigentlich lebe ich da ja schon halb. Zumindest rettet mich das davor, weiterhin aus einer Tasche zu leben."

„Ich bin stolz auf dich." Cain schlug ihm ein wenig zu hart auf den Rücken und sorgte dafür, dass er vorwärtsstolperte.

„Pass auf. Ich hatte am Wochenende ein echtes Fitnessprogramm", brummte Donavan.

„Ich sollte dich noch mal schlagen, weil du es mir unter die Nase reibst. Weißt du, wann ich das letzte Mal flachgelegt wurde?"

„Ich notiere mir nicht, wo dein Schwanz so alles war."

„Er war so lange nirgendwo, außer in meiner Hand, dass ich darüber nachdenke, die beiden zu verloben."

Sie traten durch die Tür. Ein kalter Wind traf sie und Donavan schloss schnell die Jacke. Das Wetter in Michigan war furchtbar. Dass es in einer Sommernacht so kalt war wie jetzt, war ebenso wahrscheinlich, wie dass es im Winter sonnig und warm war.

Cain folgte ihm zu seinem Wagen, obwohl sie nicht länger zusammen zur Arbeit fuhren. „Was hältst du von einem Bier?"

163

„Nicht heute", sagte Donavan und öffnete den Wagen. „Ich habe es gerade eben durch die Schicht geschafft. Ich muss mich hinlegen."

Cain klopfte auf die Seite des Trucks. „In Ordnung, aber ich lasse dich nicht dein Training verschlafen. Ich sehe dich um elf." Er wanderte zu seinem Auto, die Tasche über die Schulter geschwungen. „Und glaube nicht, dass ich nicht vorbeikommen würde, um dich aus dem Bett zu ziehen."

„Ja, ja." Donavan schmunzelte.

„Und deinen Hintern mit Salz einreiben."

„Wir sehen uns morgen. Und höre auf, dir über meinen Hintern Gedanken zu machen", rief er, bevor er auf den Fahrersitz glitt und die Tür schloss.

Er würde morgen im Fitnessstudio sein, selbst wenn es ihn umbrachte. Er hatte keinerlei Lust, die ganze Woche Cains Witze über seinen Hintern zu hören, außerdem mochte Seth die Auswirkungen, die das Training auf seinen Körper hatte. Das allein war es wert, zu schwitzen und zu leiden. Seths Vergnügen war alles, was zählte.

Donavan lachte leise. Verdammt, er hatte seinen dominanten Lover gefunden, sein Gleichgewicht und sein Herz.

All das wartete zu Hause auf ihn.

EPILOG

DEN UMZUGSKARTON in den Händen, schob Donavan die Tür hinter sich mit dem Fuß zu. „Das ist der Letzte", rief er und schlüpfte in seine Hausschuhe.

Seth blickte um die Ecke der Küche. „Perfektes Timing. Du hast gerade noch genug Zeit, um auszupacken, bevor es Essen gibt."

Donavan atmete tief ein. Der köstliche Geruch nach gegrilltem Hähnchen, Knoblauch, Basilikum und warmem Brot umfing ihn. Seth hatte darauf bestanden, ihm heute zur Feier des Tages seine Lieblingsspeise zu kochen. Hühnchen Alfredo und selbstgemachtes Sauerteigbrot. Es war ein Willkommensgeschenk, hatte Seth ihm verraten. Verdammt, er konnte noch immer nicht glauben, dass es wahr war. Er stand in der Mitte des Wohnzimmers, die letzte Kiste mit dem Rest seines Eigentums zum Verstauen in der Hand. Eine letzte Kiste noch, dann war er fertig. Ab heute Abend war das hier sein Zuhause, seines und das von Seth.

Gott, womit hatte er das verdient?

Die Emotionen überwältigten ihn beinahe. Er musste den Kloß in seiner Kehle herunterschlucken und tief einatmen, bevor er sich bewegen konnte. Seine Beine zitterten, als er sich zum Schlafzimmer bewegte und das Zittern lag nicht an der körperlichen Anstrengung, die ein Umzug an einem Tag so mit sich brachte. Nein, es war die Aufregung.

Er stellte die Kiste auf einem der Stühle ab und riss das Klebeband ab. Er nahm einen Stapel Bücher aus der Kiste und stellte sie in das Regal, das Seth für ihn geräumt hatte. Donavan hatte zwar in den letzten Jahren nichts gelesen, was kein Fitness- oder Klatschheftchen gewesen war, doch hatte er früher mit Hingabe Science-Fiction gelesen. Er hatte sogar mal davon geträumt, selbst Autor zu werden, doch hatte er den Traum aufgegeben, als er an der Grammatik verzweifelte. Er hatte es nicht über sich bringen können, seine Sammlungen von Ray Bradbury oder H.G. Wells aufzugeben. Vielleicht würde er eines Tages doch wieder über das Schreiben nachdenken.

Immerhin lernte er gerade, dass alles möglich war.

Als das letzte Buch im Regal stand, riss Donavan den Karton auseinander und trug ihn in die Garage. Er machte kurz im Badezimmer halt, wusch sich die Hände und das Gesicht, dann ging er zu Seth in die Küche. Dieser stand am

Ofen und rührte die Soße um. Gott, roch das gut. Allerdings war es Seth, der seine Aufmerksamkeit auf sich zog. Er stellte sich hinter ihn und presste seine Lippen in Seths Nacken, seinen Duft tief einatmend.

„Verdammt, du riechst köstlich", murmelte er, die Lippen an Seths warme Haut gedrängt und küsste ihn erneut.

„Denke gar nicht erst darüber nach", warnte ihn Seth.

„Was?", fragte Donavan mit unschuldigem Tonfall nach. Er hielt seine Lippen auf Seths Haut und kostete ihn mit der Zunge. „Köstlich."

Seth drehte sich um und stieß Donavan leicht von sich. „Ich weiß, wie du tickst, Mister. Ich habe zu hart gearbeitet, um dir das perfekte Dinner zu bieten und du wirst nicht gleich zum Dessert übergehen."

„Die Flitterwochen sind vorbei", grummelte Donavan und gab sich Mühe, gebührlich zu schmollen.

Es half nichts.

„Ich habe dich noch nicht gefragt, ob du mich heiraten möchtest, also hatten wir noch keine Flitterwochen." Seth deutete mit dem Holzkochlöffel auf Donavan. „Jetzt mach dich nützlich und decke den Tisch."

„Ja, Sir", antwortete Donavan und salutierte.

„Guter Junge." Seth klopfte Donavan auf den Hintern, als dieser vorbeilief und wandte sich wieder seiner Soße zu.

Donavan holte die Teller aus dem Schrank und nahm das Besteck aus der Schublade. *Noch nicht* wiederholte er immer und immer wieder in Gedanken. *Noch nicht?* Hieß das, dass Seth ihm einen Antrag machen würde? Die andere Frage war, würde er zustimmen? In den vergangenen Monaten war so viel geschehen, alles hatte sich verändert und er erkannte sich kaum noch wieder. Anstatt nie eine echte Beziehung zu haben, befand er sich nun in einer dauerhaften Partnerschaft. Anstatt sich als unfähig zu betrachten, auch nur einen Mitbewohner zu haben, lebte er nun mit seinem Freund zusammen.

Donavan brauchte sich über die Veränderungen keine Gedanken machen, da die Türglocke läutete.

„Erwartest du jemanden?"

„Hmm."

Donavan stellte die Teller auf den Tisch und runzelte die Stirn. Seth holte wirklich viel Brot aus dem Ofen. „Wer ist es?"

„Ich würde vorschlagen, dass du zur Tür gehst und es herausfindest."

„Danke dir, Captain Offensichtlich."

Seth drehte sich nicht einmal herum, sondern lachte nur.

Die Klingel ging ein weiteres Mal. Und noch ein Mal. „Ich komme schon, ich komme. Haltet die Pferde fest." Er zog die Tür auf und ein Sixpack Bier wurde ihm an die Brust gedrückt. Er musste zugreifen.

„Ich wünsche dir einen guten Einzug", verkündete Cain und schob sich an Donavan vorbei. „Verdammt, hier riecht es wunderbar."

Tristan stand mit einem leichten Lächeln und einer Flasche Wein in der Hand vor der Tür. „Ich habe versucht, ihn davon zu überzeugen, dass Wein ein geeigneteres Geschenk sei, aber er ist ein hoffnungsloser Fall."

„Ja, vergleiche es mit deiner Chance, meinen Arsch zu versohlen", konterte Cain, bevor er in der Küche verschwand.

„Ich würde ihm meinen anbieten." Tristan zwinkerte und reichte ihm den Wein, bevor er ihn auf die Wange küsste. „Willkommen daheim."

„Uhm, ja, danke." Donavan starrte Tristan hinterher und überlegte, was da vor sich ging. Er klemmte sich die Flasche unter den Arm und schloss die Tür.

„Hey, behandelt man so seine Mutter?"

Donavan zuckte zusammen und ließ beinahe das Bier fallen. „Scheiße, entschuldige. Ich habe dich gar nicht gesehen. Was machst du denn hier?"

Ruth-Ann trat mit einem großen, in gelbes und blaues Papier gewickeltes Geschenk ein. „Willkommen in deinem neuen Zuhause", sagte sie grüßend. „Wo soll ich die Geschenke hinstellen?"

Geschenke? In der Mehrzahl? „Seth! Was zur Hölle geht hier vor?", fragte Donavan verwirrt.

Seth klopfte Cain auf die Finger, als dieser Seths Soße probieren wollte. Tristan holte Weingläser aus dem Schrank und Ruth-Ann setzte sich auf einen der Barhocker.

„Würde mir jemand verraten, was hier vor sich geht?"

Seine Mutter schnappte sich den Wein, den er sich unter den Arm geklemmt hatte. „Oh, der sieht köstlich aus."

„Es ist ein Tempranillo Crianza", erklärte ihr Tristan und stellte die Gläser vor ihr ab. „Er schmeckt, als käme er direkt aus dem Himmel."

„Schicke mich zu Gott", jubelte sie und reichte Tristan die Flasche.

Hatte hier jeder den Verstand verloren? Donavan stellte das Bier ab, nahm sich eines und öffnete es. Die vier vor ihm redeten miteinander und ignorierten seine Fragen schlichtweg. Er setzte die Flasche an und trank einen großen Schluck. Es klingelte erneut.

„Kommt nur alle zu Besuch, ich habe es verstanden." Donavan öffnete die Tür. Natürlich waren es Samuel und Christopher. Wer auch sonst?"

„Kommt rein. Die Party findet in der Küche statt."

„Niedlich." Samuel reichte Donavan eine Topfpflanze.

„Pflanzen sind toll, aber es ist der Alkohol, der ein zu Hause perfekt macht", erklärte Christopher und reichte ihm eine Flasche Woodword Reserve Bourbon. „Willkommen im neuen Heim."

Donavan stellte die Pflanze auf dem Tisch neben der Tür ab. Er überlegte, ob er die Tür nicht einfach schließen sollte, doch da rollte auch schon ein weiterer Wagen die Einfahrt hoch. Er entschied sich dagegen. Was sollte es auch bringen? Er trank einen Schluck Bier. Das war es wohl mit seinem Plan, einen ruhigen Abend zu Hause zu verbringen.

Wie es sich herausstellte, hatte Seth, der kleine Verräter, eine Überraschungsparty inszeniert. Um die zwanzig Freunde und Familienangehörige waren aufgetaucht und hatten mit ihnen gemeinsam Donavans Einzug gefeiert. Es hatte ihn ein wenig überfordert, doch war die Geste wunderbar. Donavan verliebte sich gleich noch ein wenig mehr in Seth.

So saßen sie alle an einem Tisch, der mit großen Schüsseln voller Alfredosoße, Linguini und Platten mit gegrilltem Hähnchen, wie auch einem großen Brotkorb gedeckt war. Seth saß am Kopfende, Donavan zu seiner Rechten.

Seths Vater hob das Weinglas in die Höhe. „Ich würde gerne einen Toast aussprechen. Ohne die Liebe einer Familie besteht ein Haus nur aus Steinen und Zement. Mögen eure Sorgen gering sein, eure Wünsche größer und euer Glück unbefangen durch die Tür kommen. Auf Seth und Donavan. Dieses Haus ist nun ein Zuhause."

„Hört, hört", kam es aus allen Mündern, als die Gläser gehoben wurden und alle gemeinsam anstießen.

Donavan nippte an seinem Wein. Er hielt seinen Blick gesenkt und blinzelte, als Tränen in seine Augen traten. Ein paar Monate zuvor hatte er noch in seinem kleinen, einsamen Haus gelebt und nun fand er sich inmitten einer Familie wieder und saß direkt neben dem tollsten Mann, den er je getroffen hatte. Er war ein glücklicher Hurensohn und er wusste nicht, was er richtig gemacht hatte, um das hier zu verdienen, doch was es auch war, er war dankbar.

„Danke, Dad. Das war ein wunderbarer Toast", sagte Seth, das Glas noch immer in der Luft. „Und ich möchte mich bei euch allen bedanken, dass ihr gekommen seid und Donavan willkommen heißt. Nun esst, bevor es kalt wird."

Mist, ihm kamen die Tränen. Zum Glück konzentrierte sich jeder darauf, die Teller zu füllen und Schüsseln herumzureichen, dass es niemandem auffiel. Er hasste es, im Mittelpunkt zu stehen und nahm sich selbst etwas von der Soße.

Cain stieß ihm in die Rippen. „Das ist ein traumhaftes Haus und du hast ein tolles Spielzimmer im Keller. Wir sollten hier echt einen Pokerabend veranstalten."

„Wir arbeiten abends, Idiot", antwortete Donavan und kaute ein Stück Brot.

„Gut, dann samstags nachmittags."

„Klingt gut, ich werde mal mit Seth darüber reden."

„Cool", sagte Cain, bevor er sich einen Berg Nudeln mit Soße in den Mund schaufelte. „Ich werde mal schauen, ob Tristan nicht auch kommen möchte."

„Was läuft da zwischen euch? Ihr verbringt definitiv viel Zeit miteinander."

„Er ist ein toller Kerl, und da du dich so viel mit Doktor Fühldichgut befasst, brauchte ich jemanden, mit dem ich abhängen konnte."

„Und du weißt, dass er dir an die Hose will?"

„Oh, er hat einen guten Geschmack", gab Cain leichtfertig zurück.

„Und? Du siehst da kein Problem?"

„Nein, ich sehe es als Kompliment. Nebenbei, er weiß, dass ich Titten mag. Gib mir mal das Brot."

Seth stand in der Tür, den Arm um Donavan gelegt und sie verabschiedeten den letzten ihrer Gäste.

„Tolle Party, oder?"

Donavan drehte sich in seinen Armen und ergriff Seths Gesicht mit beiden Händen. „Es war wunderbar. Ich kann es gar nicht glauben, dass du das alles allein vorbereitet hast", sagte er, bevor er seine Lippen auf Seths legte. „Danke dir. Es war ein Traum."

„Gern geschehen." Seth legte seine Hand auf Donavans Hinterkopf und zog ihn näher zu sich heran. Er vertiefte den Kuss und erkundete Donavans Mund mit seinen Lippen und der Zunge. Sein Schwanz schwoll an und seine Haut erhitzte sich, als der Kuss immer länger dauerte. Sein Atem kam bereits ein wenig schwer und er war unglaublich erregt, als er endete.

„Nun weiß ich, warum es nicht das Dessert zuerst gab." Donavan grinste und leckte sich die Lippen. „Das wäre tatsächlich etwas, von dem ich nicht möchte, dass es Freunde oder die Familie miterleben."

„Du solltest es besser wissen und nicht mehr denken, dass ich den Nachtisch ablehne, wenn es keinen verdammt guten Grund gibt. Das erinnert mich daran, dass ich noch ein Geschenk für dich habe." Seth ergriff Donavans Hand und führte ihn ins Haus.

„Mist, ich habe nichts für dich."

„Oh, keine Sorge. Du wirst mir das einzige Geschenk geben, das ich mir wünsche", beruhigte ihn Seth und verschloss die Tür hinter ihnen.

„Wirklich?"

„Jepp. Unser Zuhause hat ein Feuer, das ein Bärenfell erwärmt, und Baby, unsere Flitterwochen sind noch längst nicht zu Ende."

SJD Peterson, besser bekannt als Jo, ist eine preisgekrönte Bestsellerautorin im Bereich der Gay-Romanzen. Sie lebt mit ihren Katzen Itty Bitty Kitty und Little Man in Michigan. Ihre besten Leistungen liefert sie unter dem Druck von Deadlines um drei Uhr morgens, wenn alles um sie herum still ist, ab. Jo liebt es, Geschichten über echte Menschen mit echten Problemen zu erzählen. Das Happy End ist nicht garantiert, es sei denn, ihre Charaktere verdienen es sich durch harte Arbeit. Oh, wenn es ein Happy End gibt, dann ist die Belohnung noch wesentlich besser.

Facebook: www.facebook.com/SJD.Peterson
Blog: sjdpeterson.blogspot.com
Twitter: @SJDPeterson
Goodreads: www.goodreads.com/author/show/4563849.S_J_D_Peterson
E-mail: sjdpeterson@gmail.com

Von SJD PETERSON

Überwältigt

Veröffentlicht von DREAMSPINNER PRESS
www.dreamspinnerpress.com

www.ingramcontent.com/pod-product-compliance
Lightning Source LLC
Chambersburg PA
CBHW022159240626
47153CB00007B/2730